Trente ans ou presque

Du même auteur
aux Éditions J'ai lu

Sexe, mensonges & quiproquos, *J'ai lu* 5420
Tendance «pot de colle», *J'ai lu* 5725
Blonde ou brune?, *J'ai lu* 6304

Tyne O'Connell

Trente ans ou presque

Traduit de l'anglais
par Nathalie Vernay

J'AI LU

Titre original:
MAKING THE A-LIST

Remerciements

Encore et toujours de la reconnaissance. Pour écrire un livre dont l'histoire se déroule dans le monde de l'art contemporain à Londres, il faut faire beaucoup de recherches et avoir le foie solide. J'ai donc beaucoup de chance d'être mariée à un artiste qui a pu assister à tous les vernissages et boire toutes les bières Beck à ma place. Mes remerciements vont aussi à Eric Hewiston et au monde de l'art en général, parce qu'ils m'ont apporté inspiration, décor et vodka (la bière me ballonne).

Comme toujours, je suis reconnaissante de l'affectueuse fermeté que m'ont témoignée Rupert Wilkes et Martin Gibson, qui ont été libres mais pas trop indulgents dans leurs conseils et leurs corrections.

Un grand merci aux Filles : Vivienne Schuster chez Curtis Brown et Geraldine Cooke, Mary-Anne Harrington et Imogen Aylen chez Headline, non seulement pour leur intelligence mais aussi pour faire ce qu'elles font avec autant de talent.

Surtout, de grosses bises à ma remarquable famille, en particulier Zad, Kajj et Cordelia, qui ne se soucient pas du fait que je ne sois pas pratique pour deux sous, que je ne sache ni cuisiner, ni faire le ménage, ni ouvrir une facture ni me servir d'une télécommande.

À Martin et Albert

Liste 1

Ce que je meurs d'envie de connaître avant la trentaine

1. Être interviewée par le magazine *Vogue* pour que l'on sache ce que je pense de l'art britannique.
2. Faire l'amour dans un hall d'entrée parce que je suis trop pressée pour aller jusqu'à la chambre.
3. Le coup de foudre.
4. Recevoir une demande en mariage (sans que j'accepte pour autant).
5. Embrasser quelqu'un pendant toute la durée du trajet en taxi jusqu'à chez moi.
6. Mentir sur l'endroit où j'ai passé la nuit.
7. M'inscrire à un club très fermé de remise en forme, au Groucho Club par exemple (bon, on n'y sert qu'à boire, mais toutes ces reparties pleines d'esprit, ça doit être bon pour la santé).
8. Faire une taille 36 en vrai.
9. Avoir un compte en banque dans le noir plutôt que dans le rouge.
10. New York.

C'est très désagréable de se faire plaquer. Les grands esprits du XXIe siècle feraient bien de se démerder pour trouver quelque chose contre ça. Qu'ils laissent tomber le secret de l'immortalité et la paix dans le monde, et qu'ils mettent leurs subventions au profit de la recherche d'un palliatif pour les personnes qui se font jeter.

Quel que soit votre QI, votre code postal ou votre fourchette de revenus, rien ne peut atténuer la violence de la rupture.

Se faire larguer, ça peut annihiler l'image qu'une fille a de sa personne, quand bien même il s'agirait de parfaites tailles 36 promises à de brillantes évolutions de carrière, et certaines que le prochain fiancé ne tardera pas à se pointer. Mais pour une taille 40 qui complexe à cause de ses cuisses, c'est encore plus dur de s'en remettre – surtout quand le grand méchant trois-zéro se profile à l'horizon.

Il y a des gens qui vous diront que trente ans, c'est pareil que vingt-neuf, mais tout le monde sait que c'est des conneries. C'est un peu comme quand les parents disent : « Ce sont les plus belles années de ta vie », alors qu'on a treize ans et plein de boutons.

Cela faisait trois semaines que j'avais écrit « trente ans » dans mon agenda – mais j'espérais encore pouvoir annuler si on me proposait quelque chose de mieux ce jour-là. Le mois précédent, j'avais même demandé un autre certificat de naissance dans l'espoir de gratter une année de plus. Rien à faire.

Trente ans, c'est un âge de référence au même titre que vingt et un ans, trente-cinq et trente-neuf. On peut se dire que ça ne change rien, que c'est juste un nombre, mais d'un autre côté, on peut aussi se dire qu'un jour on s'habillera en 36 – et ça ne veut pas dire qu'on y arrivera. À partir de trente ans, il faudra que j'arrête de parler de moi en utilisant le terme « fille », de porter des petits talons pointus sans mettre de collant et d'acheter des fringues d'occasion dans la boutique de Portobello Road.

Normalement, quand mon amour-propre vient de se prendre une claque, je vais faire les magasins. Pas à Bond Street ou à Knightsbridge – mon salaire ne me permet pas d'aller jusque-là et, en plus, même s'il m'arrive de couver de l'œil les vitrines de chez Prada et Dolce & Gabbana, je suis une véritable refuznik en ce qui concerne la mode. Mes copines m'appellent la « réfugiée des défilés de mode ».

En réalité, je me suis trouvée confrontée à cet état de fait il y a plusieurs années, quand j'étais adolescente. Sur moi, même les vêtements de styliste ressemblaient à des tenues de combat anarchiques. C'est dans les gènes : mon père était alpiniste et ma mère, comme la plupart des mères anglaises de la middle-class de son époque, était une adepte du sac Burberry.

Je suis beaucoup plus heureuse avec une minijupe, les jambes à l'air (en espérant ne pas avoir trop de coupures de rasoir) et un manteau en cuir qui arrive aux genoux. Mieux encore, avec un blue jean et un tee-shirt piqué à mon petit ami du moment. Ça a quelque chose de très gratifiant, de pouvoir enfiler le jean Calvin Klein étroit d'un mec.

Mais cette fois, même la promesse de pouvoir entrer dans le jean de mon ex n'arrivait pas à me sortir du puits de malheur dans lequel je me trouvais. C'est dire à quel point ça n'allait pas. Voyez-vous, ce n'était pas une rupture ordinaire ; c'était une rupture que j'avais provoquée, une autorupture, si on veut, en ce sens que j'avais virtuellement harcelé l'amour de ma vie pour qu'il me plaque. Le problème, c'est que je me suis seulement rendu compte que c'était l'amour de ma vie une fois qu'il m'avait quittée. Évidemment. C'est toujours comme ça.

En fait, j'avais même flirté avec l'idée de le larguer quelques jours plus tôt. Mais maintenant qu'il m'avait laissée tomber, je voyais bien qu'Emmanuel avait toujours été mon âme sœur. Mon sentiment de perte était colossal.

Et j'étais là, le lendemain matin de cette rupture historique, vautrée sur le bureau de verre triangulaire de A Space, la galerie « encore plus tendance que le formol », juste à côté de Bond Street. Vous en avez sans doute entendu parler, elle était à l'avant-garde de tous ces artistes du mouvement Cool Britannia de la fin des années quatre-vingt-dix, des gens de la trempe de Marc Quinn et de Damien Hirst qui faisaient de l'art avec toutes sortes de bestioles en état de décomposition plus ou moins avancé. C'est très vieux jeu, maintenant, ça fait très « lime tes ongles et bâille ». Mais bon, c'était de l'art.

Du coin de l'œil, j'observais les acheteurs potentiels qui passaient, regardaient à l'intérieur, me voyaient en train de pleurer sur mon bureau et détalaient. Il fallait bien que je me rende à l'évidence : je faisais fuir les clients.

Génial, dit mon moi d'un ton persifleur à mon autre moi qui s'apitoyait sur son sort ; juste au moment où tu es complètement tributaire des commissions, tu commences à effrayer le client.

J'ai posé la tête sur la surface froide du bureau et j'ai regardé mon souffle embuer le verre. Il se peut même que j'aie dit une chose affligeante que les filles ne disent plus depuis au moins un siècle, du style : « Mon Dieu, je suis grave. » Bref, j'étais dans un sérieux état de régression. Si quelqu'un s'était mis à chanter une chanson de Chris De Burgh à ce moment-là, je crois que je l'aurais accompagné.

Tout a commencé à cause d'une liste, ce qui en soi paraît assez inoffensif mais, comme n'importe quel avocat vous le dira, mettre les choses par écrit peut vous amener au tribunal ou pire encore. C'était pire encore, en l'occurrence. C'était la première fois que mes listes me causaient un problème. J'ai toujours fait des listes. La riche collectionneuse américaine Gertrude Whitney Vanderbilt en a toujours fait aussi. Je suis plus du genre « fille à listes » que « fille du monde ».

Le problème de cette liste, cependant, c'est que je l'ai montrée à mon petit ami, Emmanuel. Ironie du sort, la liste était censée l'aider à me comprendre. Mis à part que ce n'était pas une plaisanterie.

C'est mon psychanalyste qui m'avait conseillé de la lui montrer, au fait.

Mon Dieu, comment ai-je pu être aussi bête ? C'est vrai, qui est assez stupide pour suivre les conseils de son psy ? Étais-je donc une véritable crétine ? Rien qu'en repensant à la réaction d'Emmanuel quand il avait lu la liste, ça me donnait envie de m'arracher les cheveux.

Je crois que c'est le point « bannissement total du sport » qui lui a fait le plus mal. Son visage a pour ainsi dire glissé de sa tête comme s'il avait été scalpé ou je ne sais quoi.

Ensuite, il a pété les plombs. Jamais il n'avait réussi à s'exprimer avec une telle éloquence dans la langue anglaise. Après avoir épuisé son vocabulaire Berlitz, il a pris ses jambes à son cou de manière très passionnée. À ce moment-là, j'ai eu comme l'impression qu'il n'avait pas l'intention de revenir. Ce n'était pas un simple au revoir.

C'était certainement l'unique amour de ma vie, me disais-je alors en m'étalant pitoyablement sur mon bureau, et je l'avais chassé avec mes besoins insignifiants. Cela faisait d'ailleurs l'objet d'une autre liste que j'avais commencée : celle des désirs inadéquats chez une fille/femme de trente ans.

Mes désirs aussi étaient en train de devenir quelque peu problématiques. Quand j'avais une vingtaine d'années, je n'avais pas de désirs à proprement parler. Ma vie n'était alors qu'une série d'envies et de caprices, mais depuis quelque temps, je me sentais submergée de désirs qui se manifestaient à des moments très inopportuns. Parfois, j'étais en train de faire l'amour, ou j'étais blottie contre le dos d'un homme et vlan, les voilà qui se pointaient, mes désirs et mes envies. Ils détruisaient un bonheur presque parfait.

J'avais espéré que le fait de les coucher sur papier me permettrait de les accomplir plus facilement, mais la liste avait l'air de devenir de plus en plus longue et de moins en moins réalisable.

Les gens qui dressent des listes ont plus de chances de réussir dans la vie. Ils ont fait un sondage, à Yale, et ils ont découvert que seulement six pour cent des diplômés avaient une idée précise de leurs objectifs et que parmi ces six pour cent, il n'y en avait que un pour cent qui assouvissaient leurs désirs, et c'était ceux qui mettaient leurs objectifs sur papier.

Je fais beaucoup de listes. Gertrude Whitney Vanderbilt (mon idole), qui est à l'origine du musée Whitney, en faisait beaucoup aussi. En effet, presque tout ce qu'on sait d'elle a été glané dans les listes qu'elle a rédigées.

Les miennes varient de la liste d'articles qu'il faut que j'ajoute à ma garde-robe, à la liste de choses que je dois faire à tout prix (ouvrir un plan épargne-retraite, par exemple). J'ai même une liste noire. Encore une qui a froissé Emmanuel. Mais comme je le lui ai dit, toutes les filles modernes ont une liste noire ; ça fait partie de la nouvelle immoralité qui parcourt le monde actuel. Il y a beaucoup de filles qui doivent se demander comment serait le monde sans leur chef, par exemple.

Ce n'est pas de la méchanceté, d'avoir envie qu'une personne qui vous met dans un état lamentable sorte du tableau, si ? C'est vrai, si on pouvait acheter des tueurs à gages dans les magasins, Londres serait un véritable bain de sang avant midi.

La plupart des gens de ma famille, ainsi que mon chef, plusieurs de mes ex-copains et toutes les personnes que je croise dans le métro le matin se sont retrouvés un jour ou l'autre sur ma liste noire. Il m'est même arrivé de m'y mettre aussi, notamment après avoir fait quelque chose de tellement stupide que je trouvais que je ne méritais pas de continuer à vivre.

Mais la liste la plus vaine que j'aie faite, c'est celle que j'ai commencée il y a cinq ans, au sujet de ce que je voulais avoir fait avant la trentaine. Avec la confiance folle d'une fille de vingt-cinq ans, j'espérais que je deviendrais l'heureuse propriétaire d'une galerie d'art, que j'aurais une liaison épanouissante (ou deux) et que je ferais du 36.

Manifestement, tout cela ne semblait plus guère probable. Outre mes perspectives de carrière merdiques et ma taille 40, je m'étais fait jeter. Pas très réjouissant. C'était le moment de commencer à chercher des fiancés pour l'avenir, certainement pas le moment de les faire fuir.

Soyons réalistes, mes chances de retrouver un petit ami à ce stade tardif étaient pratiquement nulles. Tous les hommes dotés d'un physique avantageux et de critères hygiéniques sains étaient soit homos, soit pris. Espérer rencontrer Monsieur Parfait après trente ans, ça revient un peu à faire les soldes de janvier en février: j'avais toutes les chances de repartir avec l'équivalent masculin du minishort jaune-vert à pompons. Il faudrait que je me contente de ce que je trouverais.

En regardant mon reflet sur le verre du bureau, j'ai vu une fille sentimentalement défigurée. Je portais la cicatrice de la rupture. J'avais besoin de chirurgie émotionnelle, et encore, ceux qui connaissaient la situation réussiraient sans doute à repérer des marques de scalpel.

J'ai jeté un coup d'œil à mes jambes nues, un peu écorchées à cause du Gillette émoussé que j'avais utilisé. Elles dépassaient de ma dernière trouvaille à Portobello Road, une minijupe en cuir marron années 1970, et j'ai commencé à me demander si ce n'était pas mes jambes qui l'avaient dégoûté de moi. C'est vrai, ce n'était peut-être pas la liste, en fin de compte, me suis-je dit pour essayer de trouver un autre coupable.

Ça me semble vraiment injuste, que mon corps puisse aller à l'encontre de mon objectif de devenir une poupée absolument étourdissante que tous les hommes désirent et que toutes les femmes envient, mais c'est comme ça. Mon corps était en contre-mission pour m'imposer une taille 40 au lieu de la taille 36 que j'aurais adoré faire.

Mon corps était une pétasse qui en profitait pour me donner l'air moins que parfait à la moindre occasion. Mes cuisses étaient les principales coupables, elles étaient incroyablement déloyales : même quand j'avais commencé à acheter ces bas quinze deniers qui affinent extraordinairement les jambes, elles avaient trouvé le moyen de faire des bourrelets.

C'est à ce moment-là que mon chef est entré et qu'il m'a dit de prendre mon après-midi pour « me remettre ».

Allô ? Je rêve ? Je l'ai regardé d'un œil inquisiteur, à la recherche de signes de folie. Si vous connaissiez mon chef, vous comprendriez à quel point cela était troublant. C'est vrai, en temps normal, il fallait que je perde au moins un œil pour qu'il m'accorde une pause déjeuner de dix minutes, alors je ne parle même pas d'un après-midi de congé.

Je sais que les gens qui sont étrangers au monde de l'art pensent que c'est facile, comparé à la comptabilité ou au droit, mais en réalité, l'art est peuplé d'hommes d'affaires impitoyables et d'artistes irrésistibles. Mais malgré l'inhabituelle générosité de mon chef, le pétrin dans lequel je me trouvais n'allait pas s'arranger en un après-midi, ce que je lui ai dit.

— Tu ne comprends pas que ma vie est terminée ?

Il m'a jeté un rapide coup d'œil, assez méprisant d'ailleurs, avant de hocher la tête et de ressortir. Dans l'esprit de mon chef, ma vie n'a jamais tellement commencé, de toute façon.

Mais comme à un cheval donné on ne regarde point les dents, j'ai saisi l'occasion au vol et j'ai appelé Sophie, ma meilleure amie depuis dix ans, pour voir si elle avait envie de sortir s'amuser. Son assistante m'a dit qu'elle n'était « pas disponible ». Cela m'a démoralisée encore un peu plus ; les mots « pas disponible » avaient un caractère particulièrement poignant ce jour-là, étant donné que je me sentais pour ma part très disponible.

Je n'arrivais jamais à joindre Sophie, en ce moment ; en plusieurs semaines, nous nous étions à peine vues, ce qui était un sacré changement par rapport à nos années d'histoire commune. C'était une véritable spécialiste de la mode, une ceinture noire du look. Comme je l'ai déjà dit, j'étais une réfugiée des défilés de mode, avec plus de culot que de classe, alors j'imagine qu'à nous deux, nous formions une femme complète.

Sophie était sans aucun doute extrêmement occupée avec son boulot de géniale rédactrice en chef du magazine *Class*. Je l'imaginais sauter dans des taxis, discuter sur son portable, foncer à des rendez-vous de rédaction au restaurant du cinquième étage de chez Harvey Nichols.

Sophie avait une vraie carrière, contrairement à mon métier de bonne à tout faire. Les hommes se bousculaient pour l'aduler. Quand elle enfilait une paire de bas quinze deniers, ses cuisses faisaient ce qu'elles étaient censées faire. Ce qui voulait dire que même si j'avais réussi à la joindre, il n'y avait sûrement aucune chance pour qu'elle comprenne mon malheur. Elle n'avait pas de point de référence pour ce type d'angoisse. Mon Dieu, j'étais en train de pleurnicher sur mon sort.

Ensuite, j'ai téléphoné à Alice, ma colocataire, pour la supplier de me sortir de ma dépression. Alice est beaucoup plus compréhensive. Elle est américaine et positive et fait preuve d'un enthousiasme implacable, un caractère cool à la new-yorkaise pour qui rien n'est grave. Elle suit une thérapie depuis toujours, et elle a des réponses là où je n'ai que des listes de questions.

Sympa comme elle est, elle a accepté de se libérer pour l'après-midi et de me retrouver au Cantaloupe, un bar à côté de Hoxton Square, non loin de la galerie où elle travaille. Elle a laissé entendre qu'on pourrait se prendre une petite vodka, et j'ai tout de suite approuvé.

Liste 2

MA LISTE DE LISTES

1. La liste de tous les hommes avec qui j'avais envie de coucher avant mes trente ans. C'est-à-dire une version revue et corrigée de la liste de tous les hommes avec qui j'avais envie de coucher avant mes vingt ans.
2. La liste des amis, des parents et des collègues auxquels je ne vais plus adresser la parole parce qu'ils blessent mon amour-propre.
3. La liste des aliments que je ne vais plus jamais autoriser à franchir le seuil de ma bouche: tout ce qui est solide et agréable au goût, en gros. Ceux qui ne me connaissent pas risquent de croire que je souffre de troubles alimentaires.
4. La liste des aliments dont j'ai l'intention de m'empiffrer à la moindre occasion, à savoir tout ce qui a mauvais goût et qui ne contient pas de calories, en particulier les germes de blé, la luzerne, le sirop à la gelée royale, etc.
5. Liste noire. Liste de toutes les personnes à l'intention desquelles je louerais bien les services d'un tireur d'élite chevronné.

J'ai enfilé mes antiques chaussures en satin noir d'une taille trop petites, que j'avais dégotées à une vente de charité dans ma ville natale de Horsham, et puis j'ai décollé. Cachée derrière mes lunettes de soleil Gucci (que je n'ai toujours pas fini de payer), cramponnée à mon fourre-tout Prada (datant de 1995), je me suis traînée dans le métro, à Bond Street. La tête basse, les épaules voûtées, je prenais ma pose à la « n'essayez surtout pas de me vendre un journal de sans-abri ».

J'étais occupée à poser toute une série de questions à mon moi profond, sachant qu'elles ne trouveraient jamais de réponse. J'avais une sérieuse autocastration à faire.

1. Qu'est-ce qui m'avait donc pris, de faire la liste de ce que j'attendais d'une relation amoureuse ?
2. J'étais folle ou quoi ?
3. Est-ce que je souffrais de saturnisme, ou plutôt : avais-je encore respiré trop profondément en passant au carrefour pollué d'Oxford Circus ?
4. Où était passé mon cerveau ? C'était une question que ma mère me posait tout le temps.

« Il est où, ton cerveau, ma fille ? » disait-elle à chaque fois que je faisais des choses parfaitement normales, acheter une robe visiblement trop petite d'une taille, par exemple. On ne peut pas faire la fine bouche, avec les vêtements d'occasion. Soit ils vont comme un gant, soit on entre dedans à l'aide d'un chausse-pied.

Mais pour en revenir à cette rupture, c'était mon pire cauchemar. Me retrouver au placard juste avant mon trentième anniversaire ! C'était peut-être moi qui devais sortir du tableau. Il faudrait peut-être que j'entre chez un pharmacien pour lui demander combien de cachets de paracétamol il faudrait que j'avale pour mettre définitivement fin à l'enfer que ma vie était devenu.

C'est vrai, je ne voulais pas que mon suicide soit aussi désordonné que ma vie, pour finir avec mes organes vitaux copieusement endommagés. Condamnée à passer ma vie rattachée à une perfusion et un appareil, exhibée aux informations du soir pendant qu'on discuterait de mon cas au Parlement.

À Oxford Street, alors que je me frayais un passage à la force du coude parmi les lécheurs de vitrines de midi, il me vint à l'esprit que si j'avais eu la chance de naître dyslexique et de ne pas savoir écrire, rien de tout cela ne serait arrivé. En fait, en y repensant bien, une fois on s'est demandé si je n'étais pas dyslexique.

Lors de ma première année d'école, j'avais tellement de mal à mettre les lettres dans le bon sens et à écrire mon prénom, que ma mère avait fini par en faire un fromage (comme à son habitude).

Une spécialiste était venue à l'école, une gentille dame avec de longs cheveux bruns et un joli sourire. Elle m'a fait passer un test en me disant que si j'avais de bons résultats, elle me donnerait une grenouille en chocolat ; bien sûr, j'ai merveilleusement réussi le test et on en a conclu que je n'étais pas du tout dyslexique, mais que j'avais un sacré poil dans la main. Je n'ai pas eu de grenouille en chocolat, ni rien d'aussi agréable, mais une claque de la part de ma mère et des devoirs supplémentaires de celle de ma maîtresse.

Mais là, je me disais que la dame qui m'avait fait passer le test s'était trompée. Si ça se trouvait, j'étais en train de faire une rechute. Oui, cela semblait probable, je n'arrête pas de faire des rechutes – surtout quand je fais un régime. Le naturel revenait peut-être au galop ?

Je commençais à me sentir un peu mieux, pratiquement convaincue que c'était quelqu'un d'autre qui avait écrit la liste compromettante, jusqu'à ce qu'une voix de Mademoiselle Je-sais-tout ironise dans ma tête : « Tu te raccroches vraiment à n'importe quoi. Ça fait des années que tu écris sans la moindre rature. Tu as eu mention très bien en anglais. Ne te voile pas la face, Saskia », ai-je marmonné en cherchant mon pass hebdomadaire pour le métro dans la folie de mon sac.

Je parle souvent toute seule quand je cherche quelque chose dans mon sac en pleine rue, parce que ça donne l'impression aux agresseurs potentiels que je suis plus cinglée que je ne le suis réellement. Même les criminels violents préfèrent s'attaquer à une proie saine d'esprit, s'ils ont le choix.

Toujours est-il que ce fiasco, je le devais à mon psy. C'est lui qui m'avait dit de montrer la liste à Emmanuel. Derrière chaque embrouille, il y a un homme qui sourit avec suffisance, et cette embrouille-là ne faisait pas exception.

Mon psy, Albert de Saint James, avait vraiment joué le rôle du démon, dans cette catastrophe. Ne savait-il pas comment tout cela allait finir ? Il m'a toujours encouragée à rédiger des listes, et maintenant je me noyais dedans. Ma chambre en était tapissée.

Quand Alice a emménagé chez moi, elle m'a dit que si je me suicidais un jour, ou si je mourais accidentellement, il y aurait une solide enquête. D'après elle, cela ferait perdre des années à la police, le temps que l'équipe chargée des homicides recherche des indices dans mes listes.

Ce qui m'a fait réfléchir.

Certaines de ces listes, en effet, étaient extrêmement compromettantes. Les policiers ne sauraient pas dans quoi ils mettraient les pieds, une fois qu'ils commenceraient à déchiffrer mes listes. Par laquelle démarreraient-ils l'enquête ? Ma liste noire, peut-être ?

Cela pourrait tourner très mal, étant donné que ça montrait un côté particulièrement vilain de ma personnalité, charmante en temps normal. C'était un peu gênant, en fait, mais comme nous étions entrés dans l'ère de la nouvelle immoralité, c'était pour ainsi dire une étape de maturité personnelle. Une prise de conscience de soi, oui, voilà ce que c'était – une exploration de ma psyché. Et si ça se trouvait, une liste comme celle-là pouvait même donner des idées à la police.

En poussant les autres voyageurs dans le piège mortel de la rame de métro, histoire de me faire une petite place à bord, j'ai pensé que je pourrais poursuivre Albert en justice.

Une touriste visiblement exténuée a fait « Oh ! » et m'a regardée avec l'air de dire « S'il vous plaît ne m'agressez pas, ne me frappez pas, ne me laissez pas ensanglantée sur la voie » lorsque je me suis assise sur ses genoux. En général, je n'aime pas m'asseoir sur les genoux d'innocents touristes, mais là, je ne pouvais pas faire autrement. Il fallait à tout prix que je m'assoie, mes chaussures me torturaient ! Elles me serraient à mort, ce n'est rien de le dire. J'ai essayé de le lui expliquer, mais elle ne parlait pas anglais et, plus je lui montrais mes chaussures, plus elle croyait que j'allais lui donner des coups de pied.

J'ai adressé à ma touriste choquée un sourire façon « l'Office du tourisme vous souhaite la bienvenue à Cool Britannia » et je me suis mise à l'aise sur ses gros genoux confortables.

Quel genre de psy était donc Albert, pour me demander comme ça de déballer mes désirs secrets devant un homme comme Emmanuel ? Il avait dû lire ça dans *Psys'R'Us Magazine* !

Quels que soient les antécédents, il me faisait manger dans le creux de sa main dès la fin de la première séance. Il me regardait derrière ses longs cils, replaçait d'un coup sec ses cheveux noirs et brillants de chaque côté de sa raie fasciste terriblement séduisante, et souriait d'un air malicieux, comme à chaque fois qu'il était sur le point de dire quelque chose de très méchant, d'infect et d'hilarant à se tordre.

J'étais hypnotisée par le fait qu'Albert croie qu'Emmanuel voudrait savoir ce que j'attendais vraiment de notre liaison. Albert pouvait se montrer très convaincant, il faut bien le dire. Je planais encore sous l'effet des phéromones quand j'avais donné ladite liste à Emmanuel, juste après avoir fait l'amour.

Albert m'avait bien spécifié à quel moment je devais montrer la liste. À l'en croire, c'était plus délicat que de retirer une arme de la circulation. Oui, il avait beaucoup insisté là-dessus, et beaucoup bu aussi, en y repensant bien. Après m'avoir dit de donner la liste à Emmanuel, il avait ouvert une deuxième bouteille de champagne et s'était aussitôt laissé transporter : il m'avait fait une choucroute folle sur la tête à coups de brushing, et le résultat était encore visible aujourd'hui.

Bon, d'accord, il faut peut-être que j'avoue quelque chose. Albert n'est pas un vrai psy. En tout cas, pas dans le sens où il est allé à l'université pour décrocher le diplôme qui l'autorise à donner des conseils. Albert est plutôt un psy du style à papoter en coupant les cheveux et en faisant des brushings.

D'accord, c'est mon coiffeur, mais vous voyez le genre : un goût à couper le souffle, génial pour les conseils (que lui-même n'applique jamais) en matière de relations, et magnifique au point qu'on a du mal à garder les jambes serrées (homo, il va sans dire). Exactement le type de garçon vers lequel une fille en détresse aime se tourner.

D'après mon expérience, les coiffeurs sont beaucoup plus utiles que les vrais psys et, de toute façon, même si le conseil est merdique, au moins on a un beau brushing à la fin. Encore que, après le fiasco de la liste, il se peut que je sois dorénavant obligée de revoir mes sources de conseil. Je me suis dit qu'il fallait que je mette Albert sur ma liste noire, ce qui m'a réconfortée un petit peu.

Sans aucun doute, la fameuse liste intitulée « Ce que j'attends d'une relation amoureuse » avait détruit ma vie. Le lendemain, j'appellerais un avocat et je mettrais le litige en marche. Oui, c'était l'idée. C'est vrai, le fait de détruire ma dernière chance d'avoir un partenaire, ça doit bien valoir quelque chose, dans un palais de justice du monde libre ?

Mais l'Angleterre représentait-elle le monde libre ? Je ruminais tout cela pendant que le métro poursuivait sa route en bringuebalant dans le Londres souterrain. Comme les autres passagers, je regardais par terre en essayant d'ignorer le flot de mendiants, de musiciens et de fous errants qui défilaient dans la rame pour demander tantôt la charité, tantôt des applaudissements, tantôt qu'on donne nos dents, notamment à un type gravement dérangé qui se baladait avec un chariot.

J'en étais encore à réfléchir sur le monde libre lorsqu'un gars en costume accroché à une poignée au-dessus de moi a touché ma fameuse touriste en plein visage avec son attaché-case. Elle a émis un bruit de dégonflement gémissant ; j'avais de la peine pour elle. Je lui ai fait mon sourire rassurant « Office du tourisme » mais je voyais bien qu'elle passait un sale quart d'heure, entre moi qui étais assise sur ses genoux et le chauve à l'attaché-case qui lui tapait sur la tête. Ce n'était pas une sinécure pour elle, de voyager dans la Cool Britannia.

Alors quand le nazi à l'attaché-case a remis ça, j'ai décidé de jouer les bons Samaritains en lui plantant un coude pile dans l'entrejambe. Il a réagi comme les femmes quand un homme leur met la main aux fesses dans un train, puis il est parti calmement mais de son plein gré au fond de la rame. J'aimais mieux ça. Ma touriste a bafouillé avec reconnaissance – du moins, j'espère que c'était de la reconnaissance, parce qu'elle était un peu retournée, avec tout ça.

À la station Bank, j'ai remercié ma touriste de m'avoir prêté ses genoux, j'ai adressé un regard d'avertissement au nazi à l'attaché-case puis j'ai pris la ligne du Nord.

Exigeante ! Voilà ce qu'Emmanuel avait dit de moi. Il m'aurait giflée qu'il ne m'aurait pas fait plus mal. Exigeante ? Moi ? Je vous demande un peu, est-ce de l'exigence que de demander le côté droit du lit et la moitié de la couette ?

D'accord, j'ai aussi admis que je voulais être mise sur un piédestal, que je ne voulais pas toujours qu'on fasse moitié-moitié quand on sortait prendre un verre, ce qui était peut-être un peu trivial, et que j'apprécierais qu'il me fasse un petit cadeau de temps en temps, qu'il m'apporte le petit déjeuner au lit, ou alors un poème, ou n'importe quoi d'autre, quand il aurait une minute.

Ce n'est pas la mer à boire, tout de même. J'aime bien qu'il y ait un peu de romance, dans la vie. La belle affaire! Était-il vraiment trop choqué d'entendre ça? Je suis sûre que j'ai mentionné tout cela en passant, en plus; je veux dire, je ne suis pas complètement obsédée par la cellulite, j'ai un cerveau et des tripes et je m'en sers à l'occasion.

Mais si ça se trouve, la liste allait à l'encontre de tout cela.

Je crois qu'il a dit qu'il acceptait la liste dans l'ensemble, mais qu'il avait un problème avec le bannissement du sport. Pourtant, ça m'aurait donné l'occasion de la jouer façon Nations unies: je l'autorisais à lire les résultats de la finale de la coupe du monde de football, et, en contrepartie, il me donnait libre accès à toutes ses anciennes aventures avec les filles, et le droit d'exiger la monogamie. Après quoi, il verrait à quel point je pouvais être généreuse, et nous ferions l'amour comme jamais en constatant que nos sentiments se trouvaient à un niveau supérieur. Mais dire que j'étais exigeante! Dire que j'essayais de lui couper les ailes, de dénaturer son bon caractère gaulois! C'était trop.

Il a dit qu'il n'avait jamais rien vu d'aussi ridicule que cette liste, de toute sa vie, ce qui à mon avis est assez improbable, étant donné qu'il est critique d'art. Le plus cruel, c'est que c'est lui qui est parti. Si une relation doit se terminer – et franchement, c'est en général ce qui arrive, il suffit de regarder les statistiques – je veux que ce soit moi qui y mette fin. D'habitude, je réussis à m'en apercevoir, quand une relation arrive à son terme, et je me dépêche de clore l'affaire.

J'ai fait une liste des signes qui indiquent qu'un homme en a marre. Annuler plusieurs rendez-vous coup sur coup, coucher avec mes meilleures copines, etc.; voilà des signes annonciateurs qui me permettent d'intervenir et de couper le cordon, comme si l'idée venait de moi. Comme si j'avais mieux à faire de ma vie que de sortir avec un méprisable salaud de son espèce. Comme si.

Je sais que ça fait très précieux de dire ça, mais c'est toujours moi qui plaque, s'il y a quelqu'un qui doit se faire plaquer. Et je ne suis pas la seule, d'ailleurs ; statistiquement, c'est en général la fille qui rompt. C'est à cause de la nouvelle dynamique immorale des femmes, et parce que nous prenons notre destin en main, même si ce n'est pas d'une manière dominatrice du style « j'ai des couilles aussi, moi ».

La nouvelle immoralité consiste à se connaître soi-même et à tout mettre en œuvre pour arriver à ses fins. Alors qu'avant, j'aurais acheté un fond de teint hydratant marron doré juste parce que la vendeuse aurait réussi à me convaincre qu'un visage strié de marques orange m'allait bien, maintenant j'ai le courage de dire : « Certainement pas. » Enfin, plus ou moins.

La nouvelle immoralité consiste à vivre la vie que *Cosmopolitan* dit que vous pouvez vivre. Une vie où l'on obtient les meilleurs scores des tests, du style « Connaissez-vous vos désirs aussi bien que vous connaissez votre cellulite ? » Et « Ne perdez pas de vue votre sérénité personnelle ! ».

La nouvelle immoralité, c'est de dire oui au succès et non à l'échec. Oui à l'alimentation, non aux fourneaux. Oui aux intérieurs design, non au ménage. C'est de hausser les épaules à ce que les autres pensent de soi.

Ça consiste à avoir ce « petit rien » de chic qu'ont les filles dotées de très longues jambes et d'une expérience avec des agents de la pub. Vivre le moment présent, ne pas perdre de vue la sérénité. Mais il y a un os, en fait, un point épineux qui me reste à maîtriser : la nouvelle immoralité consiste également à faire en sorte que le bonheur ne dépende pas des sentiments ni du comportement d'une autre personne.

Voilà seulement que je commençais à avoir des doutes sur cette immoralité. Le coup de pied bien placé aurait peut-être été plus efficace, avec Emmanuel. Quand il est parti, au lieu de hausser les épaules en faisant comme si je m'en fichais, j'aurais peut-être dû crier : « Non, tu ne pars pas ! S'il y en a un des deux qui doit plaquer l'autre, c'est moi qui le ferai ! »

En plus, les hommes sont censés continuer à aimer toutes les femmes qu'ils ont aimées un jour ; ça fait partie de la culture masculine. Les hommes sont censés être déçus après une rupture, et ils referaient volontiers l'amour sans sentiments avec toutes leurs anciennes maîtresses si l'occasion se présentait, et ils s'en tireraient comme ça.

C'est pour ça que j'étais tellement en rogne. Emmanuel n'avait pas parlé de faire l'amour sans sentiments à l'avenir. Franchement, il s'était montré plutôt caustique à l'égard de nos futures perspectives sexuelles.

La première fois que je me suis fait larguer, j'ai pleuré pendant des jours, et puis j'ai raconté à toutes mes copines que c'est moi qui avais plaqué le gars. Je me rappelle comme elles étaient impressionnées que j'aie pu jeter un garçon aussi beau que Andy Bowen-Brown.

Lorsque Andy a lancé la méchante rumeur selon laquelle c'était lui qui m'avait laissé tomber, je me suis contentée de ricaner en disant : « Quelle fierté ! » Apparemment, cela a satisfait mes copines, qui se sont jointes à moi pour une délicieuse séance de critique, qui a duré des jours, jusqu'à ce que l'une d'entre elles sorte avec Andy.

Mais dans le cas présent, on savait très bien qui avait plaqué qui. Ce n'est pas qu'Emmanuel ait effectivement dit « Tu es larguée », mais à sa façon de me regarder après avoir froissé la liste et me l'avoir jetée dessus, j'ai plus ou moins compris que ce qu'il pouvait y avoir entre lui et moi était fini. Dieu merci, il était trop sophistiqué et trop français pour dire les choses en face. Au moins, il m'avait épargné cette indignité.

Je suis sortie à la station Old Street, où le soleil commençait à percer les nuages qui étaient restés suspendus au-dessus de Londres comme un parapluie gris pendant tout le printemps. Après avoir repéré les lieux, je suis montée vers le nord-est en direction de Hoxton Square, où je devais retrouver Alice.

Mes pieds avaient un peu gonflé et mes antiquités de chaussures me serraient tellement que je craignais que les coutures ne craquent. Elles devaient se sentir un peu mal à l'aise dans ce quartier. Même si Alexander McQueen y avait fait ses débuts, cette partie de Londres n'était pas vraiment un territoire propice aux vieilles chaussures en satin. C'était plutôt un endroit où il aurait fallu porter des bottes hautes. J'ai tourné mon sac pour qu'on ne voie pas que c'était un Prada, j'ai enlevé mes lunettes de soleil afin de mieux négocier les trottoirs cassés, les fuites d'égouts, les poubelles qui débordaient et les crottes de chien.

En descendant Great Eastern Street, un type en vélo m'a foncé dessus et il m'aurait renversée si je ne m'étais pas raccrochée à une vieille dame avec un chapeau de laine et un déambulateur. Quand il est reparti, il m'a injuriée en me traitant d'un nom que je n'avais jamais entendu.

La dame au chapeau de laine m'a dit de ne pas faire attention à lui et elle a crié : « Espèce de salaud ! » alors que je me cramponnais toujours à son déambulateur.

« Il y a un sacré paquet de trous du cul, dans le coin, mon petit, m'a-t-elle dit en me tapotant gentiment la main. Il ne faut pas faire attention à eux. J'ai toujours un bâton sur moi et je leur en donne des coups sur le dos quand ils passent à côté de moi. »

Je lui ai fait un sourire sororal pour lui montrer que j'étais en accord avec la nouvelle immoralité et j'ai poursuivi ma route.

D'après ma copine Alice, la seule chose que j'avais en commun avec Emmanuel, c'était d'aimer Emmanuel.

Elle me disait toujours : « Tu es amoureuse de l'accent, pas de l'homme. »

Mais, comme je le lui ai dit, un petit peu de français est beaucoup plus important que beaucoup de Birmingham, ville d'origine de mon précédent petit ami. Torse mince, jambes décharnées, artiste conceptuel, du genre à boire la bière au goulot, à fumer des roulées comme un pompier et à haleter pendant l'acte sexuel. Soyez-en sûres, celui-là, c'est moi qui l'ai plaqué.

Je sais que ça fait cliché, mais j'adorais ces petits riens dégoûtants qu'Emmanuel me murmurait à l'oreille en français quand nous faisions l'amour à la gauloise – c'est-à-dire la plupart du temps que nous passions ensemble, quand on additionne le tout. Encore une chose qu'Albert m'avait conseillé de faire.

« Calcule le temps que tu passes avec Emmanuel et soustrais le temps que tu passes au lit avec lui. »

En trois mois, on en était à quarante-cinq minutes, dont au moins vingt passées à le regarder parler au téléphone avec sa mère, qui habitait à Lyon – il avait pris mon téléphone, en plus. Il me devait toujours ce coup de fil. Et maintenant il était parti, notre histoire était finie et je me retrouvais une fois de plus au placard. Enfin, au bar, plus exactement. Noyer son chagrin, ça s'appelle, je crois.

Liste 3

La liste des peut-être

1. Peut-être que si j'avais cambré davantage le dos quand nous faisions l'amour.
2. Si je ne lui avais jamais montré mes cuisses.
3. Si j'avais toujours mis un Wonderbra.
4. Si je n'avais jamais parlé la bouche pleine.
5. Si je ne l'avais jamais appelé.
6. Si je lui avais posé plus de questions sur ce qui l'intéresse.
7. Si j'avais davantage simulé l'orgasme.
8. Si je lui avais demandé de faire l'amour plus souvent/si je n'en avais pas tant demandé.
9. Si je ne m'étais jamais démaquillée pour dormir.
10. Etc., etc. à l'infini. Peut-être qu'il m'aimerait toujours.

Cette liste est généralement suivie de la liste « À partir de maintenant » puis d'un comportement honteux. Ça fait partie du processus de guérison.

Alice travaillait dans une fantastique et prometteuse galerie du côté de Shoreditch, de celles dont on parle dans les journaux où l'art choque, plus qu'il ne sied au canapé et aux rideaux. Alice a ce petit quelque chose qui rend fou, tant les hommes que les femmes. Une silhouette 36 avec une taille de guêpe et des seins pointus. Mais je l'aimais comme si elle faisait du 40.

Elle m'a dit que si je me retrouvais effectivement

au placard, il fallait que j'ouvre les portes de temps en temps pour que d'autres garçons puissent me voir. « Et le meilleur endroit pour qu'on puisse voir une fille, c'est au bar », avait-elle dit.

C'était un après-midi très doux et Alice ne portait rien d'autre que son soutien-gorge en dentelle noire et un pantalon moulant marron Alien Workshop qui s'étirait sur ses hanches plus minces que minces. Elle a retiré ses rollers et les a lâchés sur une table comme un moudjahidin lâcherait ses armes. Si nous avions été à Bond Street, où je travaillais, tout le monde l'aurait dévisagée, mais ici personne n'en avait rien à faire. Les gens se baladaient à moitié habillés, ou trop habillés, à vélo, avec des chiens, des gamins, des sculptures attachées à des supports de perfusion ; ici, on sentait le white-spirit, la sueur et le formol. Peu importe.

J'ai regardé cette marée d'artistes et de propriétaires de galeries, ainsi que les habitants plus ou moins tendance de Fulham, qui essayaient vainement de faire comme s'ils étaient à l'aise au milieu du look cool étudié qu'arborait la communauté artistique locale vivant dans des lofts.

J'ai reconnu pas mal de gens de la galerie Saatchi, qui restaient debout dehors avec des enfants sur les épaules en guise d'affirmation artistique. Malheureusement, j'ai aussi repéré un type qui était venu nous apporter son portfolio à la galerie, la semaine dernière. Je redoutais qu'il ne me reconnaisse et qu'il ne vienne me demander si Stuart avait aimé son travail, alors j'ai entraîné Alice vers une table dans un coin sombre, où je pourrais la monopoliser correctement. Après avoir commandé notre première tournée, je l'ai questionnée :

— Est-ce que tu me trouves exigeante ? Honnêtement, sans réfléchir ?

Alice a peut-être tout de la classique bimbo avec son parfait petit nez et sa bouche courbée comme l'arc de Cupidon, mais elle est loin d'être bête : elle a tout de suite vu qu'elle était sur un terrain miné. Les mots « honnêtement, sans réfléchir » lui avaient mis la puce à l'oreille.

— Dans quel sens ? demanda-t-elle, espérant sans nul doute que j'allais oublier la question.

— Comment ça, dans quel sens ? Il faut répondre par oui ou non, Alice ! En sachant que ce serait mieux que tu répondes non. Alors, dis-moi !

Je lui ai décoché un regard furieux.

— Eh ben non, alors. Enfin... bon... ça dépend. Des fois.

J'ai mis un peu plus de menace dans mes yeux.

— Quand, exactement ? Je n'ai jamais été exigeante ! Sinon, donne-moi le jour et l'heure.

Alice a éclaté de rire, et après avoir lutté quelques secondes pour maintenir mon regard menaçant, j'en ai fait autant. Je savais bien que je prenais tout cela trop au sérieux, mais comme dirait Alice, il fallait que « je travaille là-dessus ».

— Il arrive à tout le monde d'être exigeant, Sass, tu ne serais pas humaine si tu ne l'étais pas.

J'ai hoché la tête d'un air malheureux. Elle m'a serrée dans ses bras et sa tendresse m'a fait monter les larmes aux yeux.

Alice me tapotait le dos un peu comme si elle espérait un rot ou je ne sais quoi.

— Emmanuel, c'est un con. Il voulait tout avoir sans rien donner. Alors quand tu as demandé quelque chose, il t'a bennée. C'était un salaud, Sass, un sacré salaud. Tu es bien mieux sans lui.

— Attends, attends, il ne m'a pas tout à fait bennée, ai-je rectifié en me redressant.

Je voulais tordre le cou à cette rumeur avant qu'elle ne massacre le peu de réputation qui me restait.

— Il est juste parti sans dire « à bientôt », c'est tout. J'ai simplement l'impression que notre histoire était arrivée en fin de parcours et qu'Emmanuel ressent la même chose. C'est une rupture par consentement mutuel, où chacun a simultanément décidé de plaquer l'autre.

— Peu importe, dit-elle d'un air peu convaincu. Toujours est-il que c'était un vrai merdeux et que tu es mille fois mieux sans lui.

Elle avait raison, et j'ai souri pour lui montrer que j'appréciais sa sagesse, mais je savais et elle savait, tout comme n'importe quelle fille qui a un jour rompu avec un vrai merdeux, qu'il faut beaucoup de temps pour digérer cette théorie du « c'était un vrai connard et je suis bien mieux sans lui ».

Ça commence par l'autoflagellation. Les « pauvre de moi » ; l'impression qu'il était tout pour moi et, en y repensant bien, j'adorais qu'il laisse ses capotes usagées par terre pour que je puisse glisser dessus. Tout à coup, il m'a semblé charmant qu'il dorme la bouche ouverte et qu'il garde le même caleçon deux jours de suite.

Après le blues du « il était tout pour moi », vient la liste des peut-être qui, comme le savent toutes les filles, est beaucoup plus douloureuse que la pire gueule de bois qu'on puisse avoir.

J'ai sorti la liste de mon sac et je l'ai lue à Alice.

— Peut-être que si j'avais gardé mon maquillage pour dormir.

Si je ne lui avais jamais montré mon derrière/ma cellulite/mes cuisses nues, etc.

Si j'avais simulé l'orgasme plus souvent/de manière plus expressive, plus bruyante.

Si je n'avais pas mangé autant quand nous allions au restaurant. Si je n'avais pas mangé du tout ?

Si je n'avais pas reconnu que j'aimais à ce point les films bêtes qui mettent de bonne humeur.

Si j'avais toujours porté un Wonderbra.

Si je m'étais maquillée davantage/moins/pas du tout ?

Alors peut-être, si j'avais fait tout ça et plus encore, peut-être qu'il aurait continué à m'aimer ?

Qu'est-ce que tu en penses ?

Elle n'a pas répondu. Elle avait eu l'air impatient pendant toute la liste des peut-être, hochant la tête et agitant les bras dès qu'un serveur passait, afin de commander de nouveau de l'alcool, double dose cette fois.

Alice avait déjà entendu la liste des peut-être, et elle savait qu'elle était suivie de près par la liste « À partir de maintenant », elle-même suivie de ma liste de promesses d'abandonner toute forme d'activité vitale telle que manger, dormir, etc.

— C'est décidé, je ne mangerai plus jamais rien !

C'est ce que j'ai crié de façon théâtrale à tout le bar en me ratatinant sur ma chaise, comme si mes vertèbres venaient de se dissoudre.

Alice a levé les yeux au ciel.

— C'est vrai ! ai-je dit avec le regard affolé d'un raveur qui parle de son trip à l'ecstasy. Tu ne verras plus jamais de nourriture franchir le seuil de mes lèvres. D'ailleurs, tu ferais bien de prévenir les tabloïdes et les équipes des infos télévisées au bout du troisième jour pour qu'ils filment ma mort comme si c'était de l'art d'installation. La galerie du Tate pourra la montrer dans ma rétrospective.

— Mais tu n'es pas une artiste, m'a-t-elle rappelé.

— Non, mais ma mort sera très artistique, et je veux qu'elle soit une sorte de tribut à mon... euh...

— Ton quoi ?

— Mon amour pour Emmanuel.

— Oh, de grâââce ! Ce connard ?

— Peut-être qu'à ce moment-là, Emmanuel verra ce qu'il a perdu. Non, en fait, il vaudrait mieux que tu appelles les caméramans le sixième jour. Là, je devrais avoir perdu au moins cinq kilos – il ne m'a jamais vue porter du 36. Ça lui fera un choc.

Alice m'a regardée d'un air sceptique, en grande partie parce que j'étais toujours en train de taper dans notre deuxième bol de gâteaux apéritifs à mesure que je parlais ; il y avait des miettes partout. J'ai jeté un coup d'œil à ma poitrine, qui était couverte d'un mélange de noyaux d'olives et de chips, et je me suis dit que là, je perdais les pédales.

Alice a essayé en vain de m'entraîner sur un territoire plus sensé, mais je restais insensible à toute logique. Pendant ce temps-là, le bar continuait à se remplir, et les deux chaises libres qu'il y avait à notre table ont été réquisitionnées par un couple de ringardes qui avaient l'air d'être sorties de la grande banlieue de Londres pour la journée, le Surrey, le Sussex ou tout autre endroit profondément craignos.

Nous nous sommes blotties dans notre coin sombre, au cas où elles boiraient un peu trop et qu'elles se rapprocheraient de nous pour discuter.

Nous avons de nouveau commandé à boire à une serveuse australienne. Elle avait un corps parfait, et je n'étais vraiment pas en mesure de supporter une chose pareille, à ce moment-là. Elle avait des seins là où les autres filles ont des projets d'implants mammaires, et ça m'a rappelé le jour où Emmanuel avait regretté mon manque de poitrine avant de suggérer que je fasse un emprunt pour pouvoir me faire siliconer.

En passant en revue point par point ma liste « Ce que j'attends d'une relation amoureuse » avec Alice, pour la millionième fois au moins, je lui ai demandé ce qu'il y avait de si terrible là-dedans. Alice, en bonne copine qu'elle était, a trouvé que ma liste était très bien et que le problème venait d'Emmanuel. Mais ça ne m'a pas aidée non plus.

— Comment a-t-il pu me plaquer, Alice ? Dis-moi. Je veux dire, franchement, tu plaquerais une fille comme moi, toi ? Enfin, si tu étais un mec ?

Alice a serré ma main dans la sienne.

— Bien sûr que non, a-t-elle dit. Allez, vide ton verre.

— C'est vrai, quoi, je lui ai même fait du café hier.

J'étais au bord des larmes, en me souvenant du délicieux altruisme de mon geste.

Alice a réagi à ma déclaration comme si je venais d'avouer que j'avais un penchant pour la fondue savoyarde.

— Tu lui as fait du café ? a-t-elle bafouillé. Ça alors, c'est une première ! C'était quoi, de l'instantané ?

— Bon, je ne l'ai pas vraiment fait, ai-je dit en regardant piteusement mon verre. Mais en tout cas, je suis allée au bar d'en face en peignoir pour en acheter un. Seulement, le temps qu'il se réveille, je l'avais bu, le café.

Alice a levé les yeux au ciel.

— Il ne s'est réveillé qu'à deux heures de l'après-midi ! Je suis sortie pieds nus, j'aurais pu marcher sur du verre ou pire encore. Je n'ai jamais fait ça pour aucun homme, ai-je dit en reniflant.

— Reprends-toi, a-t-elle dit sur le ton de la réprimande.

Sur ce, elle a allumé un gros cigare avec son Zippo. La flamme bleue a jailli, en me grillant pratiquement une mèche de cheveux au passage.

— En plus, on va bientôt à New York, alors concentre-toi là-dessus.

— Ah ouais, New York, ai-je marmonné.

J'ai tourné la tête pour qu'elle ne voie pas mon expression coupable.

— Tu lui as dit à Stuart, hein, que tu allais prendre des congés pour partir à New York avec moi ?

— Bien sûr, que je lui ai dit. Seulement, je ne suis pas sûre qu'il ait entendu, quand je lui ai parlé de New York. Il a beaucoup d'autres choses en tête.

— Oh là là, tu es une sacrée poire, Saskia Williams. Tu sais que tu as droit à des vacances ? C'était quand, la dernière fois que tu as pris congé ?

— J'y suis, en congé, là, non ? ai-je dit avec arrogance.

— Tu n'as jamais pris de vacances, je me trompe ?

— Pas au cours des derniers dix-huit mois, non. Enfin, j'aurais pu, mais Jon est parti et, depuis, Stuart n'est plus le même. Je ne peux quand même pas le planter comme ça. Il compte plus ou moins sur moi.

— C'est un homme, a-t-elle simplement répondu. C'est un adulte, et tu n'es pas sa mère. Je suis sûre qu'il peut se passer de toi une quinzaine de jours.

Elle regardait la flamme du briquet embraser le bout de son cigare.

— Oui, eh ben, se prendre une baffe, c'est une chose, mais ça lui a carrément foutu la vie en l'air, à Stuart, de voir ce que Jon lui a fait.

— Arrête un peu, Saskia. Ils étaient associés. Leurs relations de travail se sont aigries et Jon est parti. Ça arrive tous les jours, ça. Et ce n'est pas une raison pour que tu te jettes sur le bûcher des lamentations de Stuart. Tu as une vie, toi aussi !

— Une vie ? me suis-je écriée. Une vie qui ne vaut plus la peine d'être vécue. Je vais bientôt avoir trente ans.

— Et alors ?

— Tu peux parler, toi, tu n'en as que vingt-quatre. Tu as des années pour te faire une carrière et entasser des mecs. Ma vie est finie. Emmanuel, c'était ma dernière chance en amour. Je suis une femme défigurée qui vient de se faire plaquer.

— Tu as dit que ce n'est pas lui qui t'avait plaquée, tu as dit que c'était une rupture par consentement mutuel, m'a-t-elle rappelé.

— Oh, ne sois pas si américaine, bordel ! lui ai-je lancé avant de laisser échapper encore un douloureux sanglot.

Alice a soufflé la fumée de son Cohiba dans son verre vide et l'a regardée ressortir en volute comme la vapeur d'une marmite.

— Tu n'as passé que deux mois avec lui, m'a-t-elle fait remarquer.

— Trois.

— N'importe. Vous n'alliez jamais nulle part. Vous ne faisiez jamais rien. Vous ne vous parliez jamais. Mince, Sass, vous ne parliez même pas la même langue.

— Je sais, ai-je sangloté. Mais je l'aimais.

— Tu l'aimais ? Saskia, tu n'arrêtais pas de te plaindre de lui. Tu disais à qui voulait l'entendre que tu étais pressée de te débarrasser de lui. Que tu attendais juste le bon moment. Tu as même couché avec un artiste néerlandais le mois dernier en disant que ta liaison avec Emmanuel touchait à sa fin. Tu disais qu'il était égoïste, rasoir, prévisible et qu'on ne pouvait pas compter sur lui, m'a-t-elle rafraîchi la mémoire en comptant ses péchés sur les doigts.

— Eh bien, c'est un homme, c'est toi-même qui l'as dit. Ça ne signifie pas que je n'étais pas amoureuse. En plus, il était doué au lit.

Elle a failli s'étouffer.

— Ben quoi ?

— Tu as dit que tu couchais avec lui « par pitié ». Et mardi dernier avant de sortir, tu as dit, je te cite : « Je suppose que je vais devoir faire l'amour avec lui. » Et quand je t'ai demandé pourquoi tu y allais, tu as dit que c'était parce qu'il te faisait pitié.

— Je venais de passer un moment avec Albert. J'étais comme une petite bécasse. Ce n'est pas ce que j'ai voulu dire. Emmanuel était un amant merveilleux, je n'ai jamais connu mieux, sur le plan sexuel.

Alice m'a regardée, elle a hoché la tête d'un air désespéré et elle s'est remise à remplir son verre de fumée.

— Quoi ? ai-je insisté, avec la sensation que mon chagrin n'était pas pris au sérieux.

— Tu as aussi dit que tu attendais le bon moment pour le larguer. Tu disais qu'il n'était pas attentionné et qu'il ne t'emmenait jamais nulle part. Arrête de te voiler la face, Saskia, Emmanuel était un petit ami par défaut, et tu sortais avec lui parce que tu ne pouvais pas supporter d'être amoureuse de Jon Tashco.

J'ai eu l'impression de me prendre une gifle en pleine figure quand elle a dit ça. Jon et Stuart avaient mis fin à leur partenariat six mois plus tôt. Et Jon était un de mes meilleurs amis. Après des mois de critiques sournoises, ils avaient fini par se disputer pour je ne sais quelle raison et s'étaient séparés.

Jon avait laissé la galerie A Space à Stuart, mais il avait emporté les meilleurs artistes avec lui, et même si j'étais depuis peu adepte de la nouvelle immoralité, j'ai trouvé ça très bas. C'est pour ça que je suis restée avec Stuart et que j'ai refusé la proposition de Jon d'aller travailler à la galerie Tashco, mais j'y reviendrai plus tard. Je ne voyais presque plus Jon. Mais le véritable souci du moment, c'est qu'Alice venait de m'accuser d'en pincer pour lui.

— Absolument faux, me suis-je défendue. Et puis, il me semble que je serais la première à le savoir, si quelqu'un me plaisait, ai-je ricané non sans moquerie.

Les grands yeux bleus d'Alice ont roulé dans leur orbite avec une certaine incrédulité. Elle ne croyait pas beaucoup à ma capacité de juger mes propres sentiments. Cela ne faisait que trois mois que j'avais rencontré Alice, mais elle me connaissait mieux que je ne me connaissais moi-même. La première fois que je l'avais vue, elle venait d'être embauchée comme assistante à la nouvelle galerie de Jon.

Certes, Jon et moi avions flirté un peu, certes il avait le plus beau visage que j'aie jamais vu en dehors des publicités de jean, ainsi qu'un fantastique sens de l'humour ; j'aurais même accepté d'avoir deux fois plus mal pendant mes règles pour le voir tout nu. Mais amoureuse de lui ? De grâce, il avait dix ans de plus que moi. Techniquement, il aurait pu être mon père. L'autre jour, j'ai lu qu'un gamin de neuf ans était père d'une belle petite fille de dix livres. C'était dans le magazine *Hello !*, je crois.

— Pourquoi tu dis que je suis amoureuse de Jon, d'abord ? ai-je demandé sur un ton virulent.

Alice a levé la tête de son verre rempli de fumée et m'a regardée avec le même air que ma copine Sophie avait regardé la vendeuse de chez Harvey Nichols l'autre jour, quand la fille lui avait dit que le gris, c'était le nouveau noir.

— Oh, je t'en prie.

— Oh je t'en prie quoi ? ai-je dit.

— C'est évident, non ?

— Comment ça, évident ?

Elle tenait le cigare entre les dents à la manière d'un gangster.

— J'ai remarqué qu'il t'aimait bien.

— Remarqué quoi ? ai-je lancé.

Tout à coup, les sentiments de Jon envers moi étaient d'une importance vitale.

— Qu'est-ce que tu as remarqué ? ai-je répété.

— Il n'arrête pas de demander de tes nouvelles.

J'ai haussé les épaules.

— Et alors ? Tu parles d'une affaire ! Pourquoi ne demanderait-il pas de mes nouvelles ? On se connaît depuis longtemps. Tu vis avec moi et tu travailles avec lui ; c'est normal qu'il te demande comment je vais. Qui d'autre pourrait te poser des questions sur moi ? Le facteur ? ai-je ricané pour lui montrer combien son idée était absurde.

— Alors pourquoi est-ce qu'il demande après toi ?

J'ai levé les yeux au ciel.

— Il est sympa. Ça fait longtemps qu'on se connaît. Ça ne veut pas dire qu'on est amoureux. Et vu comment ça s'est passé avec Stuart chez A Space, il ne peut pas franchement me passer un coup de fil à la galerie pour savoir comment je vais, tu ne crois pas ? Stuart péterait les plombs. Non, tu es complètement à côté de la plaque, là. Jon et moi, on est juste copains, point final.

— En plus, il n'arrête pas de parler de « ton œil ».

— De mon œil ?

J'ai aussitôt porté une main à mon visage ; j'avais un œil qui clochait ou quoi ? J'ai commencé à paniquer.

— Qu'est-ce qu'il a, mon œil ?

Alice a décollé ma main de ma figure.

— Du goût, a-t-elle expliqué. Il n'arrête pas de dire des trucs du genre : « Saskia adorerait ça » et après il a les yeux plus ou moins dans le vague. Je le sens bien. C'est évident. Il t'aime bien, c'est incontestable.

Tout à coup, Emmanuel fut le cadet de mes soucis. Il fallait à tout prix que j'en sache plus sur la théorie que Jon avait un faible pour moi, mais en même temps, je voulais qu'Alice croie que je m'en fichais comme de ma première chemise, alors j'ai haussé les épaules et feint le désintérêt.

— Peu importe, ai-je soupiré.

J'ai fait comme si je m'ennuyais à cent sous de l'heure. J'ai peut-être même bâillé. J'ai commencé à tirer sur le lacet d'un de ses rollers.

— C'est vrai, ai-je repris, qu'est-ce que ça peut faire ? Et quand bien même il éprouverait quelque chose pour moi, je ne serais jamais intéressée. Surtout depuis que j'ai vu comment il a traité Stuart.

— Tu détestes Stuart.

— Et alors ? Je déteste aussi les chiens. Ça ne veut pas dire que j'approuve qu'on les maltraite.

— C'est vrai.

Elle s'appliquait à transformer un autre verre en conduit de cheminée. J'avais l'impression qu'elle s'était elle-même désintéressée de la conversation sur Jon. Le problème, c'est que j'étais subitement très intéressée, moi.

— Bon, alors je suis contente que ce petit malentendu soit réglé.

J'ai dit ça de manière raisonnable en croisant les bras, sur le ton que ma mère utilisait, une fois qu'elle m'avait bien tapé sur le système et qu'elle me forçait à accepter d'aller manger à Horsham le dimanche midi.

— Bon, eh ben tant mieux, alors, a conclu Alice pendant que la fumée ressortait de son verre. Parce que je crois qu'il a quelqu'un depuis peu.

J'ai repoussé la fumée de la main comme si ça me dérangeait vraiment. « Il a quelqu'un ? » s'est écriée de douleur ma petite voix intérieure. Je suis surprise que personne dans le bar ne l'ait entendue. J'avais pourtant bel et bien l'impression que tous les yeux étaient rivés sur moi. Il n'y a pas une minute, j'essayais de digérer le fait que Jon puisse avoir le béguin pour moi, et voilà, à peine commençais-je à me faire à cette idée qu'elle m'était arrachée.

— Il a quelqu'un ? Qui ça ?

Elle a haussé les épaules.

— Je n'en sais rien. C'est juste un pressentiment.

— Remarque, je m'en fiche.

La foule du bar commençait à m'oppresser. J'avais l'impression que cet endroit m'écrasait.

J'ai éprouvé l'envie soudaine de sortir, un besoin irrésistible de foncer dans les embouteillages. Si je suis restée sur place, c'est seulement parce que j'avais peur que les gens ne me regardent. J'ai piqué quelques gâteaux apéritifs à la table d'à côté quand personne ne faisait attention et j'ai continué à réprimer mes émotions en grignotant.

Alice a hoché la tête avant de souffler un nuage de fumée sur moi. J'ai toussé de manière ostentatoire. Elle avait toujours fumé des cigares. Des Cohibas quand elle pouvait en avoir, mais, la plupart du temps, c'était d'épouvantables El merdos. Elle n'en fumait qu'un ou deux par jour, ce qui m'exaspérait, au début. Je ne fumais pas, mais j'aimais bien fanfaronner en disant que si je m'y mettais, je n'irais pas à moitié.

Je serais comme ces accros désespérés qu'on voit sortir du cinéma comme des bombes à l'entracte pour se griller une cigarette. Ou comme les gens qui se font surprendre dans les toilettes des avions (couverts de patchs antitabac de la tête aux pieds) en train de s'éclater avec une Camel.

J'en allumerais une dès que j'ouvrirais les yeux le matin, et j'en aurais une au coin des lèvres pour m'endormir, comme une véritable débauchée.

Je pousserais peut-être même la plaisanterie jusqu'à accessoiriser ma manie avec des boîtes à cigarettes incrustées de pierres précieuses et des briquets Dunhill, et je me mettrais peut-être aussi au whisky on the rocks et aux longs romans postmodernes sur le déclin de l'immoralité dans l'ouest londonien.

Et quand je verrais des panneaux d'interdiction de fumer, je deviendrais folle furieuse et je hurlerais des propos incompréhensibles sur l'État providence jusqu'à ce que quelqu'un vienne me faire une piqûre de Valium. Je collectionnerais les amendes comme les conducteurs de Ferrari collectionnent les excès de vitesse : avec fierté. Les autres fumeurs s'émerveilleraient de mon courage et je deviendrais leur mètre étalon.

Partout, je serais la référence des fumeurs. Les fabricants de cigarettes feraient la queue pour m'avoir sur leurs pubs – la fille Marlboro du nouveau millénaire, en quelque sorte.

Ce que je déteste, c'est… oh, les fumeurs de cigarettes légères, qui se croient tellement cool. Ceux qui n'ont pas vraiment les poumons pour fumer vrai ; ceux qui ne fument que pour l'image ; ceux qui fument des « light ». Ce n'est pas fumer, ça, c'est poser !

C'est là que je me suis souvenue que Jon fumait des light.

Avant, il fumait des cigarettes roulées, ce qui est très cool. Un jour, il m'a dit qu'il aimerait bien arrêter mais qu'il manquait de modération. Il y a plusieurs années, il avait essayé d'arrêter en même temps que Stuart, qui avait décidé que ce serait une bonne chose que la galerie devienne un espace non-fumeur. Stuart avait utilisé des patchs mais Jon avait refusé, disant que ça lui semblait cinglé d'avoir la drogue sans le plaisir. Il s'était mis à fumer des cigarettes légères – ce qui était également très cool à l'époque.

La modération de Stuart nous faisait rire, Jon et moi, mais depuis que Jon a quitté A Space, Stuart s'est remis à fumer comme si c'était une question de vie ou de mort.

Je n'ai jamais été très calée pour la modération, mais ça ne fait rien parce que Albert m'a dit que ce n'était pas une qualité très évoluée. Albert n'est pas du tout modéré, ce qui explique pourquoi il est doué pour couper les cheveux.

Mon frère, Martin, excellait dans la modération – c'était inquiétant, à vrai dire. Il n'a pas été facile de grandir aux côtés d'un frère qui ne mangeait qu'un seul carré de sa barre de chocolat quotidienne. Un carré !

En y pensant bien, c'est hallucinant que mes parents ne l'aient pas abandonné ni offert comme cobaye à des scientifiques. Ça va sûrement à l'encontre du code génétique, d'approcher une grosse barre chocolatée en disant « un seul morceau à la fois ». Ça relève de *X Files*, à mon avis, c'est digne de ce que pourraient faire des extraterrestres qui voudraient s'accaparer la Terre.

Chaque année, à Noël, nous avions une énorme tablette de chocolat chacun, et la mienne disparaissait le jour même, généralement entre le dessert et le gâteau de Noël.

Martin commençait sa tablette le 26 décembre et parfois même plus tard – le 1er janvier, une année. Le suspense était atroce. Je me rappelle m'être rongé les ongles jusqu'au sang tant j'étais impatiente.

Une fois ouverte, la tablette pouvait durer presque tout le mois de janvier. Ce n'est pas parce qu'il était radin ni quoi que ce soit ; au contraire, en fait. Il partageait toujours tout, y compris le chocolat. Mais seulement un carré à la fois.

Albert m'a dit que ça devait être un fanatique de la maîtrise de soi, un sadique qui adorait le pouvoir, mais que si c'était le cas, il ne s'en servait pas comme il fallait. Personnellement, j'ai toujours pensé qu'il aurait dû utiliser ses rations de chocolat pour bénéficier de certains avantages, comme les prisonniers le font avec les cigarettes, pour éviter que leurs collègues ne les violent sous la douche ou ne leur passent devant aux toilettes.

Martin aurait peut-être pu obtenir la plus belle des deux chambres s'il avait été un peu malin. J'étais incapable de résister au chocolat.

En fait, il se trouve que Martin est devenu bouddhiste ; il est parti vivre à Cambridge et il ne prend même plus la peine de revenir chez nous à Noël pour prendre sa ration de chocolat. Maman a arrêté de lui en acheter, ce qui est une véritable tragédie parce que, pendant quelques années, j'ai hérité de sa part, à l'époque où maman espérait encore qu'il se lasserait du ragoût de lentilles et qu'il viendrait faire un saut dans son Sussex natal pour manger une bonne dinde avec toutes ses garnitures traditionnelles.

Maintenant, elle se contente de dire ce genre de choses :

— Tant pis, au moins il a l'air heureux.

— Ceux qui adhèrent à la secte Moon aussi, je lui dis.

Mais ma mère s'est résignée à voir les hommes partir ; elle pense que c'est inévitable, qu'ils s'en aillent. C'est ce qu'a fait mon père. Maman voit les hommes comme des créatures délicates, très nerveuses, qui ont besoin que tout soit net et précis, sinon ils tombent dans la phobie.

On n'a pas revu mon père depuis qu'il est allé se promener dans l'Himalaya, il y a dix ans de cela. Pour autant que nous le sachions, il est toujours là-bas, il doit abandonner ses femmes népalaises à chaque fois qu'elles tombent enceintes. Il a écrit une fois pour demander à maman de lui envoyer ses affaires, ce qu'elle a fait, avec douze paires de chaussettes neuves en prime. Ça en dit long sur leur couple.

Le bar était en train de se remplir de gens qui sortaient du travail. Des types de la City avec leurs bretelles rouges, leurs costumes de styliste et leurs cravates colorées pour la frime. Des agents immobiliers en costume de confection et chemise à rayures qui venaient entretenir un petit peu leurs relations avant de retourner dans leur ennuyeuse banlieue de Putney.

J'avais envie de demander à Alice s'il était possible que Jon passe après la fermeture de la galerie, mais je ne voyais pas comment glisser une question comme celle-là sans relancer la conversation sur les prétendus sentiments de Jon à mon égard. J'avais beau ne pas m'intéresser le moins du monde aux susdits sentiments (bien sûr que non), entendre que Jon aimait désormais quelqu'un d'autre, c'était trop me demander. C'était idiot, vraiment, parce que je ne ressentais rien pour Jon. Bien sûr que non.

Je me suis dit que j'étais peut-être de ces filles follement possessives qui ne supportent pas que leur meilleur ami sorte avec d'autres filles, comme Julia Roberts dans *Le Mariage de mon meilleur ami*.

Toujours est-il que je n'aurais vraiment pas tenu le coup si j'avais vu Jon entrer bras dessus bras dessous avec une autre fille, surtout une superbe taille 36 avec une carrière phénoménale. Ce serait vraiment trop pour moi. Comme de lâcher la porte des yeux.

Je ressemblais aux chiens avec des bandanas qui étaient attachés à des chaises, dehors. Je les voyais lécher le goulot de bouteilles de bière qu'on avait jetées là ; ils scrutaient les passants d'un œil mélancolique, espérant vainement que quelqu'un viendrait les chercher et les emmener à la maison.

La musique avait pris quelques décibels et maintenant, il fallait crier pour se faire entendre. Une des ringardes assises à côté de nous avait enlevé son haut, exposant ainsi un torse d'aspect plutôt caoutchouteux et un soutien-gorge Marks & Spencer.

Nous avons commandé à boire encore et encore, et notre table commençait à être passablement encombrée de verres vides. La serveuse australienne qui avait l'air de sortir tout droit d'*Alerte à Malibu* avait cédé la place à un Allemand pas mal, qui aurait presque réussi à me faire oublier mon chagrin.

Presque.

J'avais lu un article dans lequel il était dit que les Allemandes préféreraient coucher avec des poupées gonflables plutôt qu'avec des Allemands. Comme j'étais désolée pour lui, je lui ai adressé un regard qui voulait dire : « Je coucherais bien avec toi, Klaus, si je n'étais pas d'humeur aussi fichtrement tragique ».

Plusieurs personnes commençaient à regarder du côté de notre table, sans doute parce qu'elles venaient de s'apercevoir qu'on leur piquait leurs gâteaux apéritifs, mais leur attention me rendait un peu parano. Ça me donnait envie de rentrer chez moi, et j'étais encore terrifiée à l'idée que Jon et sa nouvelle petite amie puissent entrer dans le bar. Je n'aurais pas supporté qu'ils s'approchent de notre table en disant « Salut ! » comme si tout allait bien. Mais Alice n'avait pas du tout l'air d'avoir envie de partir, elle. J'ai décidé d'essayer de la rendre aussi impatiente que moi de sortir de là.

— Arrête de faire ça, ai-je sifflé.

Elle en était à son deuxième cigare et elle continuait à recracher la fumée dans les verres vides.

— Tout le monde regarde, Alice.

— Et alors ? a-t-elle dit en levant les yeux.

J'ai compris que dire à Alice qu'elle se faisait remarquer n'était pas la bonne tactique. Elle aime se faire remarquer. Ivre ou sobre, Alice est une attireuse d'attention hors du commun. Une exhibitionniste qui ne retire pas sa culotte en public, à peu de chose près.

— Ils croient que tu es en train de me plaquer, ai-je chuchoté, changeant mon fusil d'épaule.

— Qu'est-ce que tu racontes ? a-t-elle demandé, un peu embrouillée.

Je me suis approchée de son oreille.

— Je crois que tout le monde nous prend pour un couple de lesbiennes.

Je savais que ça ferait réagir Alice, ça. Elle craignait toujours que les hommes ne la prennent pour une homo et qu'ils ne viennent pas la baratiner.

— Qu'est-ce qui te fait croire ça ? a-t-elle dit en jetant un coup d'œil aux regards étranges qu'on nous adressait.

— Eh bien, regarde, tout le monde a les yeux sur nous. Ils voient que je suis dans un état lamentable, ils voient que tu t'en fous, à cracher de la fumée comme ça dans les verres. Alors c'est normal, ils croient qu'on est en train de se disputer.

Je devais parler plus fort que la musique, ce qui fait que quelques têtes de plus se sont tournées dans notre direction.

— Tu es complètement parano, là, personne ne regarde, et de toute façon, a-t-elle dit en balayant la salle du regard, laisse-les donc croire ce qu'ils veulent ; il n'y a personne d'intéressant, ici. Peut-être que tu devrais reprendre un verre, a-t-elle suggéré.

— Peut-être qu'on devrait partir ? ai-je dit, constatant que tout le monde tenait fermement son bol de gâteaux apéritifs contre sa poitrine.

— Ici, personne ne fera jamais attention à toi, tu peux en être sûre, m'a-t-elle dit d'un ton rassurant. Il n'y a pas de meilleur endroit à Londres pour passer inaperçu. Crois-moi. C'est toujours ici que je viens quand j'ai envie de ne pas me faire remarquer.

Je l'ai regardée d'un air interrogateur. Je ne pouvais pas imaginer un instant qu'Alice n'ait pas envie de se faire remarquer ; elle était toujours le centre d'attention. C'était en cela que nous étions différentes, Alice et moi. Quand j'étais gamine, je me plaignais tout le temps que les gens me regardaient. « Oh, ne sois pas si vaniteuse, me disait ma mère. Qui pourrait bien avoir envie de te regarder ? Ce serait très étonnant. »

Même quand j'ai joué dans la pièce de théâtre de Noël à l'école, et que je me suis tournée vers ma mère pour qu'elle me rassure et m'aide à surmonter le trac, elle se moquait de moi : « Pourquoi avoir la trouille de monter sur scène ? Toi ? Tu joues seulement le rôle de l'âne. Tout le monde va regarder Marie. Personne ne fera attention à toi. »

L'attention, c'était quelque chose qui profitait aux autres filles, aux filles d'une beauté exceptionnelle. Aux filles comme ma sœur Rebecca, en gros. De sept ans mon aînée, elle était mariée et vivait dans le Richmond avec son banquier de mari et ses trois superbes enfants. Ma mère était en adoration devant ma sœur.

Ce n'était qu'une maigre consolation de savoir que la vie de Rebecca consistait désormais à planifier les repas de Jeremy et à surveiller que la nounou croate ne secoue pas trop le bébé.

Pendant toute mon enfance, Rebecca était la star, celle qui était destinée à de grandes choses, pendant que mes bulletins scolaires décrivaient mon travail comme « satisfaisant ». Quoi de plus cruel ? Personne ne pensait jamais que je pouvais faire quelque chose de bien, et quand j'ai eu ma licence avec mention très bien, ma mère n'en a été nullement impressionnée.

« Ta sœur n'a pas eu besoin de passer une licence, ma mère ne se lassait-elle pas de me dire. Elle a pu faire un bon mariage grâce à son physique, elle. »

Ma mère voyait dans le mariage l'accomplissement suprême de la femme. Pour elle, le féminisme n'avait pas existé. L'apparence physique était tout. « Tu es jolie, à ta manière », concédait ma mère à chaque fois qu'elle réussissait à me déprimer à cause de mon physique. Quand elle parvenait enfin à me faire arrêter de sangloter, elle ajoutait toujours : « Mais tu ne feras jamais tourner les têtes. »

Liste 4

Les choses que je veux oublier

1. La première fois que je suis allée « jusqu'au bout » avec un garçon.
2. La première fois que je suis tombée amoureuse et que je me suis complètement ridiculisée en envoyant des messages honteux et indignes à un garçon qui les a accrochés dans son dortoir.
3. Ma première cuite (cf. numéro 1 ci-dessus).
4. Ma deuxième cuite, parce que j'ai vomi sur mon petit ami, compromettant ainsi ma deuxième expérience sexuelle (cf. numéros 1 et 2 ci-dessus).
5. Travailler pour Stuart Dumass.
6. Avoir été demoiselle d'honneur au mariage de Rebecca.
7. Ne pas travailler pour Jon Tashco.
8. Mon goût prononcé pour les aliments gras.
9. Coucher avec Emmanuel.
10. Toutes les fois où j'ai cru un mensonge.

Après quelques bloody mary de trop, j'ai donné tort à ma mère. À ce moment-là, toutes les têtes étaient tournées vers moi. Rebecca, la jalousie va te faire avaler tes ovaires !

Les yeux dans le vague derrière mes lunettes de soleil Gucci, le tee-shirt noué sous la poitrine, le ventre à l'air, et la jupe remontant suffisamment pour montrer ma petite culotte, je dansais sur une table du milieu du bar.

Invincible, impénétrable et absolument sublime, si seulement ma mère avait pu me voir.

— Tu ne crois pas que tu devrais descendre, maintenant, Saskia ? supplia Alice dans le brouhaha du bar tout bleu de fumée.

— Je m'éclate ! répondis-je en rajustant mes lunettes noires.

Là-dessus, j'ai fait une nouvelle figure de karaté, sous les applaudissements de la clientèle nocturne en délire, à savoir un paquet d'artistes au crâne rasé que j'avais refusé d'exposer à la galerie où je travaillais.

Les agents immobiliers et les gars de la City étaient tous repartis chez eux, dans les quartiers civilisés de Fulham et de Putney, où le risque de trouver des filles qui dansaient sur les tables était encore relativement faible.

J'ai senti la table chanceler, j'ai repris mon équilibre et j'ai fait une flamboyante révérence. J'étais une star et je le savais. Le monde m'appartenait et j'étais son nombril.

Ô mon Dieu.

— À boire, tavernier ! criai-je en tendant ma chaussure en satin pour qu'on vienne la remplir.

— Mince, Saskia, tu vas abîmer tes chaussures, me gronda Alice.

— T'es pas folle ? m'égosillai-je. On ne peut pas abîmer des chaussures qui survivent depuis 1880, elles... elles... elles appartiennent à un autre espace. À une autre dimension. Elles vivent parmi nous, mais elles ne font pas partie de nous, déclarai-je dans mon plus beau style empereur romain. Ces chaussures ont été conçues pour montrer que la vie n'est pas que chair et sang.

Bon, d'accord, je n'étais pas au mieux de ma forme oratoire, mais c'était juste une folie passagère. Après une rupture, danser sur les tables, boire dans des chaussures en satin et, de manière générale, se couvrir de ridicule, voilà qui relève simplement du processus de guérison, n'importe quelle fille postmillénaire vous le dira.

— Tu vas te tuer, prévint Alice en m'attrapant par le bras au moment où la table penchait dangereusement. Allez, il faut qu'on y aille, maintenant, il est tard.

— Quoi ? Ce n'est même pas l'heure de la fermeture, espèce de rabat-joie ! raillai-je.

Le public m'a soutenue dans une cacophonie de huées, de sifflements et d'encouragements.

— Allez, Sass, fais-nous voir encore comment tu bois dans ta chaussure ! lança une personne avec des cheveux verts en brosse.

— Ouais ! C'était génial ! ajouta un autre de mes adorateurs, en donnant un coup de coude dans les côtes de sa copine.

La copine en question avait l'air déconcertée et, à sa manière de me regarder, je voyais bien qu'elle était de l'avis d'Alice : il était temps que la blonde aux lunettes Gucci quitte le bar et n'y remette jamais les pieds.

— Allez, viens, tu vas te sentir supermal demain, souffla Alice.

Je l'ai regardée comme si c'était une socialiste en pleine campagne électorale à Islington, le haut lieu de la gauche caviar. En même temps, je me disais : qui est donc Alice pour me faire la morale sur mes perspectives de gueule de bois ? C'était tout de même elle qui transportait dans son sac à main des quantités illégales d'Alka-Seltzer, au cas où. Les gueules de bois faisaient partie de la vie d'Alice, une vie de grande buveuse, grande fumeuse et grande amoureuse.

Un type en costume rétro moulant, qui était assis à l'autre bout de la salle, m'envoyait des baisers en l'air. Son visage, que seule une mère pouvait aimer, comptait au moins une cinquantaine de piercings, mais son sens de l'opportunité m'encourageait suffisamment pour que je lui envoie quelques baisers en retour.

— Tu vois, mon public m'adore! dis-je à Alice en lui montrant mon fan tout troué.

— C'est ça, ouais! Ces gens-là, ils aimeraient Margaret Thatcher si elle venait ici avec la robe suffisamment relevée. Je ne sais pas ce qu'on fiche ici alors qu'on doit toutes les deux se lever de bonne heure demain matin. Moi, j'y vais, et s'il te reste une cellule sobre dans le cerveau, viens avec moi.

Ayant dit cela, elle plongea le bout de son cigare dans ma chaussure désormais liquide.

Alice est new-yorkaise, elle fait preuve d'un bon sens incorrigible en tout, sauf en ce qui concerne les chaussures (talons compensés Vivienne Westwood, même pour aller travailler), les hommes (elle peut les choisir, elle, tu parles), l'alcool et les cigares. Bon, d'accord, elle n'est peut-être pas si raisonnable que cela, mais qui voudrait suivre les conseils d'une personne censée être raisonnable, de toute façon?

Je ne la connaissais que depuis quelques mois, lorsqu'elle avait répondu à la petite annonce que j'avais posée à la nouvelle galerie de Jon pour trouver un colocataire. À ce moment-là, elle avait déjà décroché le boulot d'assistante de Jon.

Ce qui m'a frappée chez Alice, c'est que, même quand elle est aux prises avec une rupture, elle sait contrôler ses processus cognitifs. C'est vraiment impressionnant. Alice a une chose que ma mère avait décrété, dès le départ, que je n'aurais jamais: le sens commun. Pour commencer, Alice savait, mieux que tous ceux qui jouaient les stars en costume rétro au Cantaloupe ce soir-là, ce que cette table de bar chancelante pouvait supporter. Et ce n'était pas une fausse blonde d'un mètre soixante-dix pesant cinquante-sept kilos qui venait de se découvrir un talent certain pour les figures de karaté.

J'essayais de regarder Alice et de lui donner une réponse à peu près cohérente, tandis que la salle flottait autour de moi.

— Alors ? Tu viens ? insista-t-elle en tirant sur ma jupe.

J'ai répondu par une spectaculaire acrobatie comme je l'avais vu faire par un gars dans la comédie musicale *Starlight Express*, à la télé. C'était assez facile, en fait, il suffisait de se jeter en l'air en balançant les bras et les jambes comme une cinglée, le tout avec un grand sourire.

La dernière chose dont je me souviens, c'est le crescendo d'applaudissements que j'ai entendu pendant que le monde s'écroulait sous mes pieds. Après, j'ai vu clignoter devant mes yeux la liste « Ce que j'attends d'une relation amoureuse », puis ce fut le trou noir.

Liste 5

CE QUE J'ATTENDS D'UNE RELATION AMOUREUSE

1. Le côté droit du lit et au moins la moitié de la couette.
2. Du piquant, de l'humour, de la passion et de l'adoration. Évidemment.
3. Du fantasme. J'espère que ça ne fait pas trop creux, mais la taille, ça compte.
4. Un homme qui comprend que la cellulite est l'équivalent féminin de la taille du pénis. Par exemple, je te dis que le tien est énorme, tu me dis que je n'en ai pas – fastoche.
5. Quand je te dis que je ne veux pas que tu en fasses trop pour la Saint-Valentin et les anniversaires en tous genres, c'est parce que je ne veux pas que tu croies que je suis superficielle. C'est toi qui serais superficiel, bien sûr, si tu prenais ça au pied de la lettre.
6. N'admets jamais de faire un rapprochement entre le stress prémenstruel et un comportement déraisonnable.
7. Ce point est facultatif, mais hautement souhaitable. J'aimerais bien te surprendre en train de m'observer d'un œil amoureux quand je me réveille.
8. Abandonne tout intérêt pour le sport. Essaie de dire : « C'est qui, Cantona, déjà ? » quand un autre type vient discuter football avec toi.

9. Insiste pour que j'accepte tes démonstrations d'affection. La poésie, c'est bien aussi, mais une petite boîte bleue entourée d'un ruban est préférable.

10. L'engagement. Pas aussi fort que le mariage, bien sûr, mais investissons un peu plus dans notre histoire qu'une boîte de capotes.

Le lendemain matin, je me suis réveillée avec la liste collée sur la figure. Un rapide coup d'œil à ma montre a confirmé ma pire crainte : j'étais en retard d'une heure pour le travail. Plus effrayant encore, le soleil ne s'était pas encore levé. C'était Armaggedon ? Tous les arsenaux d'armes nucléaires du monde avaient-ils été ouverts ?

En fait, non. En me regardant dans la glace, j'ai découvert que je portais toujours mes lunettes de soleil et, en m'examinant de plus près, pas grand-chose d'autre, si ce n'est un porte-jarretelles et un bas solitaire qui avait dégringolé sur ma cheville et qui se cramponnait comme il pouvait à mon pied. Collé avec du bloody mary. Ça semblait sortir tout droit de la comédie musicale *Cabaret*.

J'avais l'impression d'avoir un cendrier dans la bouche, et j'avais mal partout, comme si quelqu'un m'avait fait une brûlure indienne à chaque muscle. J'avais un marteau dans le crâne, qui tambourinait avec la férocité de la honte plus qu'avec celle de la douleur, je dois avouer. Malheureusement, je me rappelais la soirée de la veille dans ses moindres détails, ce qui n'était vraiment pas très utile, et j'ai secoué mes neurones pour qu'ils se préparent à la survie. Avais-je réellement dansé sur une table ? Aïe !

La puanteur que dégageaient mes chaussures encore imbibées de bloody mary m'a levé le cœur, remuant chaque souvenir oublié : le manque de cérémonie avec lequel on m'avait poussée dans un taxi, la manière dont le chauffeur avait aidé Alice à me faire entrer dans l'appartement…

Mes synapses m'ont offert une image particulièrement méchante de moi en train de m'accrocher à la jambe du chauffeur de taxi en lui promettant que, s'il m'aidait à monter sur la table basse, je lui ferais mon imitation de la grande danseuse Margot Fonteyn. Après, je me souviens que le chauffeur s'était laissé convaincre par ma proposition et qu'Alice lui avait donné dix livres sterling pour qu'il oublie ce que je venais de dire.

Dans l'immédiat, je faisais de mon mieux pour rester debout, je me tenais à mon portemanteau qui, pour la première fois depuis le début de notre longue histoire, ne s'est pas écroulé par terre. Il y avait un mot d'Alice sur la porte de ma chambre. Elle avait écrit qu'il y avait de quoi soigner ma gueule de bois dans la salle de bains, et elle avait indiqué la marche à suivre pour mettre en route la cafetière à expresso.

Cette information a mis du temps à s'infiltrer dans la partie appropriée de mon cerveau. En bas des instructions, elle avait ajouté: «Aujourd'hui, c'est le grand jour: New York, ou tu crèves!» La mort ne m'apparaissait pas si rebutante, sur le moment.

Avec Alice, nous avions signé un pacte un soir de cuite, au début de notre rencontre: nous partirions toutes les deux en vacances à New York. C'était facile, pour elle: elle avait un chef qui croyait à la convention de Genève.

Ce n'est pas que je ne voulais pas visiter la Grosse Pomme, mais le fait de devoir coincer Stuart pour lui demander une chose qui allait lui donner envie de m'assassiner ne me semblait pas plus attrayant que ça, à la froide lumière de la sobriété.

Je ne voulais pas faire faux bond à Alice, c'est vrai, mais qu'est-ce que je pouvais faire? Je crois que j'espérais qu'en tergiversant suffisamment longtemps, Alice en aurait assez de m'attendre, et qu'elle partirait toute seule, ou avec quelqu'un d'autre. Elle était new-yorkaise, après tout, ce n'était pas comme si je l'abandonnais avant de partir en voyage organisé à Cuba.

Le soleil passait à travers les stores cassés de notre appartement de Notting Hill, ce qui m'a gravement tapé sur le système et a fait resurgir mon pire côté sarcastique. Génial ! On était en mai, cela faisait des mois que j'attendais l'apparition du soleil. Et voilà que la météo anglaise, avec sa manie de faire chier le monde, avait choisi un lendemain de cuite mémorable pour nous envoyer des UV à nous cramer la rétine.

J'ai balancé mon oreiller en direction des stores, ce qui a cassé quelques lattes supplémentaires.

Une demi-heure plus tard, j'avalais le contenu de notre armoire à pharmacie, y compris, accidentellement, un suppositoire appartenant à Alice. Elle se désintoxique et se nettoie le système presque autant qu'elle le pollue et le maltraite. Elle a un problème, je veux dire. Elle se fait des lavements comme moi je me fais les ongles ou des masques pour la peau. C'est comme ça qu'elle se chouchoute, elle.

Après m'être trompée plusieurs fois de chemin, j'ai enfin réussi à mettre un pied chancelant dans la cuisine. En temps normal, la cuisine et moi, nous sommes assez étrangers l'un à l'autre, alors il était tout naturel que je sois momentanément choquée de la voir si propre, voire hygiénique.

Je suis plutôt du genre chambre/salle de bains, comme fille, ravie de laisser le côté cuisine aux autres. Mais là, c'était un cas de force majeure et Alice m'avait préparé la cafetière, adorable comme elle est. Croyez-moi, je n'exagère pas quand je dis que je n'aurais jamais réussi à descendre à la station de métro sans avoir bu de café.

J'ai réussi à m'habiller tant bien que mal, choisissant une tenue qui cacherait le plus possible mon anatomie d'un seul coup – un purdah aurait été idéal. Après avoir semé une bonne partie de ma garde-robe tout autour de ma chambre, je me suis arrêtée sur une longue chose fluide en toile blanche que j'avais achetée l'été précédent chez Hyper Hyper sur High Street Kensington. J'ai assorti mon choix d'une paire de bottes militaires israéliennes. Oui, c'était exactement un jour à jeter des pierres dans les chaudes rues de Bethléem, ai-je dit à mon reflet dans la glace. « Tu l'as dit, bouffi » a répondu mon reflet.

Comme la plupart des gens qui souffrent d'une bonne gueule de bois, l'humanité était mon ennemie, ce matin-là. La nouvelle immoralité a décrété que quelqu'un allait prendre et, pour une raison ou une autre, c'est tombé sur Jake, le type qui fait la manche à la station de métro.

Si vous n'habitez pas à Notting Hill et si vous n'avez pas l'habitude de côtoyer la population itinérante du quartier, vous ne connaissez sans doute pas Jake. Mais croyez-moi, vous connaissez le style. Personne ne méritait plus ma mauvaise humeur que Jake.

Il habite à Ladbroke Grove et il fait la manche le matin et le soir à la station de métro de Notting Hill, où des voyageurs de la middle-class, rongés par la culpabilité, lui donnent des pièces de monnaie. Le quartier de Notting Hill est carrément pétri de bonne conscience. Imaginez des restaurants où l'on n'arrive jamais à réserver une table ; imaginez des façades en brique et des murs ocre ; imaginez des jeunes stylistes, des gens des médias et des acteurs ; imaginez de gigantesques canapés blancs, imaginez une bonne conscience – des tonnes de bonne conscience. Voilà mon quartier.

Jake a à peu près mon âge. Il a fait des études d'art pendant, disons, cinq minutes à l'école Goldsmith, en même temps que moi. Déjà à l'époque, je le détestais, et je le déteste toujours. Il fumait tellement de joints qu'il avait une activité hormonale débridée, au point d'attraper le bug de l'an 2000. Vous savez, cette maladie qui fait croire aux gens que la fin du monde peut arriver à tout moment, alors à quoi bon aspirer à quoi que ce soit quand on va tous finir par bouffer des cafards ? C'est la théorie de Jake. Il m'arrive parfois de le croire, notamment lorsqu'il me surprend à une période particulièrement sensible de mon cycle.

Mais Jake appartient à cette catégorie de gens que j'ai toujours détestée ; je suis sûre que si j'allais voir un spécialiste de la réincarnation, il me dirait que ça fait des milliers d'années que je déteste Jake. Nous nous haïssions certainement déjà au temps de l'Égypte ancienne. C'est l'impression que j'ai, en tout cas. Il a absolument tout ce que je n'aime pas chez un homme, ce n'est rien de le dire.

Depuis quelque temps, il sort avec la vendeuse d'accessoires pour cheveux sur le marché. Je n'arrête pas de dire à la fille qu'elle peut trouver mieux – comme si j'y connaissais quelque chose !

Ce matin-là, Jake faisait mine de trembler de froid, alors qu'il faisait un temps plutôt magnifique pour toute personne qui n'aurait pas connu une soirée trop arrosée. Il portait une grosse écharpe, une veste chaude, des mitaines en laine et un béret. N'importe quel mendiant qui se respectait lui aurait balancé le guide du cliché à la figure.

Quand il m'a vue, il a cessé de se lamenter et il m'a dit :

— J'ai un pote qui t'a vue au Cantaloupe, hier soir. Pas trop mal, tes gambettes, il a trouvé.

Sur ce, il m'a reluquée d'un air suggestif avant d'enfouir son nez crasseux dans ma figure.

Comme l'état de fragilité dans lequel je me trouvais ne m'a pas permis de trouver quelque chose d'intelligent à dire, je me suis contentée de retourner le chiffon dans lequel il collectait sa monnaie, et j'ai senti ma gueule de bois s'alléger légèrement en entendant les pièces dégringoler bruyamment sur les marches du métro. Parfois, une bonne gueule de bois peut servir de catalyseur pour faire une chose qu'on avait envie de faire depuis des années.

— Eh, pourquoi t'as fait ça ? gémit-il.

Seulement, c'était un gémissement assez sonore, plutôt théâtral, afin que les autres passants puissent l'entendre. S'il y a une chose que Jake aime par-dessus tout, c'est de jouer la comédie devant la foule.

Sentant monter un accès de nouvelle immoralité, j'ai souri.

— Parce que tu es nul, ai-je répondu.

Le type qui vend des magazines pour les sans-abri sur le trottoir d'en face a applaudi. Jake est le mendiant le plus antipathique qu'on puisse imaginer. Il y a un sentiment d'amertume de plus en plus fort chez les clochards du coin parce que Jake n'est pas vraiment sans foyer : il perçoit des allocations de chômage, il habite dans un appartement du genre ultrabeige et il a le câble.

La femme du stand de journaux a fait un geste évoquant la masturbation pendant que Jake était penché pour ramasser ses pièces. Les commerçants du quartier ne peuvent pas saquer Jake parce qu'il pisse devant les magasins quand ils ont le dos tourné. La station de métro empeste la pisse de Jake. Il se justifie en disant que ça donne une certaine atmosphère et que ça sensibilise les gens à la galère qu'il vit.

Une femme en tailleur bleu marine l'a aidé à récupérer ses pièces. Elle m'a regardée comme si je venais de donner un coup de pied à un chiot et, en bonne représentante de la nouvelle immoralité, je lui ai adressé un sourire très fier.

Par choix, je reste assez obscure sur le reste du trajet jusqu'à mon lieu de travail. De toute façon, personne n'aurait vraiment envie de se souvenir de son voyage sur la ligne centrale du métro.

En général, je me fâche avec les gens qui pensent avoir le droit de faire le chemin sur mes pieds jusqu'à la station de Bond Street, et ce matin-là ne fit pas exception. « Vous voulez bien bouger, là ? » ai-je demandé à un type avec mon plus bel accent américain. J'ai piqué ça à Alice. Dans le métro, les Londoniens sont toujours très intimidés, devant un Américain furieux, surtout s'il porte un béret rouge. Ils croient qu'il appartient à un groupe d'autodéfense et ils feront tout ce qu'on leur demande. Si le train est archibondé, il m'arrive de lancer un « Poussez-vous ! » et c'est génial, ils vont s'entasser au fond du wagon, tout nerveux. Parfois, j'ai l'impression qu'ils vont me dire : « Ne tirez pas, je vous en prie ! »

J'ai passé une bonne partie de la matinée à jouer à Tomb Raider en cachette et à regretter de ne pas avoir un arsenal comme celui de Lara Croft. Par moments, je me contentais de me prendre la tête dans les mains, de gémir tout bas et de regarder mon haleine embuer l'écran. J'ai fait une liste des choses que je n'allais plus jamais refaire. En tête de la liste : boire.

Personne n'est venu de la matinée, donc je n'avais aucune raison de quitter mon poste de travail. C'est sans doute pour cela que je n'arrêtais pas d'avoir des fourmis partout.

Sur le coup d'une heure, je continuais à retarder la mise en mouvement de mon corps, de crainte de faire resurgir ma migraine ou, pire encore, de me retrouver nez à nez avec mon chef. Il était presque deux heures lorsque son ombre est tombée sur mon magazine de sans-abri. Gloups.

J'ai ravalé ma salive, j'ai mis mon processus de justification en pilotage automatique et j'ai prié pour mourir de combustion spontanée sur-le-champ, ou pour qu'une puissance ennemie balance un missile Scud sur A Space. J'allais invoquer l'une des mille et une raisons pour lesquelles je mérite de vivre quand l'odieux salaud a annoncé que je pouvais prendre une pause déjeuner.

— Hein ?

— Une pause déjeuner. Tu sais, déjeuner ? Nourriture ? Manger ?

Il mimait l'action, au cas où j'aurais oublié le concept.

C'était quoi, cette nouvelle forme de torture ? avais-je envie de lui demander. D'abord un après-midi de congé, maintenant une pause déjeuner, le tout en l'espace de deux jours. Il s'était remis au LSD ou quoi ?

Je lui ai posé la question.

— Ne sois pas idiote. Il faut que tu ailles manger quelque chose, Saskia.

J'ai poussé le journal sur le côté et j'ai regardé les méchants yeux verts de mon employeur, Stuart Dumass.

— Est-ce que j'ai bien compris, là ? Tu veux que je sorte pour prendre une pause déjeuner au soleil ?

— Je ne vais pas avoir besoin de toi pendant un moment, expliqua-t-il en scrutant la rue. Alors autant que tu ailles profiter un peu du soleil. Il fait un temps magnifique, aujourd'hui.

Il a tendu l'index vers le mur de verre qui nous séparait du monde extérieur, tel Moïse indiquant la Terre sainte à son peuple. Après quoi il m'a souri de haut, comme si c'était la chose la plus naturelle au monde de pousser une employée à aller manger dehors.

En dépit de ce que je ressens pour mon chef, tous mes amis sont très impressionnés que je travaille pour lui. J'ai beau leur dire que c'est le futur commandant militaire du monde de l'art contemporain du West End, rien n'y fait. « Quoi, tu travailles pour Stuart Dumass en personne ? Ouah ! Quel prestige ! » croassent-ils tous.

Véridique. Moi, Saskia Williams, qui rêvais d'organiser des expositions, j'attendais depuis toujours la grande percée qui me catapulterait dans les pages de *Vogue*, et dans bien d'autres magazines luxueux, en me désignant comme la meilleure gestionnaire de galerie de tous les temps, et le Groucho Club me supplierait d'entrer dans ses rangs. Je travaille pour le Stuart Dumass des pages people.

C'était Stuart qui avait découvert Andrew Farn, le gars qui avait connu un succès foudroyant au début des années quatre-vingt-dix en exposant des radiographies de son entrejambe, ce qui avait été largement salué par les financiers. Depuis, Stuart a découvert une vingtaine d'*artfants* terribles, comme on les appelait, qui ont pour la plupart reçu le prix d'art contemporain Turner, mais hélas, je n'avais pas eu l'occasion d'en choisir un seul. Aucun.

Il écoutait mon avis et mes idées pour les expos en marmonnant que les décisions à prendre dépendaient d'un certain nombre de facteurs ou je ne sais quoi, et en fin de compte il m'ignorait complètement. En gros, j'étais sa bonniche, son bouche-trou, son bouc émissaire.

Quand j'ai commencé à travailler pour lui, Stuart m'a promis que j'aurais la responsabilité d'organiser un tiers des expositions. Évidemment, cette promesse ne s'est jamais concrétisée. Bien sûr, quand Jon était là, on s'amusait tellement que je n'avais pas le temps de m'appesantir sur des problèmes aussi terre à terre que mon avenir, mais les perspectives de carrière ont beaucoup d'importance, pour une fille qui frise la trentaine. Surtout quand les perspectives amoureuses viennent de chuter aussi radicalement.

Il fallait bien que je me rende à l'évidence, je n'allais jamais devenir une de ces femmes entretenues qui n'ont rien de mieux à faire que d'aller déjeuner en ville. Je n'avais jamais vraiment compté dessus, mais c'était une image qui surgissait de temps en temps dans ma tête dans les moments d'oisiveté. L'idée que quelqu'un puisse avoir envie de « m'entretenir » plutôt que de me jeter, si vous préférez.

Traîner des toiles dans une galerie et faire de la lèche aux acheteurs, ce n'est pas ce dont j'avais rêvé le jour où j'avais décroché ma licence aux beaux-arts. À l'époque, j'avais l'intention de diriger une galerie et je comptais être immortalisée par mon écurie d'artistes – rien que de superbes jeunes hommes ayant une bonne hygiène personnelle. On parle de fantasme, là, évidemment. À mes heures perdues, j'imaginais que des artistes séduisants à mourir s'entassaient à mes pieds, des artistes qui rêvaient de m'approcher, mais qui se contentaient de m'aduler avec la distance de notre relation professionnelle.

Vogue aurait sans cesse envie d'écrire des articles sur moi, on me demanderait de faire partie des jurés du prix Turner. On me considérerait comme l'une des femmes les plus influentes de l'art britannique, et à côté de moi, les artistes que j'avais fait connaître paraîtraient tout petits. Normal, quoi.

J'ai commencé à travailler dans cette galerie faute de mieux, afin de calmer mon banquier, que j'essayais de convaincre de me prêter l'argent nécessaire pour monter ma propre galerie. Six ans plus tard, mon banquier était devenu membre du Parlement, ce qui lui conférait sans aucun doute des avantages lucratifs, et moi je faisais toujours ce boulot merdique.

Maintenant que j'avais rompu avec Emmanuel, je me suis dit que c'était le moment de m'occuper de ma carrière et de diriger une galerie. Tant pis pour les hommes : j'allais devenir une véritable carriériste, je définirais les tendances, je serais à la pointe de l'art. Le seul problème, c'est que je n'avais pas le cran de le dire à mon chef.

Pour en revenir à lui, Stuart était toujours en train de regarder par la fenêtre, comme un zombie.

— Bon, eh bien... je vais manger, alors, dis-je en saisissant l'occasion au bond. Tu veux... euh... que je te rapporte quelque chose ?

Il a baissé les yeux vers moi avec une expression que je ne voyais que comme un sourire de dédain réprimé. Le sentiment était réciproque. Stuart figurait sur ma liste noire ; il avait plusieurs entrées, d'ailleurs.

Malgré ce que je dis de Stuart, il y a à Londres des gens qui continuent à l'adorer. Dans un sens, j'imagine qu'il n'est pas trop mal : grand, cheveux bruns, mâchoire d'enfer, yeux verts. En le regardant de près, oui, je dois admettre qu'il est bel homme, à condition de ne pas trop s'approcher : on risque de se blesser avec son sarcasme affûté comme une lame.

— Non, vas-y, dit-il en glissant un regard profondément méprisant à mes chaussures. Apparemment, on n'est pas débordés pour le moment.

Hum. Stuart est le maître de l'euphémisme. Avec cette dernière expo, même si on payait les passants, ils ne seraient pas entrés. Alors s'il me proposait une escapade, je ne discutais pas. J'ai attrapé mes lunettes de soleil et j'ai couru, plus vite qu'un troupeau de groupies d'art qui viennent d'apprendre que Damien Hirst est en train de signer des autographes.

Liste 6

QUALITÉS QUE JE VEUX AVOIR POUR RÉUSSIR DANS LE XXIe SIÈCLE

1. Être capable d'avoir une vision globale des choses, c'est-à-dire apprendre à me servir du plan de Londres.
2. Flexibilité/grande mobilité/ingéniosité, à savoir la capacité d'emprunter la ligne de métro District si les circonstances m'y obligent.
3. Rechercher une évolution de carrière infinie. Être prête à travailler le samedi.
4. Aptitude à obtenir une information nécessaire en temps réel – il faut que je devienne une cyberminette.
5. Être dynamique, rapide et avide de nouveaux défis, c'est-à-dire refuser de faire le café.
6. M'adapter rapidement à de nouvelles situations/ personnes, etc.
7. Développer un sens de l'urgence en matière d'objectifs futurs.
8. Adopter l'innovation et les nouvelles technologies, le téléphone portable par exemple, etc.
9. Être high-tech tout en restant high-touch, autrement dit être prête à serrer des mains si la situation l'impose.
10. Avoir des ongles nets et bien limés, donc ne pas les ronger.

Avec les vingt-cinq degrés qu'il faisait dehors, mon cerveau est tombé en panne. La carte mère du lecteur d'enthousiasme avait fondu. Le problème, c'est que je n'avais pas les ressources nécessaires pour affronter les défis. Je m'adaptais trop facilement aux désagréments – il fallait bien, sinon je n'aurais pas pu vivre à Londres. J'étais trop empressée d'accepter les offres de deuxième choix.

Quand il le fallait, mes ressources me permettaient juste de savoir où je pouvais trouver les bas quinze deniers les moins chers de Londres, et comment je pouvais survivre dans le métro aux heures de pointe.

Au lieu de la joyeuse balade rajeunissante dont j'avais rêvé au rayon cosmétique de chez Selfridges, j'ai fini par me retrouver coincée dans les portes d'entrée du magasin, entre deux vigiles qui s'apprêtaient à poursuivre un voleur.

Quand ils ont enfin réussi à se dépêtrer des volutes de ma robe, je n'étais pas leur meilleure amie. Très embarrassant.

« Fais comme Holly Golightly dans *Diamants sur canapé* ! » ne cessait de me dire Albert. Mais ce n'était pas si simple. Surtout depuis que j'étais interdite de séjour dans la bijouterie de Bond Street, dont j'avais malencontreusement déclenché le système de sécurité en utilisant ma lime à ongles pour ouvrir une des armoires en verre.

J'avais juste voulu gagner du temps !

Comme toutes les vendeuses étaient occupées, je me suis dit que j'allais me servir toute seule, quoi. Mais c'est une autre histoire.

Il n'était pas si facile d'être charmante et délicieuse sans avoir la taille de guêpe et la peau parfaite dont disposait Audrey Hepburn. Et ce serait encore moins facile après ma bagarre avec les deux vigiles, où la dignité n'avait pas franchement régné.

Il fallait bien l'admettre, j'étais à court de dynamisme. Et quant à la capacité d'avoir une vision globale des choses, c'était peine perdue. Je n'arrivais même pas à envisager la vie en dehors de Notting Hill, la plupart du temps.

Ce qu'il me fallait, c'était quelque chose qui booste mon ego, un bon coup de turbo. Je devais faire en sorte qu'Emmanuel maudisse le jour où il m'avait plaquée – oui, c'était ça. Il fallait que je le fasse souffrir. Il fallait qu'il regrette. Il fallait que je détruise cette image d'homme sexuellement attirant qu'il avait de lui-même, d'homme digne qu'on lui taille des pipes, etc. Oui, c'était bien dans l'esprit de la nouvelle immoralité, ça.

Dès que j'ai compris ça, mon amour-propre s'est remis à bomber le torse. Désormais, ce qui urgeait le plus dans ma vie, c'était de trouver quelque chose à mettre avec les chaussures années cinquante en toile de jute orange que j'avais achetées en solde le mois précédent, en prévision d'une grande soirée à la galerie Saatchi.

Emmanuel y serait, alors il fallait que je présente bien; ce n'était pas une simple option, c'était une obligation. J'ai lu quelque part que si on se concentre sur le désir de son cœur au point d'atteindre l'orgasme, ça fonctionne un peu comme une invocation.

Au lieu de cela, j'ai choisi la méthode de l'affirmation positive. J'imaginais que j'arrivais à la soirée comme une déesse, que tous les yeux étaient rivés sur moi, et qu'un murmure parcourait l'assemblée lorsque les gens des médias posaient la question: « Qui est cette délicieuse taille 36 ? » PS: Il faut dire que jusque-là, je ne consommerais plus que des germes de blé.

Le fait de voir Emmanuel craquer devant mon sex-appeal et pleurer de remords en public allait sûrement me donner le coup de pouce dont j'avais besoin.

Il faudrait peut-être que je commence à émettre des affirmations positives en imaginant qu'il me prierait à genoux devant tout le monde de coucher avec lui. Bien sûr, je lui rirais au nez de manière hystérique, mais qu'il me supplie ainsi me ferait plaisir.

Mais le hic, dans cette affaire, c'était les chaussures. Les chaussures n'ont jamais été tendres avec moi. Je rêve en secret de chaussures plates, mais en mon for intérieur, je sais bien que les chaussures plates, c'est comme les collants en laine : très confortable mais pas sexy pour un sou.

Celles qui me causaient le plus de problèmes, c'était les chaussures en toile de jute orange, le pire mélange qui soit, je sais, mais c'est comme ça. La vendeuse m'avait dit qu'elles étaient « à mourir » et elle avait bien insisté sur le fait qu'elles iraient avec « n'importe quoi ».

Elle avait voulu dire n'importe quoi d'orange en toile de jute, en gros. Une recherche infructueuse à South Molton Street a de nouveau sapé tous mes espoirs ; je n'aurais même pas pu me payer les étiquettes de ces vêtements-là. Me résignant à mon destin, je suis retournée à la galerie d'un pas traînant.

Un type recroquevillé dans un sac de couchage m'a demandé de la monnaie, alors je lui ai donné une des deux cannettes de vodka tonic que je venais d'acheter. Un mec qui portait un pull en polyester m'a dit de ne pas l'encourager et, furieuse, j'ai répondu que quelqu'un aurait dû l'encourager, lui, à ne pas mettre ce pull.

En temps normal, je ne bois pas d'alcool au travail, mais j'avais pensé que je pouvais peut-être utiliser la vodka tonic comme moyen d'attendrir Stuart lorsque je lui annoncerais mon intention de partir en vacances à New York. Mais après avoir bien réfléchi, je n'étais pas sûre de pouvoir avaler une goutte d'alcool, alors autant que ça profite à mon pote le clochard.

Quand je suis arrivée chez A Space, Stuart était dans la réserve en train de procéder à un de ces inventaires méticuleux dont il a le secret. Il m'a demandé de rester à côté du téléphone, comme s'il attendait un coup de fil important. Dans tes rêves, ouais, j'ai pensé – il faut bien le dire, nous n'étions pas franchement inondés d'appels depuis le début de l'expo.

L'espace d'un instant, j'ai songé à lui faire part de mon plein droit aux congés, en me disant que ce n'était peut-être pas si dingue, comme idée. Après tout, ne m'avait-il pas accordé une pause de midi et une demi-journée de repos ?

D'un autre côté, il était peut-être en train de voir s'il pouvait se passer de moi... Si ça se trouvait, il envisageait simplement de me virer ! Sans emploi et sans amour. La perspective me terrifiait. J'ai décidé d'attendre qu'il ait bu son cocktail, que je suis aussitôt allée lui préparer dans la kitchenette.

Cachée dans la petite annexe obscure, où nous avions un frigo à boissons pour le public ainsi qu'un évier minuscule, j'ai essayé d'ouvrir la cannette de vodka tonic. Après une volée de jurons et d'ongles cassés, j'ai enfin réussi à l'ouvrir mais, juste à ce moment-là, quelqu'un est entré dans la galerie.

En entendant sonner la porte, j'ai tout lâché et je suis sortie d'un pas sautillant, enfin autant que mes bottes militaires me le permettaient. L'éventualité d'une vente me mettait du baume au cœur – à moins que ce ne soit seulement la joie de différer un peu ma confrontation avec Stuart.

Non, je voulais à tout prix vendre un tableau. Même si j'avais un salaire de misère, je comptais sur ma commission de un pour cent pour m'acheter les produits de première nécessité tels que le maquillage, les vêtements, un taxi de temps en temps, les loisirs et, les plus décourageants : les accessoires.

En regardant les toiles désespérément posées contre les murs de la galerie, toutefois, je ne me faisais guère d'illusion. À l'image des dernières trouvailles de Stuart, cette expo s'appelait « Expériences en blanc » et, croyez-moi, les peintures étaient encore moins inspirées que le titre.

— Bonjour, Saskia, ma chérie ! s'écria ma mère pour couvrir le cacophonique clac clac clac de ses talons sur le parquet.

On nous faisait souvent remarquer que l'acoustique de A Space était encore plus intimidante que les prix.

Ce n'est pas que je n'étais pas contente de la voir, mais avec elle, j'avais toujours l'impression d'être une vieille fille d'une quarantaine d'années, et non la fêtarde de vingt ans et quelques à laquelle je m'efforçais de ressembler.

Nous nous sommes embrassées. Elle m'a dit que j'avais de nouvelles rides autour des yeux et que le blanc me donnait un teint blafard. Elle a poursuivi son caquetage sur la nouvelle cuisine de Rebecca et les dernières notes de Jeremy, avant d'ajouter que si c'était trop pour moi d'espérer atteindre le niveau de réussite de Rebecca, je pourrais peut-être au moins faire quelque chose pour mes cheveux.

— Le problème avec mes cheveux, maman, c'est que j'en ai trop fait. Même mon coiffeur m'a avoué qu'il ne pouvait peut-être plus rien faire. Je les ai décolorés, crêpés, frisés au fer, j'ai fait des reflets, des couleurs, je les ai coiffés la tête en bas.

Ma mère commençait à s'agiter. Quand je me mets à dire ce que je pense, ça l'énerve.

— Qui c'est, cet artiste ? dit-elle en regardant autour d'elle. Elle avait l'air légèrement dégoûtée, comme si elle craignait de marcher dans quelque chose de sale. Une fois, je l'avais emmenée à la galerie Serpentine pour voir une expo de Piero Manzoni – vous savez, le gars qui a exposé sa crotte dans les années 1960 ? Eh bien depuis ça, elle fait la fine bouche dès qu'elle entend parler d'art contemporain. Alors que Rebecca, bien sûr, a une maison pleine d'aquarelles anciennes peintes par des membres de l'Académie royale, et elle ne mettrait jamais les pieds chez A Space, même si nous offrions des soins manucures gratuits.

J'ai passé le bras autour des épaules mi-bourgeoises, mi-campagnardes de ma mère et je l'ai emmenée près d'une des peintures.

— C'est Jeff Hewit, le fils de lord Rupert Hewit, lui ai-je expliqué.

— Ah bon ? fit-elle en se prenant subitement de sympathie pour eux.

Ma mère est extrêmement snob. J'ai vu qu'elle avait l'esprit qui tournait au ralenti, et j'ai compris qu'elle se demandait quel âge pouvait avoir le fils de lord Hewit, s'il était marié et s'il y avait la moindre chance qu'il se laisse convaincre de s'intéresser à sa fille, en dépit de son teint blafard, de ses pattes-d'oie et du fait qu'elle était loin d'être aussi jolie que sa sœur.

— Horrible, hein ? lui dis-je pour qu'elle se sente rassurée et qu'elle puisse détester les tableaux en toute impunité. (Enfin, on ne peut pas dire que ma mère ait besoin d'être beaucoup rassurée, quand il s'agit de détester quelque chose.) Celui-là, à côté de la porte, il s'appelle *Saute d'humeur en blanc*.

Elle a observé la peinture un instant, puis elle a regardé le reste de la salle d'un air hésitant.

— Mais ce M. Hewit, il est bien, ma chérie ?

— Il est vieux, ratatiné, extrêmement marié, et pour couronner le tout, figure-toi qu'il est homo, mentis-je.

— Moi, je trouve qu'ils se ressemblent tous, dit-elle en reniflant.

Elle faisait comme si elle n'avait pas entendu ce que je venais de dire. Ma mère n'apprécie pas que ce qu'elle a derrière la tête soit dévoilé.

— C'est fait exprès, dis-je.

Je l'ai prise par le bras pour lui faire faire le tour des vingt et quelques toiles lisses, blanches et de taille identique qui étaient posées contre les murs.

— C'est une vision ironique du monde de l'art, expliquai-je.

— Et vous n'allez pas les suspendre ? demanda-t-elle. Ils ont l'air abandonnés, ces tableaux, posés par terre comme ça, on dirait que l'artiste vient de partir en courant et qu'ils les a laissés là pour qu'ils sèchent.

— Tu es une béotienne, maman ! Tu devrais avoir honte de dire des choses pareilles, l'artiste mourrait s'il t'entendait. De toute façon, ça n'a pas besoin de sécher, c'est des toiles vierges. Il croit que ça fait plus « naissant », comme ça.

— Est-ce que c'est terriblement bien, alors ? demanda-t-elle poliment, avec l'extase des gens parfaitement ignorants. C'est ce genre d'art, que tu aimerais exposer ?

J'étais étonnée qu'elle se souvienne de ce que j'avais envie de faire. En temps normal, ma mère écarte l'idée que je puisse avoir une carrière. Elle ne veut pas que je m'éloigne de l'objectif principal qui est de trouver un bon mari. « Ô mon Dieu ! » s'écria la paranoïaque qui sommeillait en moi – était-ce à dire que même ma mère se résignait à ce que je reste vieille fille ?

— Non, maman, c'est de la merde, lui dis-je d'un ton ferme. Et pas n'importe laquelle, avec ça : c'est de la merde démodée. C'est vrai, regarde, c'est même pas de la merde contemporaine. Mais bien sûr, ça, personne ne va le dire à Sa Majesté Jeff Hewit, fils de feu le génial lord Rupert Hewit, l'artiste le plus célèbre de l'Angleterre. Qui est mort dans une mare de vomi.

— Dans une quoi, ma chérie ?

Elle aimait bien me faire répéter les choses ignobles, ça lui donnait l'occasion de m'accuser de manquer d'élégance, mais Stuart est arrivé à ce moment-là.

— Qui est-ce qui a laissé cette cannette ouverte sur l'évier ?

Ma mère et moi avons fait volte-face. J'ai réussi à réprimer un petit rire de justesse, mais seulement de justesse. Il fronçait le sourcil d'un air tellement féroce que ça lui faisait plein de fossettes sur le menton, on aurait dit de la cellulite. En voyant que j'étais en compagnie de ce qu'il croyait être une cliente, il s'est repris et a étiré ses muscles faciaux pour fabriquer un sourire.

— Pardon, je ne savais pas que tu étais avec quelqu'un, dit-il, tout sucre, tout miel. Puis-je vous offrir un café ? Un thé ? Un verre de vin, peut-être ?

Je l'ai regardé en lui faisant un de mes sourires « fais pas chier, je suis avec un client » mais en vain : maman avait décidé de mettre son grain de sel. Ça doit venir de l'eau qu'on boit dans le West Sussex, je ne sais pas, moi.

— Non, je vous remercie... Stuart, c'est bien cela ? Nous nous sommes déjà rencontrés brièvement il y a quelques années. Je suis la mère de Saskia. Je ne reste pas longtemps, je suis juste venue lui apporter son courrier. Saskia m'a dit qu'elle avait envie d'organiser une exposition cet été, et je suis sûre qu'elle pourrait faire pire que ce malheureux Hewit. Je n'arrive pas à croire qu'il ne veut même pas prendre la peine d'accrocher ces toiles. Il s'imagine qu'il n'est pas obligé, tout ça parce que c'est le fils de quelqu'un ! C'est la faute de sa mère, ça. Si un de mes enfants avait...

Elle est comme ça, ma mère.

— Saskia, elle a toujours eu plein d'idées, toujours, même quand elle était petite, ajouta-t-elle. Elle n'a jamais été très jolie, mais elle aimait se faire remarquer, je vous en donne ma parole. Elle débordait tout le temps d'énergie. La beauté, c'était sa sœur, bien sûr, mais...

L'espace d'un instant, j'ai caressé l'idée de courir au pas de charge vers Stuart et lui arracher la cannette de vodka tonic des mains pour en avaler le contenu cul sec, comme ça, juste sous leur nez. Remarquez, rien de ce que je pouvais faire n'aurait surpris ma mère.

— Oh, oui, elle a plein d'idées, Saskia, répondit Stuart de manière sarcastique.

Stuart aurait pu se servir de sa causticité pour décoller la peinture.

— Ça me fait plaisir de voir son engagement pour l'art, même si ses prétentions artistiques ne se sont pas encore épanouies. (Rajoutes-en une louche, maman.) C'est important, l'engagement, vous ne trouvez pas, Stuart ?

— Si, et je pense que Saskia devrait en faire preuve, dit-il avec hargne.

Maman enchaîna allégrement sur mes échecs : je n'étais pas devenue artiste, je n'avais pas de carrière, je n'avais pas trouvé de mari. Après quoi elle déclara, comme d'habitude, que Rebecca était merveilleuse et idéale.

Ma mère est immunisée contre le sarcasme. Tout comme la honte, c'est une des choses qu'on doit abandonner si on tient à devenir un pilier de la haute société de Horsham.

L'air radieux, elle se tourna vers moi, puis vers Stuart.

— Je trouve cela sensationnel, que vous lui donniez des congés.

— Maman ! suppliais-je.

Là-dessus, j'ai levé les yeux au ciel en laissant sortir ma langue jusque sur mon menton. Maman connaît bien cette grimace : j'ai commencé à la faire à l'époque où elle me forçait à manger des petits pois. Elle a tendu un index vers moi en riant.

— Que de malice, hein ?

— Un vrai sac, oui, grogna Stuart.

.Il s'approcha de nous, sans doute avec l'intention de mettre ma mère à la porte, et peut-être moi aussi par la même occasion. Il n'avait pas l'air heureux.

— Elle mérite des vacances, n'est-ce pas, Stuart ? Dieu sait qu'elle n'a pas eu de chance avec les hommes. Enfin, à mon avis, elle devrait se faire valoir un peu plus. Moi, quand j'étais jeune, j'en avais jusque sous les semelles des chaussures, des garçons... Il se jetaient sur moi, au club des Conservateurs, sans mentir.

J'en doutais un peu, ce que je lui ai fait comprendre par un soupir. Ma mère m'a fusillée du regard.

— Mais à l'époque, j'étais belle, moi. Mon autre fille me ressemble. Rebecca est jolie, tout simplement. Et bien mariée, naturellement. Je dois avoir une photo dans mon sac à main.

Elle a commencé à farfouiller dans son sac.

J'avais la très nette impression que Stuart avait plus envie de me faire passer un séjour à l'hôpital qu'à New York. Il a émis une sorte de crachouillis abominable de rat noyé lorsqu'il s'est tourné vers ma mère.

— Excusez-moi, madame Williams, je suis ravi de vous avoir vue, mais je crains que...

— Sutton, interrompit ma mère.

— Je vous... demande pardon? bredouilla-t-il.

C'était la première fois que j'entendais Stuart bredouiller.

— Sutton. Madame Sutton. Saskia a repris mon nom de jeune fille quand elle a quitté la maison. Dieu seul sait pourquoi. Tout à fait idiot, à mon avis, et embarrassant, en plus...

L'idée de partir à New York ne m'avait jamais semblé aussi attirante.

— Mon père a disparu dans une montagne.

Je tenais à expliquer ça tout de suite avant que ma mère ne se lance dans de longues justifications impliquant des chaussettes ou je ne sais quoi.

— Je ne voulais pas garder son nom, poursuivis-je. C'est tellement démodé, de nos jours, de forcer les enfants à porter le nom de leur père, vous ne trouvez pas? Je sais que ma mère adorerait faire davantage connaissance avec vous, Stuart, mais j'ai bien peur qu'elle ne soit obligée de filer.

Je lui ai donné un petit coup de coude.

— Ne t'inquiète pas, ma chérie, c'est seulement dans une demi-heure que je dois retrouver Liliane au Fortnum pour boire un café.

Puis elle comprit que ce que j'avais dit n'était pas une suggestion mais un ordre. Jaugeant l'expression furieuse de Stuart, elle commença à reculer vers la porte.

— Je suis seulement là pour la journée, je suis juste passée apporter le courrier de Saskia.

Elle m'a fourré les lettres dans les mains et elle m'a serrée dans ses bras en me promettant de m'appeler, puis elle s'est empressée de quitter les « Expériences en blanc », avec ses talons nerveux qui martelaient le parquet comme des baguettes de tambour.

Bon, me suis-je dit en regardant s'évanouir sa splendide silhouette de rêve. C'est là que la future organisatrice d'expos aux cheveux blonds s'en prend plein la figure. Il vaut mieux ne pas y songer, ai-je pensé lorsque je me suis retournée vers Stuart, laissant la peau tendre de mon cou à sa portée.

Mais il était planté là d'un air affolé et perdu, comme s'il était en transe. Il se demandait sans doute si je manquerais à quelqu'un, le jour où il m'enterrerait sous les dalles de béton de la réserve.

— D'accord, je sais que j'aurais dû te parler de mes projets de monter une expo, bafouillai-je, mais c'est toi qui as eu l'idée quand tu m'as embauchée, et maintenant que Jon est parti, je croyais que tu apprécierais que je m'investisse. Enfin, on peut en discuter plus tard ; tu as peut-être besoin d'y réfléchir un peu. Je sais que tu te fais du souci depuis le départ de Jon. Et mon envie de partir en vacances à New York, elle peut attendre aussi, si tu veux, ajoutai-je au passage.

Quitte à me faire tancer vertement, autant que ce soit pour quelque chose.

— Jon ? fit-il, l'air complètement ailleurs.

— Tashco.

— Ah ? soupira-t-il. Bon, Saskia, ça m'a l'air super, tout ça, mais on ne peut pas en parler pour l'instant, j'ai une vente aux enchères.

Et sans faire la moindre allusion à l'homicide que j'étais sûre qu'il s'apprêtait à commettre, il est parti à toute allure.

Je suis restée un moment la mâchoire pendante, essayant de comprendre ce qui s'était passé. Il faut dire que, coup de bol mis à part, c'était vraiment très bizarre, plus bizarre que bizarre, même. D'ordinaire, Stuart bondit sur l'occasion de m'avoir à sa merci pour me tordre le cou. Ou me virer, en l'occurrence. Et s'il n'avait pas entendu ma folle tirade ?

Par ailleurs, je n'avais rien vu concernant une vente aux enchères dans le cahier de rendez-vous. En moins d'une seconde, j'étais dans son bureau, assise dans son fauteuil, en train de feuilleter son agenda.

Conformément à mes soupçons, il n'y avait rien de marqué sur quelque vente aux enchères que ce soit, alors c'était étrange. Que les choses soient claires : Stuart est tellement rigide qu'il va jusqu'à noter sa liste de courses dans son agenda.

Depuis son contrôle fiscal il y a deux ans, il y figure même des annotations telles que : « Rouleaux de papier WC achetés chez Safeway pour les toilettes de la galerie, 4,99 £. » Mais au 15 mai, l'espace compris entre trois et quatre heures était vide. Pas le moindre gribouillis. Il se passait quelque chose ; j'étais en alerte, suspicieuse. Ce n'est pas que j'aime fouiner dans les affaires des autres, mais comme la plupart des gens qui font un travail ennuyeux, j'étais plus que prête à donner libre cours aux soupçons que j'avais à l'égard de mon chef.

Parfois, il me coûtait de croire que Stuart et moi avions un jour été proches. Il y a des années, quand j'avais commencé à travailler chez A Space, nous nous entendions à merveille. Mais tout cela a changé quand Jon est parti, il y a six mois. Avant, nous avions coutume de rester à la galerie le jeudi soir, pour descendre des Martini-vodkas, rigoler et parler d'art jusqu'à l'aube.

Il a toujours été beaucoup plus marrant de travailler avec Jon : c'était plus un ami qu'un chef, en fait. Tout le contraire de Stuart. Là où Stuart était stressé et autoritaire, Tashco était cool et décontracté. Il avait trente-neuf ans, et ses traits finement ciselés lui assuraient une place dans les colonnes des journaux. C'était un des hommes les plus drôles, les plus follement excentriques que j'aie jamais connus. Et un sérieux coureur de jupons, il va sans dire.

Tashco ne renonçait à rien, quand il s'agissait de s'amuser.

En fait, il était généreux à l'excès et pas terriblement pratique; il avait sans doute coûté beaucoup plus cher à la galerie qu'il ne lui avait rapporté, mais Jon avait la personnalité qu'il fallait pour A Space. Quand les gens pensaient A Space, ils pensaient Jon Tashco et, quand il est parti, il a emporté toute la joie avec lui.

Il avait été envisageable que Jon et moi sortions ensemble il y a des années (sous l'emprise de l'alcool, évidemment). Jadis, le monde artistique de Londres avait même ouvert les paris. Dieu sait si nous avons évoqué le problème.

Il y avait même eu un peu de pelotage mutuel un soir qu'il m'avait raccompagnée chez moi, mais c'était la veille de la grande rupture avec Stuart et nous n'en avions plus jamais reparlé. C'est pour cela que j'étais sûre qu'Alice se trompait en pensant que Jon m'aimait bien. Nous avions fait une tentative et ce n'était pas pour nous. Point final.

Je le croisais assez souvent sur la route de l'art (mais pour rien au monde je ne l'aurais dit à Stuart), surtout depuis qu'Alice travaillait pour lui. Il allait tout le temps aux soirées de la galerie Saatchi et aux vernissages d'autres galeries. À Londres, le monde de l'art contemporain n'était guère plus grand qu'un mouchoir de poche.

À chaque fois que Jon me voyait, il accourait et se jetait à mon cou comme s'il ne s'était rien passé. D'ailleurs, je n'avais toujours pas compris ce qui s'était passé entre lui et Stuart, puisque ni l'un ni l'autre n'avaient jugé bon de me tenir au courant des détails de leur acrimonieuse rupture.

Il y avait eu des signes avant-coureurs pendant plusieurs mois avant l'explosion finale : ils disaient du mal l'un de l'autre, faisaient des commentaires narquois, se rejetaient mutuellement la faute pour des broutilles et j'en passe, mais Stuart avait toujours eu un sale caractère. Jon et moi, nous faisions avec, c'est tout.

Il a fini par y avoir une bagarre monumentale. Des œuvres d'art ont volé – des boîtes de Petri, je crois – à travers la pièce, telles des soucoupes volantes miniatures transportant des cargaisons mortelles de bactéries. L'une d'elles s'intitulait, de manière fort peu prometteuse, *Peste bubonique*, quoique plus tard, Gus, l'artiste qui avait réalisé les boîtes, m'avait appris qu'il ne s'agissait que de bouillon de bœuf.

Stuart était complètement écœuré quand Jon est parti, d'autant que, histoire de remuer le couteau dans la plaie, Jon avait emporté la majeure partie de nos artistes, ne nous laissant que de tristes sires de la trempe de Jeff Hewit.

Le plus curieux, c'est que Stuart n'avait pas l'air de vouloir se bouger. Il n'avait pas fait le moindre effort pour trouver du sang neuf. Sans parler de ses crises d'autorité, il m'arrivait de penser qu'il avait laissé tomber l'art. Il n'avait pas le cœur à l'ouvrage, et c'était justement pour cette raison que j'aurais dû lui demander de me laisser prendre en main une partie de l'organisation des expositions. Si seulement je n'étais pas aussi fichtrement terrifiée.

En repensant à Jon, j'ai rougi. J'ai posé les mains sur mes joues et je me suis souvenue de ce qu'Alice m'avait dit la veille au soir en parlant de mes sentiments pour lui. De la folie, manifestement, mais pourquoi mon cœur battait-il la chamade, alors ? Et puis, il avait quelqu'un d'autre, maintenant.

De toute manière, je ne pourrais jamais sortir avec lui, après le coup qu'il avait fait à Stuart. Au début, je n'arrivais pas à croire que Jon ait pu faire une chose pareille – embarquer notre écurie d'artistes, je veux dire. Cela faisait des années qu'ils étaient associés, ils avaient construit la galerie à partir de rien du tout. Ils croyaient en leurs artistes, même quand personne n'y avait cru ; ils avaient mis tout leur argent, leur maison et leurs voitures dans cette galerie. Et au moment où le reste du monde pigeait enfin ce que faisait A Space, voilà Jon Tashco qui se faisait la malle avec les meilleurs talents. C'était monstrueux.

Pour ma part, malgré sa personnalité, son physique et tout le reste, je trouvais que Jon était salaud d'avoir fait ça. Mais Alice et moi, nous n'étions pas d'accord là-dessus. « Allez, Sass, c'est du business, ça. Les artistes, ils n'étaient pas obligés de quitter Stuart, hein. Personne ne leur a mis un revolver sur la tempe pour qu'ils acceptent. » Ce qui était vrai, j'imagine. Mais ça ne m'empêchait pas de trouver cela déloyal.

Il fallait tout de même rendre à César ce qui lui appartenait : Jon avait ouvert sa galerie, Tashco, le plus loin possible des portes sacrées de A Space, du côté de Hoxton Square. La galerie tournait très bien, on en parlait beaucoup dans la presse et elle attirait les collectionneurs américains. C'était peut-être Alice qui avait raison, et moi qui étais trop précieuse, mais quelque chose au fond de moi ne pardonnait pas à Jon.

Il m'avait demandé de venir travailler avec lui, le mois suivant son départ. Il m'avait même offert un partenariat, cinquante-cinquante, mais une loyauté peu judicieuse à l'égard de Stuart m'avait poussée à refuser. Jon avait dit qu'il comprenait très bien.

Je n'avais pas vraiment le choix. Si fantastique qu'ait pu être la proposition de Jon, je ne pouvais pas laisser tomber Stuart, pas dans l'état où il se trouvait. Je ne supportais pas de le voir comme ça. C'était une véritable épave. Je préférais me faire engueuler plutôt que le regarder sombrer de la sorte.

Il traînait une mine de chien blessé, et n'avait pratiquement pas dit un mot pendant deux mois après le départ de Jon. Il avait beaucoup maigri et s'était mis à boire. Comment arrivent-ils à faire ça, les hommes ? Perdre du poids en buvant, je veux dire. Moi, j'ai beau ne pas dépasser mes quatorze verres d'alcool par semaine, je gonfle.

Il a été sérieusement porté sur la boisson, pendant un moment. Un soir, il est devenu particulièrement larmoyant et il s'est raccroché à moi comme s'il était en train de se noyer et que j'étais un roc. « Tu ne vas pas me quitter, hein, Sassy ? » suppliait-il.

Et en voyant son regard affolé, j'ai décidé que j'avais la responsabilité de le sauver, de rester à ses côtés pour l'aider à remettre A Space sur pied, et lui avec.

En dépit de mon adhésion au mouvement de la nouvelle immoralité, j'avais beaucoup de peine pour lui. Alors, je lui ai caressé les cheveux en lui disant de ne pas s'inquiéter parce que j'étais là pour longtemps. « Ça va aller, mec, l'ai-je rassuré. Et puis de toute façon, qui peut bien avoir envie d'aller jusqu'à Hackney pour voir une expo ? Crois-moi, Stuart, ai-je affirmé avec une assurance que je ne sentais pas, dans un mois Tashco aura mis la clé sous la porte. »

T'as qu'à croire.

Comme Tashco n'a jamais mis la clé sous la porte et qu'il connaissait un succès phénoménal, Stuart allait de mal en pis. Le type essentiellement convenable, quoiqu'un peu radin, pour qui j'étais venue travailler, s'était peu à peu transformé en pauvre con parano que j'essayais d'éviter coûte que coûte.

Il n'y avait plus de larmes ni de références à Jon, et toute impression d'avoir jadis collaboré à un travail d'équipe fut éradiquée par les constantes critiques de Stuart. Nos rapports s'étaient dégradés. Je ne sentais plus que je faisais partie d'une équipe, mais j'avais l'impression qu'un mur s'était dressé entre nous et que j'étais du côté de la bonniche.

Il y a trois mois, dans un accès de désespoir, j'ai ravalé mon sens de la loyauté et j'ai téléphoné à Jon. Je lui ai dit que j'avais changé d'avis et que je voulais travailler avec lui, pour apprendre qu'il venait d'embaucher une Américaine, Alice.

« Je suis navré, ma chérie, a-t-il dit, mais elle est adorable. Il se trouve qu'elle est à côté de moi, là, en train d'étudier la petite annonce que tu as mise pour trouver un colocataire. Tiens, je vais te la passer. Désolé pour le boulot, mais Alice est la première personne que je rencontre qui ait un sens de l'humour aussi bon que le tien. » Comme si ça allait me remonter le moral. Ce qui fut le cas, bizarrement, quand j'ai rencontré Alice.

Il m'est tout à coup venu à l'esprit que la semaine précédente Stuart avait disparu à la même heure, pour un rendez-vous tout aussi mystérieux. En feuilletant les pages de son agenda, le mystère s'est intensifié : le rendez-vous de la semaine dernière n'était pas noté non plus. J'ai pris la cannette de vodka tonic, qui était tiède.

« Merde ! » ai-je crié avant d'en recracher le contenu sur l'agenda. Stuart, quel con ! Il avait balancé sa saloperie de cigarette dans la cannette.

Beurk !

Liste 7

Les gens qui portent atteinte à mon amour-propre

1. Tous les hommes avec qui j'ai couché.
2. Mon chef.
3. Les guichetiers de la station de Notting Hill.
4. La rousse qui me regarde de travers quand j'appelle les robes des années 1940 des « habits de guerre ».
5. Mon banquier, qui m'a appelée la semaine dernière pour me dire que je devrais peut-être songer à ma retraite, maintenant que je prends de l'âge. Non mais quel culot !
6. Ma mère.
7. Ma sœur.

Après avoir épongé l'agenda, j'ai essayé d'appeler Alice pour lui faire part de mon fiasco monumental vis-à-vis de l'opération « vacances à New York ». Je la voyais le soir même au nouveau vernissage de la galerie Tashco, et je savais que ce serait la première chose qu'elle me demanderait. Mais comme je suis tombée sur le répondeur, j'ai téléphoné à Sophie.

Outre la compassion amicale et les conseils, on n'a encore rien trouvé de mieux que les potins pour se construire de l'amour-propre. Sophie était exactement la personne vers qui il fallait se tourner pour avoir vent des pires ragots. Elle était rédactrice de mode pour *Class*, un magazine destiné à une catégorie socioprofessionnelle en raréfaction. À tel point, d'ailleurs, que le magazine était en permanence à deux doigts de la faillite. En tout cas, si on voulait un bon petit scandale calomnieux, on pouvait compter sur Sophie, elle en avait toujours un sous la main.

Dès que, dans le haut de l'échelle sociale londonienne, quelqu'un se retrouvait au bord de la ruine, Sophie était là ; elle avait tout vu. Elle disait tout le temps qu'elle allait vendre ses tuyaux à *Nouvelles du monde*.

Dans son cercle d'amis BCBG, elle avait la réputation d'être « tordante ». Avec le physique qu'elle avait, les problèmes et les hommes lui collaient aux semelles comme le moisi dans les frigos. Elle avait des jambes là où les autres filles avaient un cou.

Le bruit avait largement couru que certaines parties de son anatomie venaient de Los Angeles. Le jour où la question lui fut posée, elle a cligné des yeux derrière son épaisse frange brune puis elle a ri de manière énigmatique.

Je ne sais pas d'où venait le reste de son anatomie, mais en tout cas, ses cheveux étaient bien à elle – et elle en avait au moins un mètre. En gros, c'est une brune aux cheveux longs dans un monde de blondes au carré mi-long. Quand je l'ai rencontrée, je travaillais encore chez Goldsmith. Elle sortait avec un type pour qui j'avais le béguin depuis des mois. Une fois qu'elle l'eut copieusement mâchouillé et recraché, il s'est enfin tourné vers moi, mais à ce moment-là j'étais plus attirée par Sophie que par lui.

Bref, depuis nous sommes inséparables, bien qu'elle fasse toujours le premier pas vers les hommes qui me plaisent, alors j'ai pris l'habitude de me désintéresser d'eux dès qu'elle s'y intéresse. Pour moi, Sophie, c'est le prototype de la nouvelle immoralité.

Cela faisait des années que nous nous sentions d'une jeunesse invincible, et voilà que nous vivions désormais dans la crainte constante de notre imminent trentième anniversaire.

Sophie est la seule femme véritablement libérée que je connaisse. Elle traite délibérément les hommes comme ils traitent les femmes. Les hommes respectent le fait qu'elle n'appelle jamais et qu'elle ne soit jamais à la maison quand ils y sont. Elle est toujours religieusement en retard et ne reste jamais pour le petit déjeuner – pas plus qu'elle n'emmène d'hommes chez elle. « Un homme dans mes draps, certainement pas ! » Comme elle dit : « Le sexe, ça fait du désordre, alors qu'ils nettoient. »

Il lui arrive de sortir avec plus d'un homme à la fois, et je me surprends parfois à avoir de la peine pour eux – enfin, je me garderais bien de le lui dire, évidemment.

Sophie a une théorie : les hommes s'en sortent mieux que les femmes depuis, disons, une éternité, alors d'après elle c'est le tour des femmes d'en profiter. Pour calmer un peu les hommes qui osent examiner le raisonnement qui se cache derrière sa théorie, elle dit : « Juste pour une génération ou deux, trois au grand maximum... et après on commence avec l'égalité ! Ce n'est que justice, non ? »

Aujourd'hui, elle bavait sur le dos de son chef – oui et alors ? Sophie est l'une de mes rares amies à comprendre que je ne trouve rien à Stuart, mais bon, elle n'a jamais aimé Jon Tashco non plus. Pour une bourgeoise, elle croit beaucoup à la solidarité dans le travail. C'est elle qui m'a donné la force de dire non à Tashco quand il est venu me supplier de travailler pour lui. « C'est ça, Saskia, tu vas aller travailler dans les quartiers miteux du East End... Tu n'es pas sérieuse, tout de même ? »

Toujours est-il que, pour le moment, elle en avait après son chef, un homme doté d'un titre de noblesse plus ou moins important qui ne lui rapportait rien en termes de revenu mais qu'il indiquait tout de même sur ses chèques. Mais là, il venait de se faire prendre en flagrant délit (encore) avec Richard, le gars qui fait tous leurs menus travaux.

Il me semble que les classes supérieures prennent beaucoup plus de risques pour le sexe que la bonne vieille middle class. C'est vrai, mon père ne s'est jamais fait surprendre en train de coucher avec ma mère, pour autant que je sache.

— Tu vas au vernissage de l'expo de Matt, chez Tashco, ce soir ? hasardai-je, pleine d'espoir. Ça devrait être pas mal, tout le monde y sera.

J'avais l'intention de l'entraîner avec moi pour m'éviter de trop penser à Jon et à sa nouvelle petite amie.

— C'est ça, ouais, tout le monde est absolument passionné par un mec qui a filmé ses lymphocytes T avec une caméra laser, ricana-t-elle.

— Ça veut dire non, je suppose.

— Tu supposes bien. Je crois que j'aimerais encore mieux aller me faire couper les cheveux, enfin juste les pointes fourchues, plutôt que de m'aventurer dans l'East End. Mais vas-y, toi, va le prendre d'assaut pour nous deux, le monde de l'art.

Je n'étais pas sûre d'apprécier beaucoup son attitude. Les plaisanteries sur la « prise d'assaut du monde de l'art », ce n'était pas franchement ce que j'avais envie d'entendre au moment où je commençais enfin à comprendre que je n'allais jamais rien prendre d'autre que des coups dans le monde de l'art. J'étais piquée au vif de voir qu'elle pouvait être aussi désinvolte avec une chose qui avait un jour été si chère à mon cœur – enfin, c'est ce que je pensais quand j'avais trop bu, ça.

Sans lui montrer combien sa remarque m'avait blessée, je plaisantai :

— J'aurais bien du mal à prendre quoi que ce soit d'assaut, avec mes bottes, à part peut-être un champ de bataille ! Mes chaussures en satin noir ont pris un bain de bloody mary hier soir !

— Ah ouais, le fameux numéro de danse sur la table, me taquina-t-elle. Rappelle-moi demain, dis-moi comment c'était. Tout Londres est-il au courant de la honte que j'éprouve ? Enfin, tu comprendras, je prépare une grosse séance de photos à New York pour le magazine, alors en ce moment, les top models et les photographes, ils me sortent par les oreilles.

— C'est superbe, comme image, dis-je. Tu pars quand ?

— Le lendemain de notre anniversaire, ce qui ne m'arrange pas trop, étant donné que j'avais prévu de faire la bringue jusqu'au jour J.

— Je pensais aller à New York avec Alice, moi.

Je me disais qu'à force d'en parler, ça finirait par arriver.

— Tu sais, repris-je, elle a une maison là-bas, en copropriété avec son frère Philippe.

— Génial ! On peut la prendre ?

— Hein ?

— La maison, elle est où ?

— Sur la Cinquième Avenue, je crois. Pourquoi ?

— Tu rigoles ! C'est fabuleux, juste ce qu'il me faut.

Avant que je voie vraiment ce que la maison d'Alice pouvait avoir d'aussi extraordinaire, la sonnette de l'interphone a retenti.

— Écoute, Sophie, il faut que je te laisse, mais on se voit toujours demain chez Albert ?

J'avais décidé de pardonner à Albert, maintenant que j'avais compris qu'il m'avait rendu service en me débarrassant d'Emmanuel. Comme il disait toujours : « Les garçons, ça va ça vient, mais un coiffeur, c'est pour la vie. » C'était même dans sa brochure marketing, ça.

— Absolument. Mes cheveux ont besoin d'un bon soin pénétrant, enfin plus que moi, plaisanta-t-elle.

Nous nous sommes donné rendez-vous à quatre heures et je suis retournée dans la galerie, espérant vaguement qu'un voleur serait entré pour voler l'intégralité de l'expo. Dommage.

C'était Emmanuel qui était au beau milieu de A Space. Grand, brun et beau à tomber raide – je dis tomber raide parce que c'est ce que j'aimerais qu'il fasse, ce propre à rien arrogant et lèche-bottes.avec son air d'enfant de chœur. Dire que c'était pour oublier ce type que j'avais dansé sur les tables et pollué mon foie et mes chaussures ! Mais qu'est-ce qui m'avait donc pris ?

Je me demandais pourquoi je n'avais pas suivi le remède plus traditionnel de Sophie pour oublier un homme : balancer tout ce qui lui est associé dans un sac poubelle et arroser le tout d'eau de Javel. Il y avait encore un jean D & G assez sympa d'Emmanuel dans le tiroir du bas de ma commode, si je me rappelais bien. Je me suis dit qu'il fallait que j'inscrive ça ce soir sur la liste « À faire ». Mais d'un autre côté, il m'allait pas mal, ce jean.

Il s'est avancé vers moi, les bras tendus comme s'il était mon père et qu'il m'eût mise dans un camp de travail quand j'étais gamine. Et voilà qu'il voulait qu'on se réconcilie. Improbable.

J'ai maudit mes bottes quand je me suis aperçue que j'aurais l'air d'une naine à côté de lui. Si j'avais mis des talons, au moins j'aurais eu la satisfaction de le regarder de haut.

— Saskia, soupira-t-il en m'attirant contre lui. Tu es… comment dit-on, euh… well ? Non ?

Emmanuel est le Français typique qui vit à Londres depuis douze ans, à peu près, et qui dit encore à tout bout de champ : « Comment dit-on cela ? Je ne connais pas le mot anglais. »

Alice avait raison ; je ne pense pas que ce que j'avais éprouvé pour Emmanuel était aussi sérieux que de l'amour, mais à vingt-neuf ans, c'est réconfortant de savoir qu'on a un admirateur – « un soupirant ou deux qui attendent en coulisses », comme dit Sophie. Mais je m'en étais remise. Franchement. Maintenant, il fallait que je songe à ma carrière et à mes vacances. Le seul problème, c'est que ces deux choses s'excluaient mutuellement.

Emmanuel regardait les tableaux comme s'il venait d'être parachuté par des extraterrestres. Il est très doué pour jouer le malheureux Français à l'étranger. Avec un haussement d'épaules gaulois, il dit sans cesse à qui veut l'entendre qu'il ne comprend pas les Anglais. Je crois qu'il ne nous aime guère. Et notre bouffe ! Shit ! Je ne sais pas pourquoi il s'est collé sur notre territoire pour travailler comme journaliste free-lance dans plusieurs magazines d'art italiens et français.

J'ai rencontré une de ses ex-petites amies françaises, au début que je sortais avec lui. Elle a essayé de me mettre en garde. Dieu la bénisse. « Emmanuel est un Français de la pire espèce, avait-elle décrété. Personne ne supporterait qu'un homme se comporte comme ça en France. C'est pour ça qu'il reste en Angleterre. »

À l'époque, j'avais mis sa critique sur le compte du dépit, mais en fin de compte je crois qu'elle savait de quoi elle parlait. Il devait y avoir des affiches « Not wanted » collées sur tous les murs de Calais pour avertir les douaniers d'approcher Emmanuel avec un extrême mépris.

— Saskia ?

Sa voix avait un relent de « Est-il possible que ce soit toi ? ». Je lui ai répondu que, comme il le soupçonnait, c'était bien moi. Comme je suis une femme civilisée pourvue d'une disposition émotionnelle relativement saine, je ne lui ai pas tapé sur la tête à coups de *Saute d'humeur en blanc* comme il le méritait. Non, je l'ai embrassé calmement, mais seulement sur une joue, ce qui fait qu'il s'est retrouvé à embrasser le vide pour la deuxième bise. J'adore faire ça. Une fille prend du plaisir où elle peut.

— Alors là, Stuart s'est vraiment… comment dit-on… surpassé ? dit-il d'un air dédaigneux en regardant autour de lui. Il m'a dit qu'il fallait à tout prix que je vienne, et pour quoi ? Pour voir cette connerie ! Tu imagines ?

J'ai croisé les bras et répondu que oui. Les galeries font tout le temps ça, de demander aux critiques de venir voir leurs expos, lui ai-je rappelé.

— Je ne gaspillerais pas mon encre là-dessus, railla-t-il.

— Juste ta salive, répliquai-je.

— On peut parler, Saskia ? demanda-t-il avec l'accent guindé des gens qui n'apprennent une langue étrangère que par des formules toutes faites.

— Enfin, personnellement je n'ai pas de problèmes, lui dis-je.

— Oh, Saskia, toujours ton humour anglais mordant ! Mais tu es tellement... jolie. Comment dit-on, en anglais, *pretty* ? Dis-moi, qu'est-ce que tu as fait ?

Voilà une question que j'ai véritablement en horreur. On dirait que ça sous-entend que j'ai enfin pris des cours pour améliorer mon apparence, et que j'aurais dû faire ça depuis longtemps. J'avais envie de lui répondre que c'était grâce à son départ, mais je ne voulais pas marcher sur les plates-bandes sarcastiques de Stuart. J'aime à penser que je suis au-dessus de ça.

— Merci, dis-je. C'est très gentil de me dire ça.

— Ne sois pas triste, Saskia, je t'en supplie. Ne sois pas, comment dit-on... aigre ?

— Amère ? suggérai-je, plissant les yeux.

— Oui, c'est le mot – amère. Je suis venu te dire, comment dit-on, déjà ? *Sorry*.

— *Sorry* ?

— Oui. J'ai pensé... pauvre petite Saskia. Je dois lui dire pardon d'être parti comme ça. J'ai eu, comment dit-on ? J'ai eu une hésitation. Pour moi, Saskia, c'était le moment de tourner la page. J'avais peur de te le dire. C'est pour ça que maintenant, je veux être honnête avec toi. Ce n'est pas que je ne t'aime pas, *darling*. Tu es... comment dit-on ? Une fille remarquable ?

— Une fille remarquable, tu veux dire, peut-être ?

J'avais toujours les bras croisés, ce qui signifie, en

langage corporel: « Fous-moi la paix, je ne suis pas intéressée, emporte tes compliments merdiques ailleurs ! »

— Le problème, bafouilla-t-il sans comprendre mon langage corporel, c'est que j'avais peur de, comment dit-on ? Casser ? C'est comme ça que vous dites, casser, rompre ? J'ai demandé à un copain et il m'a dit que la formule, c'est « jeter » et j'ai dit « *No, it's terrible* ». C'est les poubelles, qu'on jette, pas ma Saskia.

— Comme c'est gentil à toi, dis-je sans desserrer les dents.

Mais Emmanuel ne prenait pas la peine de lutter avec mes sarcasmes. Il avait les bras qui gesticulaient dans tous les sens, comme Napoléon en train de motiver ses troupes avant la bataille de Waterloo. Il n'y avait pas moyen de l'arrêter; il ne prenait même pas le temps de respirer.

— Je lui ai dit que ce n'était pas ce que je voulais faire, te « jeter ». Mon copain dit qu'on peut aussi employer le verbe « larguer », et « plaquer ». Tu peux comprendre cela, *darling*, sans avoir trop mal ? Tu peux comprendre que je veux te plaquer ?

— Quoi ? jappai-je comme un chien qui vient de se prendre un coup sur la tête.

Je n'en revenais pas que cela soit effectivement en train d'arriver à une fille libérée comme moi, qui avais des projets de carrière, de sacs de vêtements imbibés d'eau de Javel, et des vacances à New York prévues depuis plusieurs semaines.

Quoi, je me faisais jeter/plaquer/larguer ?

Cela fait des années qu'il existe un accord tacite entre les hommes et les femmes: quand on ne téléphone pas, quand on pose un lapin et qu'on n'appelle pas pour s'excuser, la liaison devient nulle et non avenue. En de telles occasions, une déclaration officielle est un tantinet considérée comme déplacée, dans la plupart des cercles sociaux.

Mais si plaquage il doit y avoir, je vous le dis, les filles préfèrent avoir le rôle de la « plaqueuse », et la mode new age veut que les garçons qui tiennent à leurs bourses accordent ce petit privilège aux filles en jouant le rôle du plaqué. Alors ce salaud de Gaulois n'allait pas continuer à se pavaner comme ça en annonçant qu'il me plaquait, alors que j'avais déjà dansé sur des tables pour le faire sortir de mon système !

Hein ?

C'était pousser le bouchon de la nouvelle immoralité un peu loin, ça. Bon, je sais que j'avais renversé la monnaie d'un mendiant le matin même, mais n'avais-je pas assez souffert comme ça ? N'était-il pas suffisant que mon chef veuille m'entuber, que ma vodka tonic soit pleine de cendres de cigarette et que mes chaussures soient imbibées de bloody mary ? En temps normal, j'étais juste une fille robuste qui avait fait du hockey dans sa jeunesse et qui envisageait les rôles hommes-femmes avec une certaine souplesse, mais là, je n'étais absolument pas d'humeur à supporter ça. J'avais une réputation à maintenir. Si on veut.

J'ai repassé ces différents points dans ma tête pendant qu'Emmanuel poursuivait son soliloque, parsemant ses faux pas linguistiques de formules éloquentes : « profitable pour tous les deux sur le plan professionnel » ou « respect de l'espace personnel ».

— Je ne veux pas que tu le prennes mal, que je te plaque. Plaquer, c'est bien ça ? Je ne connais pas ce mot.

— Moi non plus, répondis-je sans ménagement.

Avec les hommes, j'ai peut-être un niveau de fierté assez faible, mais même moi, je renonce à leur donner les mots qu'il faut pour m'envoyer promener.

Comme il avait l'air un peu en pétard que je n'éclate pas en sanglots, il m'a posé les mains sur les épaules et m'a embrassée sur le front, histoire de faire un peu plus théâtral.

C'était atrocement agaçant.

— Saskia, Saskia ! Piquante comme une figue de Barbarie. Il ne faut pas que tu sois amère. Ce n'est pas de ta faute si je ne t'aime plus.

Sans me lâcher les épaules, il m'a secouée à la manière de ces travailleuses sociales infanticides, et je me suis demandé s'il était suffisamment près de ma bouche pour que je morde ce beau petit nez que j'avais tellement aimé embrasser.

— Merci bien, dis-je d'un ton hargneux en levant les yeux au ciel pour faire plus d'effet.

— Je veux juste que tu saches que je t'aime bien. Même si le moment est venu pour que je te plaque, je t'aime bien.

— Eh ben merci, hein, répondis-je sans savoir où me mettre.

Alors que j'avais léché les moindres recoins de son torse pas plus tard que l'avant-veille, je sentais désormais monter une irrésistible vague de nausée, mais peut-être que c'était simplement le mégot de cigarette qui attaquait la paroi de mon estomac.

— Tu as beaucoup à donner, *darling*. Un jour, tu trouveras l'homme qui n'aura pas envie de te plaquer. Tu as tellement à donner, me réconforta-t-il.

— Oh non. Si tu comptes m'emprunter de l'argent, Emmanuel, tu peux tout de suite faire une croix dessus.

— Piquante Saskia ! s'exclama-t-il en me pinçant la joue. Je suis sincère, ma petite fille, tu es très sexy, encore que, si je peux me permettre, il faudrait que tu te fasses siliconer un peu les seins. Ne sois pas amère, ça n'a rien de personnel, je ne veux pas que ça abîme notre amitié.

Il me caressa le visage et je sentis un frisson me parcourir.

— Franchement, Saskia, je ne veux pas que tu souffres.

— Que je souffre ? Tu crois que tu es capable de me faire souffrir ? dis-je avec un petit rire cassant.

— Je ne suis pas aveugle, tu sais. Je sais ce qui se passe avec Stuart.

Stuart ? Il avait bien dit Stuart ? Il ne sous-entendait tout de même pas que je couchais avec Stuart ?

— J'ai raté quelque chose ? demandai-je. Il ne se passe rien du tout avec Stuart.

— Saskia, Saskia... soupira-t-il en appuyant sur mes épaules.

J'avais toujours les bras fermement croisés, comme pour lui faire barrage.

— Ma petite ingénue ! Tu crois que le monde est un jardin d'Éden, rempli de gens qui aiment profondément l'art.

— N'exagérons rien.

J'ai repensé à « Expériences en blanc », et je me suis demandé comment je pourrais faire aimer les toiles blanches assez profondément aux gens pour les inciter à acheter.

— Les gens peuvent souffrir, Saskia. Même les petites filles comme toi.

— Pas de condescendance, s'il te plaît, l'ai-je mis en garde.

Il m'a adressé un regard qui en disait long, comme s'il attendait qu'une caméra vienne faire un gros plan sur son visage.

— C'est un conseil d'ami. Reste en dehors de ces affaires.

— Écoute, je ne sais pas de quoi tu parles, mais j'en ai assez entendu. Remballe tes avertissements, tes insinuations, tes « piquant » et sors d'ici. Toi et moi, nous ne serons jamais amis. Je veux que tu sortes de cette galerie tout de suite.

Il a haussé les sourcils et il a souri.

— Tout de suite ! ai-je rugi.

— Bon, tu veux que je parte, alors je pars. J'avais peur que tu ne le prennes mal, que je te plaque. Mon copain m'avait prévenu.

— Écoute, mon pote, ce n'est pas ce qui me dérange,

que tu me plaques. En plus, ce n'est pas toi qui m'as plaquée, c'est moi. Je t'ai plaqué, largué, jeté, bazardé, lourdé, envoyé sur les roses. J'ai dansé sur une table hier soir par pure exubérance, tellement j'étais contente de ne plus être avec toi. Et mets-toi ça dans le crâne : je couchais avec toi par pitié, c'est tout.

J'ai vu que je l'avais piqué au vif. Il n'a pas cessé de sourire pour autant, pas une minute, mais son sourire était un peu glacé. Un peu figé. Je remuais le couteau dans la plaie et j'adorais ça. C'était beaucoup plus jouissif que d'arroser son jean d'eau de Javel.

— Oui, par pitié, et c'était nul, en plus. Et quand bien même je serais désespérée, ce qui ne m'arrivera jamais, évidemment, je ne consentirai jamais à refaire l'amour avec toi. Tu comprends ? C'est moi qui t'ai plaqué. *Understand* ? Si tu n'as pas compris, je peux t'envoyer les passages les plus parlants par mail.

Je fus horrifiée de voir qu'il me serrait de nouveau dans ses bras.

— Ah oui, j'ai entendu dire que tu avais dansé. C'est pour ça que je suis venu. Je ne veux pas que tu sois comme ça, que tu… comment dit-on, que tu te ridiculises ?

À ce stade-là, je me contentais d'avoir la bouche grande ouverte tant j'étais choquée/humiliée/honteuse/scandalisée – au choix. Ce type était d'un narcissisme incorrigible.

Tout à coup, Emmanuel m'a prise contre lui. Après avoir brutalement attiré mon menton vers sa bouche, il a fourré sa langue au fond de ma gorge, ce que je ne saurais décrire que comme le baiser le plus dégoûtant que j'aie jamais subi. PS : Il avait mangé du pesto au déjeuner.

J'ai crachoté, gigoté et manqué de m'étouffer avec sa langue, mais il refusait d'abandonner. L'espace d'un instant, j'ai cru qu'il avait retrouvé le mégot de Stuart.

Quand j'ai enfin réussi à me dégager, il m'a pris le menton comme si j'étais sa petite sœur.

— Je suis sérieux, au sujet de Stuart, en tout cas, dit-il en faisant demi-tour. Fais attention. Prends garde à toi. Je passerai récupérer mon jean ce week-end, d'accord ? ajouta-t-il.

Malheureusement, il était sorti avant que j'aie le temps de lui faire part de mes projets de javellisation pour ledit pantalon et tout autre article qu'il aurait laissé à ma portée.

Liste 8

Pour survivre dans la City

1. Ne pas regarder les gens dans les yeux dans le métro.
2. Ne pas paniquer quand la rame est bloquée dans un tunnel et que quelqu'un commence à vous tripoter les seins.
3. Toujours avoir sur soi un objet qui peut servir d'arme en cas d'urgence.
4. Cultiver le sang-froid, surtout dans les grands magasins, et ne pas essayer d'ouvrir soi-même les vitrines.
5. Transporter l'argent dans le soutien-gorge, pour éviter de le donner à d'éventuels agresseurs, et pour servir de rembourrage.
6. Se préparer à combattre les hommes en costume qui veulent nous piquer notre place dans le taxi, surtout à la City, où les garçons aiment jouer les durs.
7. Se familiariser hebdomadairement avec tous les points sensibles du corps de l'homme (cf. n° 6 et 1 ci-dessus).
8. Éviter autant que possible la ligne de métro Northern.
9. Ne pas laisser les désirs d'amour/succès, etc. nous submerger de façon inopportune.
10. Dire « j'ai déjà ce numéro » aux vendeurs de journaux sans abri.

Emmanuel descendait la rue à toute allure lorsqu'une voix américaine que je ne connaissais pas a retenti dans la galerie. L'acoustique de la salle était destinée au murmure bienséant : il y avait un écho qui faisait tonner la voix. Elle semblait provenir des quatre coins de la galerie à la fois, comme la voix de Dieu qui tonitruait sur le mont Sinaï ou quelque chose comme ça.

— Pardon, je ne savais pas que vous étiez occupée. J'aurais dû partir.

J'ai fait volte-face, scrutant les « Expériences en blanc » dans tous les recoins à la recherche de mon interlocuteur. La voix désincarnée était profonde et absolument inconnue.

Moïse avait dû ressentir la même chose que moi, à part que j'étais beaucoup trop énervée et furieuse pour m'occuper d'alliances sacrées à ce moment précis. Pour faire part de mon humeur à l'intrus, j'ai croisé les bras et froncé le sourcil. Puis j'ai attendu qu'il se fasse connaître.

— Suis-je venu au mauvais moment ? a demandé la voix.

C'était le moins que l'on puisse dire, en effet, et je n'ai même pas répondu. J'ai tapoté du pied un bon bout de temps avant que l'homme en question ne surgisse enfin de l'ombre.

Il est sorti tranquillement d'une des antichambres où nous exposions parfois des sculptures ; je l'ai détaillé de haut en bas et de bas en haut puis, voyant que c'était un véritable dieu, je l'ai redétaillé de haut en bas. Mes genoux tremblaient involontairement. Il représentait tout ce que j'avais toujours adoré chez un homme, et le mot était faible.

Il souriait, et une certaine sagesse au fond de moi m'a dit que j'étais la cause de son hilarité. Je me suis mise à rougir.

— Je vous ai surprise, n'est-ce pas ? Voulez-vous que je revienne plus tard ? demanda-t-il avec un sourire hautain.

Il était grand et très très beau, le genre de beauté qui vous oblige à retenir votre souffle en constatant que vous n'êtes ni Meg Ryan ni Kate Winslet, et que vous n'êtes ni aussi mince ni aussi jolie qu'elles. Avec la gueule de bois que je traînais, je n'avais pas passé tellement de temps à soigner mon apparence ce jour-là. Enfin, pas du tout, à vrai dire.

Le seul effort que j'avais fait pour m'arranger un peu, c'était de m'être passé un coup de rouge à lèvres. Mais, postée sous le regard insistant de cet Adonis, j'ai commencé à craindre d'avoir pris un de ces rouges à lèvres méchamment ringards, un dérivé de mauve par exemple.

C'était sans doute le cas, parce qu'il regardait ma bouche d'une manière très bizarre. Je me suis maudite de ne pas avoir acheté une nuance dans les beiges ultras, comme me l'avait recommandé une vendeuse la semaine dernière, quand j'étais allée faire un saut au rayon cosmétique du magasin Selfridges après le boulot.

« Le beige vous va bien » m'avait promis de façon désintéressée la fille de chez Lancôme, qui était d'une beauté aveuglante. « Je suis sûre que vous dites ça à tout le monde » avais-je répondu. Mais là, je regrettais mon impertinence. J'aurais dû accepter ses conseils avec humilité et ajouter encore vingt livres au débit de ma Gold Card Selfridges.

— Putain ! marmonnai-je dans ma barbe.

— Quoi ? dit mon inconnu.

Contrairement à moi, il n'avait pas ménagé ses efforts pour s'offrir à la gent féminine sous l'apparence d'un cadeau de Dieu. Il était superbe. Vêtu d'un costume rayé sur mesure qui parachevait à la perfection les contours délectables de son corps, il embaumait la Carte platine, la puissance et une double dose de sex-appeal à vous crisper les orteils. J'ai remarqué d'un air rêveur qu'il avait également d'assez beaux yeux, après quoi je suis retombée dans mon état normal, c'est-à-dire que j'ai recommencé à me détester.

— Rien, je marmonnais juste entre mes dents, lui dis-je sur un ton enjoué.

Dieu que je suis nulle, avec des hommes comme ça. Donnez-moi un artiste chétif avec un jean 501 moucheté de peinture, et je suis pleine d'esprit et de bons mots. Mais placez-moi devant un homme avec qui j'aurais éventuellement envie de coucher, voilà comment je réagis. Je me suis dit que pendant que j'y étais, je n'avais qu'à me mettre à baver, au moins ça mettrait fin à mon supplice.

Plantée là avec ma robe en toile blanche toute débraillée et fraîchement froissée suite à mon accrochage avec les vigiles du magasin, en plus de mes bottes militaires israéliennes, j'imaginais très bien ce qu'il pouvait penser. Je suis sûre que c'était un habitué du petit tailleur Chanel sexy ou du pantalon Armani, je le voyais bien.

À vrai dire, ça me rappelait la première fois que j'avais porté ces bottes pour venir au travail, sachant que Stuart ne voyait pas d'un bon œil les tenues militaires, tout comme Bond Street, de manière générale. J'aurais adoré me faire passer pour l'Imelda Marcos de Notting Hill, mais à part mes antiques chaussures en toile de jute orange, la seule autre paire de chaussures à talons hauts que je possédais dégoulinait de bloody mary.

Lorsqu'il s'est approché de moi, j'ai remarqué qu'il avait des pattes-d'oie au coin de l'œil, comme s'il avait passé sa vie à s'esclaffer d'une bonne blague. Je le détestais d'avoir surpris mon étreinte baveuse avec Emmanuel. Et plus précisément, je me demandais combien de « figue de Barbarie » et de « petite fille » il avait entendus. Mon Dieu, qu'avait-il pu voir ?

Ce qui me troublait le plus, c'était l'irrépressible crainte que mon rouge à lèvres, quelle qu'en soit la couleur, ne soit pas resté sur ma bouche, comme le promettait la campagne marketing. J'avais déjà été trompée par des mascaras antipaquets et des fonds de teint antibrillance. Le rouge à lèvres antibavure allait-il devenir la dernière déception de ma trousse de maquillage ?

Mais en véritable fille mature et ambitieuse que j'étais en passe de devenir, j'ai mis mes préoccupations de côté et, en songeant à ma commission, je suis passée en mode professionnel. Je flairais une odeur de cash chez ce gars-là, et je flairais un profond besoin de le dépenser.

Certes, les « Expériences en blanc » ne valaient rien, mais nous avions une réserve massivement garnie. Voilà : j'allais l'emmener en bas et l'émerveiller. Qui sait, il achèterait peut-être quelque chose, et Stuart me dirait que je méritais des vacances et il me proposerait de devenir, à mon retour, responsable de toutes les organisations d'expo. Je percerais enfin.

— Ohé ! Ça va ? a demandé l'inconnu en agitant les mains sous mon nez.

Je suis revenue subitement à moi.

— Pardon, ai-je murmuré. J'étais perdue dans mes pensées. J'ai juste été surprise, je ne vous avais pas entendu entrer. Je m'appelle Saskia Williams, au fait, ai-je minaudé en tendant la main.

Horreur malheur, au lieu de la ferme poignée de main que j'anticipais, il a soulevé ma main et l'a embrassée, le malade.

J'ai retiré ma main comme s'il venait de me mordre.

— Excusez-moi, je n'ose pas imaginer ce que vous devez penser de moi, ai-je bafouillé de manière incohérente. Permettez que je vous offre à boire. Thé, café, vin, vodka tonic ?

— Vodka tonic, ce sera parfait, dit-il de son accent traînant.

— Ô mon Dieu, voyez-vous, en fait… nous n'avons pas vraiment de vodka tonic. Enfin, pas dans le véritable sens du terme, je veux dire. En fait, si, nous en avons, mais je crains qu'il n'y ait un mégot dedans. Oh, tais-toi, Saskia.

Il a souri.

— Un verre de vin me conviendra très bien, dans ce cas.

J'ai rougi.

— Un chardonnay, ça ira ?

— Parfait.

— Très bien, dis-je en le regardant dans le blanc des yeux.

J'étais littéralement clouée sur place, comme une installation que nous avions eue une fois à la galerie, un mec en cire avec un costume et un billet de cent dollars. Profondément ironique – du moins à en croire le musée néerlandais qui l'avait achetée pour douze mille livres sterling.

J'ai essayé de prendre un air ironique aussi, tandis que je me délectais de la splendeur de cet homme. Mis à part un Jeff Koons par-ci par-là, le monde de l'art est tristement dépourvu de beaux mecs. C'est un problème qui est sûrement lié au mode de vie des artistes : nuits blanches, mauvaise alimentation, excès de white-spirit et trop peu de temps passé au club de sport, voire pas du tout.

Cet homme, en revanche, était tout à fait délicieux. Je doute qu'il se soit un jour retrouvé nez à nez avec des vapeurs de formol, et encore plus qu'il s'en soit renversé une fois sur le costume. Sa chevelure brune était parsemée de quelques fils blancs et, malgré une coupe récente – sans doute réalisée chez Trumpers, ce vieux salon pour hommes, du côté de Mayfair – il en avait encore assez long pour se faire une mèche à la Leonardo DiCaprio. Et s'il avait remis sa mèche en place à cet instant précis, j'aurais grimpé aux rideaux, tant l'état de ma libido postgaloche avec Emmanuel était fragile.

— Pardon, vous m'avez dit que vous vous appeliez comment ? ai-je demandé.

Il a haussé un sourcil.

— Votre nom ? ai-je répété.

Il a souri encore plus. J'ai lu quelque part qu'une personne qui est capable de sourire sans cligner des yeux sept fois en une minute est perçue comme dangereuse. Il avait les paupières immobiles, et les secondes passaient. Pas le moindre frémissement. Il avait des dents blanches, parfaitement alignées, qui ne pouvaient provenir que des États-Unis, ce qui n'était pas très étonnant vu que son accent venait déjà de là-bas.

— Pardon, pouffa-t-il. Je ne devrais pas me moquer de vous comme ça, c'est terriblement égoïste de ma part. Attendez, que je vous donne un coup de main.

Il prit un mouchoir dans la poche de sa veste.

— Vous avez un peu de rouge à lèvres sur le menton, dit-il.

Jamais une aussi petite phrase n'a jeté autant d'effroi dans le cœur des femmes que « rouge à lèvres sur le menton ». C'est une humiliation mortelle, oui ! Et ce qui est certain, c'est que je n'avais pas besoin de l'indignité supplémentaire de voir un inconnu me tamponner le menton.

J'ai foncé aux toilettes de la réserve, en bas, après quoi j'ai pu constater toute la magnificence de ma honte dans le miroir.

« Un peu de rouge à lèvres sur le menton », c'était l'euphémisme du siècle ; ça battait à plate couture l'explorateur capitaine Oates, qui avait dit à ses camarades d'expédition : « Il est possible que j'en aie pour un moment », sachant pertinemment qu'il n'avait aucune chance de revenir vivant.

Loin de respecter ses promesses antibavure, le rouge à lèvres s'était étalé partout. Je ressemblais à ces gamins des pubs Kleenex qui avaient mis le nez dans la trousse de maquillage de maman. Et ce n'était pas tout. La pince à cheveux en écaille que j'avais mise ce matin, histoire de compenser le fait que je n'arrivais pas à mettre la main sur ma brosse, avait dû se prendre dans la montre d'Emmanuel ou Dieu sait quoi. Toujours est-il que la barrette se retrouvait complètement de travers sur le sommet de mon crâne, un peu comme une fausse couronne sur un nid d'oiseaux. Mes cheveux, comme ma vie, étaient un véritable sac de nœuds.

J'ai tiré et étiré le fouillis de pointes fourchues qu'était ma chevelure archidécolorée avant d'en soumettre tant bien que mal les mèches revêches. J'avais atteint la limite : demain je donnerais une bonne leçon à mes cheveux en demandant à Albert de me couper tout ça, et s'il n'était pas d'accord, je le menacerais de le poursuivre en justice pour l'affaire des listes.

J'ai essuyé le rouge à lèvres incriminé sur le menton et sous le nez, puis j'ai fait une joyeuse série de gargarismes. Le temps que je remonte dans la galerie, avec un verre de chardonnay bon marché à température ambiante, je commençais même à regagner un peu de charme et de confiance.

— Ça va mieux ? demanda-t-il gentiment en prenant son verre.

— Oui, je vous remercie. Excusez-moi, je n'ai pas compris votre nom.

Je parlais doucement, essayant de laisser derrière moi mon déguisement de bouffon du mois.

— C'est vrai, je ne vous ai toujours pas dit comment je m'appelais, si ? dit-il, les yeux brillants de malice. Avant toute chose, il faut que vous me donniez la liste des prix. Dites-moi, le tableau qui se trouve à côté de la porte est-il toujours disponible ? *Saute d'humeur en blanc*, il me semble. J'aime particulièrement l'ironie que l'artiste a voulu rendre.

— Vous êtes malade ? ai-je hurlé d'une voix suraiguë.

C'était parti tout seul. Il va falloir que je me débarrasse avant mes trente ans de cette manie de crier. Il y a des hommes qui m'ont dit que c'était très rebutant, surtout quand je fais ça une fois qu'ils ont joui et pas moi – du genre : « Pardon, on a terminé, là ? Je ne crois pas, non ! »

J'ai arrêté de m'exciter. Attendons voir. Pouvais-je sérieusement être attirée par un gars qui appréciait une toile intitulée *Saute d'humeur en blanc* ? Eh bien… euh… je regrette beaucoup, mais oui – sans doute. La libido est tellement capricieuse.

Plus professionnelle que jamais, je ne me suis pas allongée sur le dos en poussant des cris de joie, mais d'un pas sourd je suis allée chercher la liste à mon homme-mystère.

— Vous connaissez l'œuvre de Jeff Hewit, monsieur… ?

— Non, mais je démarre une petite collection d'art britannique. Je cherche un bon investissement et les peintures de Jeff Hewit ont attiré mon attention quand je suis passé devant la galerie. J'en ai parlé à M. Dumass au téléphone et il m'a renseigné sur le CV de ce Hewit. Ça m'a l'air assez impressionnant. Il m'a dit que ses peintures se sont vendues autour de vingt mille livres à la dernière expo. Il faut que je vous dise, je cherche un investissement sûr.

Je l'ai regardé d'un air compatissant, essayant de me convaincre moi-même qu'il était possible d'aimer un type qui faisait preuve d'aussi mauvais goût.

— À votre manière de me regarder, je vois bien que vous me considérez comme un béotien. Le fait de lier l'art et l'investissement vous épouvante-t-il, miss Williams ?

Entendons-nous bien, avais-je envie de dire. Le seul fait que vous vous intéressiez à « Expériences en blanc » m'épouvante. Je ne suis pas hostile au minimalisme au point de ne pas aimer un mur blanc ni du linge de maison blanc tout propre, ni une coiffeuse bien rangée, mais ces toiles non apprêtées, que l'artiste décrivait comme « une discussion ironique sur les émotions », exploraient de nouveaux royaumes de nullité.

Jon disait toujours qu'il fallait se méfier quand un artiste parlait d'ironie. Cela dit, je n'étais pas assez épouvantée pour être incapable de calculer mentalement la commission que je pouvais espérer. Ces toiles étaient chères, entre autres qualificatifs.

J'ai feuilleté les papiers d'un air déterminé, tout à fait consciente de son regard transperçant dans mon dos. Le CV de Jeff Hewit était une preuve du vieil adage : « Cela ne dépend pas de vos connaissances mais de ce que gagnent vos amis ». Pour faire court, si ses tableaux s'étaient si bien vendus à la dernière expo, c'est parce que ses flagorneurs d'amis et de parents avaient tout acheté à des prix exagérément gonflés. Les aristocrates, plus encore que les artistes, aiment à se rassembler. Autant que je sache, il n'a jamais vendu de peintures sur le marché libre.

J'avais la peau qui me picotait de savoir que cet inconnu, dont j'ignorais le nom, était derrière moi en train de regarder ma colonne vertébrale sans battre des paupières. J'ai retrouvé la feuille des tarifs en question et je me suis retournée pour retrouver l'homme à quelques centimètres de moi au lieu des quelques mètres que j'attendais. Toutefois, plutôt que de laisser échapper un cri de frayeur, je me suis surprise à respirer d'un air rêveur à mesure que l'effet apaisant de son parfum hypnotique prenait le dessus.

— Miss Williams !

— Je vous en prie, appelez-moi Saskia, bafouillai-je d'un air insignifiant. Excusez-moi, je n'ai toujours pas compris votre nom.

Je lui ai passé la liste et j'ai failli tomber à la renverse, droguée par mes propres phéromones.

Il a regardé la feuille et bu une gorgée de l'immonde vin que Stuart servait aux clients depuis le départ de Jon. J'ai remarqué qu'il réprimait une grimace de dégoût, puis il a évoqué l'heure en jetant un vague coup d'œil à sa montre.

— Bon, tout cela m'a l'air normal. Vous m'avez convaincu, Saskia, j'achète toute l'exposition.

— Vous… quoi ? ai-je couiné.

— Je vous envoie mon bras droit demain matin pour finaliser le paiement.

En regardant les toiles blanches installées autour de la galerie, deux choses me sont venues à l'esprit : l'énormité du mauvais goût de cet homme, et celle de la commission que je venais de gagner, ce dont je n'aurais jamais osé rêver. Je pouvais déjà me payer mon vol à New York – et en Concorde si le cœur m'en disait.

— Oh, et merci pour le vin, ce fut très rafraîchissant, a-t-il ajouté sans la moindre trace de sarcasme.

Il m'a passé sa carte de visite et son verre d'antigel encore plein, puis il est parti.

Liste 9

Compétences de la vie quotidienne qu'il me reste à acquérir

1. Prendre et ranger des CD sans casser les boîtiers.
2. Empêcher mon porte-manteau de se casser la figure.
3. Manger dans mon lit sans faire de miettes.
4. Faire mousser le lait dans la cafetière à expresso sans me brûler le bras.
5. Avoir des échanges adultes avec ma mère sans retomber au stade des grimaces infantiles.
6. Empêcher les chauffeurs de taxi de me parler sans qu'ils me détestent aussitôt ni qu'ils se mettent à rouler à dix à l'heure.
7. Empêcher mes besoins et mes envies de m'échapper à des moments inopportuns.
8. Arrêter d'acheter des vêtements d'une ou deux tailles trop justes dans l'espoir qu'un jour je perdrai du poids.
9. Perdre du poids.
10. Empêcher mes soutiens-gorge de se prendre dans mes bas et mes collants dans mon tiroir pour ne former qu'une grosse boule.

La première chose que j'ai remarquée en arrivant au vernissage à la galerie Tashco, c'est qu'Alice s'était teint les cheveux. Ils étaient désormais d'une alarmante nuance rouge pompier, difficile à ne pas remarquer.

Elle a dit qu'elle avait eu une envie de changement à l'heure du déjeuner, et que Jon l'avait aidée à se faire sa couleur dans le lavabo des toilettes de la galerie. J'enviais son approche *carpe diem*, mais je n'étais pas certaine qu'elle ait fait le bon choix de teinte.

— Qu'est-ce que tu en penses ? m'a-t-elle demandé en faisant une pirouette.

Comme nous étions amies, je me sentais plus ou moins obligée de mentir. J'ai répondu que c'était super mais sur un ton dégagé dont nous n'étions dupes ni l'une ni l'autre.

— Menteuse, tu as le nez qui s'allonge, Saskia, dit-elle en riant. Ne panique pas, c'est une couleur qui part avec le shampooing. J'avais juste envie de foutre les boules à Jim parce qu'il n'arrête pas de me traiter de bimbo et de blondasse. Ça lui apprendra.

— Ah bon ? fis-je. Je vois. Ça lui apprendra quoi, au juste ?

— Peu importe ! s'exclama-t-elle. Il fallait que je secoue un peu mon image, de toute façon, dit-elle en me passant le bras sur les épaules. Allez, viens, on va se chercher une bière.

J'ai convenu que c'était un bon plan et, essayant de ne pas regarder autour de moi avec trop d'insistance, je l'ai suivie dans la foule, qui se déversait désormais de la galerie jusqu'à Hoxton Square. Tashco avait une sacrée cote. J'ai même vu une équipe de télé interviewer une personne qui avait l'air de ces filles du monde qu'on voit dans le *Times*.

Depuis plusieurs années, les observateurs se demandaient pourquoi la scène artistique londonienne était aussi dynamique. La réponse était évidente pour les spécialistes : la bière gratuite. En l'occurrence, le sponsor, Becks, n'avait même pas tenté d'installer un stand, mais tirait la bière à même le tonneau à l'arrière d'un camion. Il y avait plus de monde que dans les concerts.

C'était une bonne chose que ma robe soit déjà froissée, me suis-je dit alors que nous jouions des coudes pour avancer dans la cohue – enfin, je ne me plaignais pas, le vernissage qui attire les foules est le bastion sacré du monde de l'art. Récemment, Stuart avait suggéré qu'il n'y ait plus de vernissages chez A Space, décrétant que ça coûtait trop cher. Mais même lui, il savait bien que c'était pousser le bouchon des économies un peu loin.

Quand j'avais dit ça à Alice, elle avait répondu : « Attends, tu parles d'une mascarade ! Le vernissage est le monde de l'art. Tu retires l'alcool et il n'y a plus de monde du tout. Juste des objets d'art disposés dans un endroit. »

Elle avait raison. Le monde de l'art est une espèce d'univers fantastique secret dont la porte d'entrée est le vernissage. Tout autour de nous, des futurs artistes rivalisaient avec des gens en costume et des pointures du monde de l'art pour avoir de la bière, de l'espace et un bon mot. Alice et moi, nous avons trouvé un petit coin à moitié calme sur les marches du Blue Note, soi-disant pour parler de mon avenir d'organisatrice d'expositions. Tu parles !

— Raconte, ma fille, dit-elle.

Alors j'ai raconté.

— Piers Dexter en personne ? hurla-t-elle comme si mon oreille se trouvait à l'autre bout de Hoxton Square et non à un millimètre de sa bouche.

— Je le jure, dis-je quand mon tympan eut fini de vibrer.

— Piers Dexter lui-même ? Tu n'es pas en train de me raconter des conneries, là ?

— Pourquoi, c'est quelqu'un que je devrais connaître ?

J'étais la nonchalance faite femme, tandis qu'un groupe de filles en salopettes tachetées de peinture entrait de force, me griffant la figure au passage avec leurs sacs.

— Tu te fous de moi ? répétait-elle comme un disque rayé.

J'avais envie de lui dire : « Oui, tu as raison, j'ai juste inventé cette histoire pour t'amuser » mais j'ai haussé les sourcils une fraction de seconde en attendant que son étonnement écarquillé retombe.

Je peux faire mature, vous savez, j'ai examiné mes ongles comme si Piers et sa célébrité n'avait aucune valeur pour une fille blasée comme moi. Mon ego avait attendu une occasion comme celle-là toute la journée, je veux dire l'occasion d'avoir l'air décontracté et parfaitement maître de soi.

— Mais tu as forcément entendu parler de Piers Dexter, insistait-elle. Seulement la moitié de l'Amérique lui appartient. Il a pratiquement inventé le mot web.

Elle m'a saisi le poignet et l'a serré de toutes ses forces comme pour me transmettre son enthousiasme par osmose.

J'ai campé sur ma position nonchalante.

— Web ? Qu'est-ce que ça veut dire, ça ?

— www ? a-t-elle articulé comme si je venais de péter un câble.

— Ah, ce web-là…

Voilà que mon ego commençait à se contracter. Merde, il fallait que je sorte un peu plus le dimanche, que j'aille visiter ce cyberespace puisque, manifestement, c'était là que tout se passait. Même Sophie surfe sur le web, et Sophie ne va jamais dans un endroit qui n'a pas été proclamé terre sacrée depuis plusieurs générations. Elle n'a toujours pas mis les pieds à Hoxton Square, c'est trop à l'est.

— Trêve de plaisanterie, ce mec possède plus de millions que je n'ai de chaussures.

Elle a soulevé un de ses talons aiguilles pour illustrer ses propos.

J'ai acquiescé d'un air solennel. Cela faisait beaucoup de millions, en effet. Alice a plus de chaussures que je n'ai connu d'échecs sentimentaux. Moi, j'ai du mal à m'en sortir avec mes trois paires de godasses, et pendant ce temps-là, c'est sûrement grâce à elle que Vivienne Westwood est solvable.

Au bas mot, sa richesse en chaussures doit s'élever à la dette nationale d'un petit pays d'Amérique latine. Les fabricants de chaussures Vivienne Westwood la voient venir de loin. C'est normal, de toute façon. Les talons compensés de vingt-cinq centimètres, ça a tendance à rendre une fille un petit peu visible.

— D'accord, il est peut-être riche, mais en matière artistique il a franchement mauvais goût, ai-je raisonné.

Sur ce, j'ai levé la main pour examiner mes ongles à la lumière, comme si je suivais à peine la conversation. Il faut à tout prix que j'arrête de me les ronger, ai-je décidé. Oui : j'ajouterais cela à ma liste des « Compétences de la vie quotidienne qu'il me reste à acquérir ».

Alice a hoché la tête.

— Tu sais, ma chérie, je pourrais pardonner beaucoup de choses à un homme comme Piers. Vraiment beaucoup.

— Il est assez mignon, ai-je admis.

Je repensais comme en rêve à son corps élancé et musclé, à la manière dont il m'avait baisé la main. Pour toute autre personne, ce geste-là aurait pu faire guimauve. Bon, d'accord, ça faisait effectivement guimauve, mais c'était de la guimauve stylisée ! En plus, je crois que jamais une personne aussi riche ne m'avait plu autant.

— Assez mignon ? a-t-elle piaillé. Tu es cliniquement morte, ou quoi ?

Sur la place, un certain nombre de gens ont tourné la tête vers nous. La mort était encore perçue comme quelque chose de très cool, dans le monde de l'art.

— Il y a des femmes qui abandonneraient leur utérus pour coucher avec Piers Dexter, me fit-elle remarquer. Il a peut-être l'honnêteté d'un requin, mais avec des yeux comme ça, qu'est-ce que ça peut foutre ?

Mais c'est un carnivore, c'est sûr ; ce mec est véritablement mortel. À Manhattan, il ne reste pas une seule célibataire de moins de trente ans dont il n'ait mastiqué et recraché le cœur.

La référence aux moins de trente ans m'a offensée. Comme je l'ai déjà dit, c'est un âge de référence. Le sous-titre étant : Piers Dexter ne prend pas la peine de mastiquer des femmes de plus de trente ans ! Alice était immunisée contre ces subtilités de langage, à vingt-quatre ans elle ne risquait rien.

— Bah, je n'en sais rien, ai-je soupiré.

J'ai jeté un coup d'œil aux laissés-pour-compte du monde artistique londonien et, rassemblés en tribus disparates, ils me semblaient subitement peu attirants. Ils sirotaient des bouteilles de Becks, tiraient sur des Marlboro light, cherchaient à parler avec des gens suffisamment importants qui auraient été assez bourrés pour daigner leur adresser la parole. J'ai essayé d'imaginer Piers Dexter parmi eux, mais je n'ai pas réussi.

— Il n'est pas mal, mais je ne raterais pas un épisode de *Friends* pour coucher avec lui, ai-je dit.

— C'est ça, ouais, répondit-elle avec l'air de douter de ma sincérité.

Je commençais à me sentir en danger, à discuter d'un homme qui m'avait fait fantasmer tout l'après-midi. On aurait dit que ce n'était qu'un objet ; et en plus, un objet qui se trouvait au cœur des fantasmes d'un milliard de femmes, si la théorie d'Alice se révélait exacte. Voilà qui clashait quelque peu avec mon sens de l'individualité, de craquer ainsi pour un homme qui jouissait d'un tel succès de masse.

En temps normal, je m'intéresse aux types que les autres femmes ne toucheraient même pas avec des pincettes. Des hommes comme Emmanuel par exemple, que je voyais justement à l'autre bout de la place, en train de draguer à bride abattue une artiste blonde pulpeuse récemment achetée par la galerie londonienne

Tate. Ma mère me disait tout le temps de ne pas gâcher mes chances en visant trop haut.

— Quoi de neuf, les filles ? interrompit la voix caractéristique de Jim.

Debout sur la marche devant nous, il nous a posé un bras sur l'épaule à chacune avant d'attirer notre visage sur son entrejambe. Subtil. C'est Jim, ça.

— La belle Sophie n'est pas là ce soir ? a-t-il demandé.

— Pourquoi, on n'est pas assez bien pour toi ? a répliqué Alice avec un rire bon enfant.

Et moi pendant ce temps-là, je me débattais pour libérer ma figure. Jim est aussi loin de mon phénotype sexuel qu'il est possible de l'être en restant dans l'espèce humaine. Je ne voyais pas ce qu'Alice lui trouvait.

— J'ai cru que tu ne viendrais pas, l'espace d'une minute, dit Alice d'une mine boudeuse.

À ce moment-là, il avait pris le visage d'Alice dans ses mains et il la bécotait bruyamment.

Jim était le point faible du respect que j'avais pour Alice. Elle avait beau avoir un QI capable d'animer un cocktail chez des Stephen Hawking en herbe, elle devenait mentalement handicapée quand elle se retrouvait avec des gars comme Jim. Accent d'école publique, compte en banque à sec et toujours un œil qui traîne sur sa prochaine conquête.

Avoir présenté Alice à Jim me chagrinait beaucoup et, à la manière dont elle était tombée amoureuse de lui, je ressentais un peu la même chose que la personne qui avait offert sa première cigarette à un malade du cancer.

J'attendais que Jim réagisse à la nouvelle couleur de cheveux d'Alice, que je commençais à apprécier. Avec un peu de chance, il trouverait ça horrible et ils se disputeraient.

Jim est un artiste, ce qui exclut tout désir, pour ma part. Si vous êtes le genre de fille à trouver les hommes irresponsables et chaotiques, alors les artistes incarnent vos pires craintes. Croyez-moi, vous n'avez jamais senti de chaussettes sales si vous n'avez pas couché avec un artiste.

Jim était un artiste de la pire espèce – de ceux qui veulent exposer dans la galerie où je travaille. Enfin, avant que Tashco n'ouvre la sienne. Avant cela, il n'arrêtait pas de me suivre comme une mauvaise odeur (ce qui était le cas) mais depuis l'ouverture de la galerie Tashco, il avait reporté ses attentions sur Alice. Qui était beaucoup plus réceptive, il est vrai. J'en aurais été offensée s'il ne m'avait pas autant dégoûtée. Les mains poilues, ça n'a jamais été mon fort.

— Mince, tu es jolie, babe, lui dit-il avec un regard intense comme s'il était sincère.

— Babe ? j'ai demandé. Tu le laisses t'appeler « babe », Alice ? Tu es quoi, un animal de ferme ?

Mais ni Alice ni Jim n'avaient l'air d'écouter. Il lui passait les mains dans les cheveux, mais il n'avait toujours pas parlé de leur changement de couleur. Je me demandais s'il faisait juste le mec cool ou s'il n'avait pas remarqué le rouge pompier.

— C'est comment, l'expo ? demanda-t-il. Je n'ai pas pu entrer, tellement c'était plein à craquer. Une sacrée foule, la vache ! Jon doit être aux anges.

— C'est génial, tu l'as rencontré, l'artiste ? questionna Alice sur un ton mièvre qu'elle n'utilise jamais avec moi.

— Attends une minute, je n'ai même pas eu le temps de boire une bière ! Je suis venu te chercher, d'abord.

Dieu qu'il était mielleux.

— C'est pas mignon, ça ? a roucoulé Alice.

Et moi j'ai acquiescé.

Le suspense était insupportable. Il fallait que je sache si Jim avait au moins remarqué les cheveux d'Alice.

— Comment tu les trouves, ses cheveux ? lui ai-je demandé.

— Ils sont beaux, non ? Elle a de beaux cheveux.

Mais il n'y prêtait pas vraiment attention ; il regardait tout autour de lui, à la recherche de gens plus intéressants à qui parler.

— Viens avec moi, lui dit Alice en le prenant par la main. Ça ne t'embête pas, Sass ? Je vais juste montrer l'expo à Jim, il y en a pour une minute.

Elle a fait un clin d'œil et, avant que j'aie le temps de répondre, elle était partie avec lui.

J'en aurais sans doute eu la larme à l'œil, de me retrouver toute seule comme ça après la manière dont Emmanuel avait meurtri mon ego, mais juste à ce moment-là Jon est arrivé et m'a serrée très fort dans ses bras, comme cela lui arrivait parfois.

— Sassy ! Mince, qu'est-ce que ça me fait plaisir, de te voir ! Un grain de raison dans mon horizon. Cette soirée est dingue, dingue, dingue ! C'est de la folie, je n'ai pas arrêté de la journée. Il y a les gens de *Vogue* qui sont là ; ils vont faire une grosse chronique sur la galerie.

— C'est super, ça, dis-je en profitant pleinement du contact de son corps contre le mien.

— Et à l'instant, Emmanuel m'interviewait pour *Flash Art*. Tu es plus ou moins avec lui, non ? demanda-t-il en reculant.

— Quoi ?

J'ai remarqué une certaine impatience dans son regard. Tout ce que je me demandais, c'était si je lui plaisais vraiment et, si tel était le cas, pourquoi il n'avait jamais rien fait à ce sujet – rien de précis, du moins. Il me frottait le bras, et comme je mettais du temps à répondre, il m'a pincée.

— Aïe ! me suis-je écriée avant de le pincer lui aussi.

— Emmanuel ? Tu sors avec lui, non ?

— Sortais, ouais. Je l'ai plaqué.

D'accord, légère déformation des faits, mais je trouvais qu'Emmanuel me devait au moins ça.

— Il était temps. Je commençais à me demander quand tu allais te réveiller. Tu es trop bien pour un connard de son espèce, dit-il.

Sur ce, il me serra affectueusement le bras. Un frisson me parcourut.

— Ma mère trouve que je vise trop haut, lui expliquai-je en le regardant au fond des yeux. Mais même pour elle, Emmanuel, c'était inacceptable. C'est un Français, etc.

Il se mit à rire.

— C'est les « etc. » qui m'inquiètent, me dit-il les yeux dans les yeux aussi.

Si je ne l'avais pas connu, j'aurais dit qu'il me draguait. Reprends-toi, me suis-je dit. Entre Jon et moi, il y a toujours eu de la drague. Justement, c'est comme ça, l'amitié platonique avec un célibataire hétéro. Ça ne veut rien dire. Bien sûr que non.

— Enfin, toujours est-il que *Flash Art* et *Frieze* vont publier un portrait de la galerie dans leur prochain numéro, apparemment. Je suis content que tu sois venue. J'avais peur que tu ne viennes pas. J'ai demandé à Alice de te forcer la main.

— Ce n'était pas la peine. Je serais venue quand même.

Intérieurement, qu'il ait l'air si ravi de me voir me faisait sauter de joie. Il portait une chemise noire, et une cravate que je lui avais offerte à son dernier anniversaire. J'ai passé la main dessus d'un geste tendre.

— C'est ma cravate porte-bonheur, annonça-t-il avec un sourire en me prenant la main. Tu as réussi à te frayer un passage pour voir l'expo ?

— Pas encore, ai-je avoué. J'ai demandé à Sophie de m'accompagner, mais il fallait qu'elle aille se faire couper les cheveux en quatre.

— Bien sûr, oui, dit-il sans relever.

Il regardait la foule qui nous entourait, on aurait dit qu'il s'ennuyait avec moi. Il n'avait jamais tellement apprécié Sophie, il disait que c'était « une bourgeoise cinglée qui n'avait aucune sensibilité pour l'art », comme si la division entière de bourgeoises qui se trouvaient à la galerie ce soir-là y étaient sensibles, comme si elles étaient prêtes à se jeter dans le gouffre de la « tendance » !

J'étais presque tentée de lui répéter la condamnation cinglante de Sophie à l'égard de l'œuvre de Matthew, mais je me suis retenue à temps. Pourquoi avais-je donc tout le temps envie d'être désagréable avec lui, maintenant ? Je veux dire, en dehors du fait qu'il ait foutu en l'air la vie de mon chef et, par voie de conséquence, la mienne ? Désormais, je ne pouvais m'empêcher de me sentir un peu mal à l'aise en sa présence, à le voir ainsi dans cette galerie qu'il avait montée sans moi. À le voir couvert de succès et, pire encore, certainement au bras d'une autre fille.

C'était plus fort que moi, j'aurais voulu que rien ne change, qu'il soit encore avec Stuart et moi, qu'on boive des Martini-vodkas, qu'on dise des horreurs sur les « Expériences en blanc » de Hewit. Je me sentais un peu comme une femme abandonnée avec son enfant difficile, pendant que le mari s'en va poursuivre une brillante carrière avec sa nouvelle maîtresse.

— Ça a l'air de pas mal marcher, on dirait, ai-je avancé lamentablement.

Le visage de Jon s'est éclairé.

— Je savais que tu dirais ça. Il est génial, hein, complètement nouveau, et son œuvre est très vivante. Je ne rigole pas, Saskia, c'est une expo vraiment passionnante, assura-t-il. Je sais que ça fait un peu réchauffé, comme thème, les artistes qui explorent leur anatomie et tout ça, mais avec sa maîtrise de la nouvelle technologie, il va écraser tous les autres. Il est bon, Sassy, il est vachement bon.

— Super ! Enfin, c'est bien. Je veux dire, bon, je savais que tu n'allais pas exposer de la merde, ai-je bafouillé.

Je n'aurais pas pu en dire autant de A Space.

— Je crois vraiment que les gens sont intéressés par ce qu'il fait, on a un bon retour. J'ai déjà vendu l'installation au Tate, celle qui figure sur l'invite.

— Génial, m'enthousiasmai-je, cherchant dans ses yeux le signe d'un sentiment plus profond.

— Comment ça va avec Stuart ? demanda-t-il gravement.

— Bah, ça va. Stuart c'est Stuart, marmonnai-je.

— Pardon, qu'est-ce que tu as dit ? Je n'ai pas entendu.

— Je disais juste que… bon, Stuart c'est Stuart, quoi, répétai-je sans savoir ce que je voulais dire.

Je n'arrivais pas à me concentrer et, en mon for intérieur, je maudissais Alice de m'avoir rendue si empruntée avec un homme auprès de qui je m'étais toujours sentie à l'aise.

Tout à coup, Jon a enlevé ma pince à cheveux puis il a remis en place une mèche rebelle. J'avais l'impression que sa main avait allumé un feu dans ma tête. J'ai senti une vague de chaleur m'envahir le cou et le visage.

C'était le genre de gestes familiers que font les amis sans arrière-pensée, me suis-je dit ; j'accordais trop d'importance à toutes ces choses. C'était sûrement à cause de mes trente ans qui approchaient. Mon désir d'amour me jouait des tours, une fois de plus, c'était tout. J'avais besoin d'être rassurée sur mon charme, et ça me faisait interpréter de travers des situations parfaitement innocentes.

J'ai fait un sourire prudent. C'était comme au bon vieux temps, après tout.

Jon me regarda d'un air sérieux.

— Il s'est calmé un peu ? demanda-t-il à voix basse.

— Qui ? Stuart ? Mon Dieu, oui… pas mal. On fait une expo très intéressante en ce moment, à la galerie, mentis-je. Cet après-midi, il y a un collectionneur américain qui est venu et qui a acheté toute l'expo. Très fort, des toiles blanches.

J'ai posé la main sur mon nez pour vérifier qu'il n'était pas en train de s'allonger.

— Hewit, non ?

Putain de merde, il me prenait au dépourvu.

— Euh... oui. Enfin, ce n'est pas aussi palpitant que ton expo, évidemment, mais c'est un bon investissement.

Merde. J'essayais de faire disparaître ma tête dans mon col.

Tashco m'adressa un regard plein de pitié.

— Saskia, je sais pourquoi tu es restée avec Stuart, et je t'admire, sincèrement, mais promets-moi de bien faire attention, d'accord ?

— Oui, acquiesçai-je. Attention à quoi ?

Il allait me dire quelque chose quand une groupie, une superbe blonde tout en jambes, nous interrompit par une déclaration dithyrambique sur la qualité de l'exposition.

— Tashco, très cher, c'est fabuleux ! Je n'arrive pas à croire que vous fassiez sans cesse des découvertes pareilles !

Elle avait beaucoup de maquillage, beaucoup d'influence et de succès, à l'époque.

Jon devait répondre à cette femme et, en tant qu'amie, j'aurais dû avoir la bonne grâce de le laisser avec elle. Mais non.

— Pas tout à fait, dis-je d'un ton cassant. Nous avons exposé Matt chez A Space l'année dernière.

Je m'en suis aussitôt voulu d'avoir dit ça.

Jon me regarda comme si je l'avais frappé. J'avais les joues en feu. J'avais du mal à croire que ma bouche ait pu sortir une saloperie comme ça, d'autant que ce n'était même pas vrai, enfin pas tout à fait. Tashco avait découvert Matthew alors qu'il travaillait encore avec Stuart, et Stuart n'avait pas voulu l'exposer, parce qu'il trouvait qu'il allait trop loin. Dieu merci je fus sauvée de l'engueulade, que je méritais sans doute, par un type qui transportait beaucoup plus de Becks qu'il n'en était capable, et qui lâcha sa cargaison, arrosant au passage la blonde tout en jambes.

J'ai laissé Tashco lui essuyer les jambes avec son mouchoir et je me suis frayé un chemin dans la foule qu'il y avait dans la rue pour retrouver Alice. Autant chercher une aiguille dans une botte de paille. Il n'est pas si facile de trouver une chevelure rouge qui titube sur ses talons de vingt-cinq centimètres dans une marée de Doc Martens.

Ce soir-là, tout le monde était là, littéralement. Gavin Turk sans ses gosses, pour une fois, Link Leisure avec son look résolument années 1970, et le bruit courait que Damien Hirst viendrait plus tard avec toutes sortes de pop stars.

J'ai fini par repérer le crâne chauve de Jim dans un océan de crânes chauves. Une des choses les plus utiles que j'aie apprises aux beaux-arts, c'est de reconnaître un crâne chauve même avec un taux d'alcoolémie puissamment élevé. Très pratique, comme vous le dira toute personne qui assiste à un vernissage à Londres. Il était au niveau du camion de Becks pour demander une autre bière. Il avait l'air de se prendre la tête avec un des gars qui servait à boire à l'arrière du camion.

— Allez, raillait le serveur, tu en as déjà eu une, alors fais-moi rigoler, et je t'en donne une deuxième.

La tête rasée de Jim rougit puis il murmura quelque chose à l'oreille de son bourreau.

— Non, c'est nul, je la connais déjà ! cria le serveur suffisamment fort pour que tout le monde en profite. Dégage ! Au suivant !

— Trois bières, demandai-je alors que Jim disparaissait dans la foule, rouge de honte.

— Salut, Sass ! Quel bon vent t'amène dans le coin ?

Baz servait de la bière aux vernissages londoniens depuis des années. C'était un Australien avec une grande bouche et un physique époustouflant, et il portait partout sur les bras ces bracelets tissés qu'on trouve en Grèce.

Quand je l'ai rencontré, il était très timide et il avait tout le temps les yeux écarquillés. Mais c'est ça, le monde de l'art, ça finit forcément par nous rendre tordu et cynique, même quand vous restez juste à la périphérie.

— Pas l'amour, ni l'argent, en tout cas, lui répondis-je.

— Y a du monde, hein ? Ça fait un moment que ton chef n'a pas connu ça.

— Je lui dirai que ça ne t'a pas échappé.

— Putain, non, fais pas ça ! C'est déjà assez difficile comme ça de traiter avec lui, le branleur. Et ne lui dis pas ça non plus !

— Dépêche-toi, sers-nous une bière ! lança une voix impatiente derrière moi.

— Encore toi ? Fais-moi rire, sinon je ne t'en donne pas, railla-t-il en me passant mes bières avec un clin d'œil.

Je me suis dirigée là où j'avais repéré Alice, juste avant qu'elle ne tombe de ses talons hauts. Miraculeusement, Jim était en train de l'aider à se relever.

— Merci, Sass, a-t-il dit quand je lui ai tendu sa bière. Tu aurais dû m'envoyer les chercher, j'étais sur le point d'aller là-bas.

J'ai préféré ne pas lui dire que j'avais été témoin de l'humiliation que lui avait fait subir le serveur, juste avant. J'avais de la peine pour lui, quelque part. Je suppose que les gars comme Jim deviennent indifférents aux rejets, mais malgré tout, il ne doit pas être marrant tous les jours d'être un artiste sans avenir concret.

La toile, la peinture et la création, c'est une chose, mais l'ego, le léchage de cul et l'hypocrisie inhérents au monde de l'art, c'est un véritable enfer. Un jour, j'ai entendu dire qu'on pouvait faire partie du monde de l'art ou du monde réel, mais que personne n'avait l'ego adéquat pour les deux. En fait, je crois que c'est Jon qui a dit ça.

Le reste de la soirée a passé dans une sorte de brouillard. Alice a fini par me traîner à l'intérieur pour voir l'expo, où un type prenait des Polaroid pour saisir l'expression des gens qui observaient l'installation vidéo aussi haute que le mur.

Je dois admettre que, pour ma part, j'avais une expression captivée. Pour être impressionnant, c'était impressionnant, de filmer un lymphocyte T. De toute l'année, je n'étais arrivée si près de l'émotion forte, sauf le mois dernier, quand ma longue jupe années 1950 s'est déchirée lorsque je suis tombée sur les marches en marbre du magasin Versace, à Bond Street. Sophie m'avait entraînée dans une razzia chez les stylistes, et quand j'ai fait mon roulé-boulé, je me rappelle avoir vu ma vie clignoter devant mes yeux, comme dans un kaléidoscope de robes multicolores.

Dieu merci, la jupe était en cuir (une trouvaille que j'avais payée cinq livres à Portobello), sinon j'aurais glissé jusqu'en bas des marches et je ne serais peut-être même plus là pour en parler. Personne n'a jamais dit que ce serait facile de se prosterner devant l'autel de la mode, avait remarqué Sophie une fois que le vigile m'avait relevée. C'était tout de même un peu fort de café, étant donné que c'était elle, la dévote, pas moi.

Outre l'installation vidéo, il y avait une série de morphings représentant des structures de cellules ainsi qu'un moulage de l'artiste en fibre de verre translucide. Cet artiste était fascinant, c'était indéniable. A Space faisait minable, à côté.

Collée contre un pilier, une photographe d'apparence sérieuse prenait, à la manière des paparazzi, des clichés furtifs de gens qui pouvaient selon elle avoir de l'importance. On chuchotait de toutes parts que Damien Hirst était passé avec Jarvis Cocker, le chanteur de Pulp, et le bruit courait que David Bowie viendrait plus tard. Presque tout le monde avait aperçu le musicien Brian Eno, et un couple de charmantes lesbiennes ont raconté qu'elles s'étaient promenées dans la limousine de Madonna quand elle était venue à Londres il y a quelques années. Chacun semblait avoir son histoire de star.

Sur le coup de neuf heures, les gens ont commencé à s'en aller. Tous ceux qui avaient de l'importance étaient partis au Groucho Club, à moins qu'ils n'aient une invitation à la soirée du Cobden, ou qu'ils n'aillent manger au restaurant Pharmacy à Notting Hill. Les alarmes de voiture hurlaient le long de la place et sur Charlotte Road, sans doute déclenchées par les gens qui s'appuyaient sur les véhicules ou qui pissaient dessus.

Le Blue Note était ouvert et, petit à petit, les gens faisaient la queue à l'extérieur, attendant qu'on les fouille pour s'assurer qu'ils ne portaient ni armes ni drogues. Alice et Jim avaient commencé à se peloter vers huit heures et demie, et ils y étaient encore à neuf heures lorsque le couple de lesbiennes m'a convaincue de me joindre à leur groupe, qui allait au Bricklayer's Arms.

Comme il était hors de question que je retourne sur les lieux de la danse de table, j'ai décliné l'invitation de Jon d'aller dîner au Cantaloupe avec l'artiste et la blonde tout en jambes.

Comme je n'avais pas envie non plus de rentrer chez moi, j'ai emprunté un portable à un costume rayé qui m'a demandé si par hasard je n'essayais pas de le baratiner. J'ai appelé Sophie mais elle ne répondait pas. Soit elle avait les mains occupées à disséquer ses mèches de cheveux, soit elle était sortie.

En arrivant devant le Bricklayer's Arms, les clients savouraient la douceur du soir, vautrés dans les caniveaux et sur la route, appuyés le long des murs. Jake le mendiant se roulait un joint avec une bande de jeunes.

— Eh ! Sass, babe, attends ! Je voudrais te dire quelque chose, me cria-t-il la bouche pleine.

J'ai filé comme une bombe. Même pas en rêve, Jake, même pas en rêve.

Quand je suis passée devant l'ancienne maison de Joshua Compston, j'ai été saisie d'un profond sentiment d'ennui. Quand Josh était encore de ce monde, il organisait des grandes soirées artistiques et des pique-niques dans le parc. Une année, les artistes Damien Hirst et Angus Fairhurst s'étaient déguisés en clowns et avaient fait des peintures pleines d'éclaboussures pour une livre sterling. Dans mes toilettes, j'avais toujours la signature ivre de Damien griffonnée sur un bout de papier.

Un collectionneur allemand m'en avait offert dix mille livres sterling, mais j'avais refusé. Tout le monde m'avait dit que j'étais cinglée. Ce n'était peut-être qu'un vulgaire bout de papier, mais il me rappelait ce long été caniculaire où l'on pouvait acheter des Damien Hirst pour une livre.

Une année, Jon, Stuart et moi avions tenu une buvette où l'on servait dans des gobelets métalliques du « thé jamaïcain », dont les bénéfices allaient au Fonds Terrence Higgins contre le sida. Jon et moi avions sérieusement abusé du « thé », un mélange mortel de jus d'ananas et de rhum. Stuart nous avait retrouvés pliés de rire dans un coin et nous avait forcés à nous asseoir sous une table à tréteaux, où nous avions été rejoints un peu plus tard par d'autres dépravés éméchés.

Nous n'arrivions pas à nous arrêter de rire, et Stuart, dont l'exaspération allait bien au-delà de son habituel comportement coincé, nous a aspergés de rhum. Mes cheveux en avaient gardé l'odeur pendant des jours, il n'y avait rien à faire.

En passant devant le Cantaloupe, j'ai entrevu Tashco au bar, en train de parler à une personne que je ne voyais pas parce qu'elle se tenait derrière un pilier. Jon avait l'air tellement cool perché sur son tabouret de bar, avec ses cheveux bruns passés derrière les oreilles, de cette manière caractéristique qui semblait implorer qu'on vienne les lui ébouriffer. Je ne sais pas avec qui il pouvait être, mais en tout cas, l'autre riait de bon cœur. Ce n'était pas la blonde tout en jambes, parce qu'elle était à une table non loin de là, où elle parlait à Matt de façon plutôt animée.

Je savais que c'était une femme, cependant : au moment où j'allais continuer mon chemin, elle se pencha et se serra contre Jon. J'ai aperçu ses longs cheveux noirs lorsqu'elle s'est déplacée dans l'embrassade.

Ma cervelle s'est contractée, détendue puis s'est mise à trembloter, non pas parce que j'éprouvais des sentiments autres que platoniques pour Jon, rien d'aussi fou que ça, mais parce que j'étais surprise. Je suppose que ça m'a simplement rappelé que nous ne faisions plus partie de la vie l'un de l'autre. C'est tout.

J'ai pratiquement descendu Great Eastern Street en courant, après ça. J'étais fatiguée à cause de la nuit de la veille, enfin c'est ce que je me suis dit en tremblant comme une feuille. Je me sentais peut-être juste un peu seule et mal aimée. C'étaient mes désirs qui se manifestaient, rien de plus. Eh, la trentaine approchait, je ne pouvais pas espérer péter la forme.

Quand je suis rentrée chez moi, j'avais deux messages de Stuart sur mon répondeur :

« Bon, je ne sais pas où tu es, j'ai essayé de t'appeler toute la nuit. J'ai vu ton mot sur l'achat de Piers Dexter. Tu as intérêt à la boucler. Inutile de te dire à quel point la discrétion est importante pour un homme comme Dexter. »

Le deuxième message disait : « Mais t'es passée où, bordel ? J'espère pour toi que tu n'es pas à ce vernissage de mes deux chez Tashco, sinon, tu peux commencer à chercher un autre boulot. »

J'ai retouché ma liste de choses à accomplir avant la trentaine. J'ai barré « Être propriétaire de ma galerie » et à la place j'ai écrit : « Être plus disponible sur le marché du travail. » Ma mère avait raison : je visais trop haut.

Liste 10

MES PETITS PLAISIRS PRÉFÉRÉS

1. Me réveiller sans l'aide du réveil.
2. Boire du champagne au lit avec un nouvel amant, lire des magazines d'art et regarder mon film préféré sur l'art : *Comment voler un million de dollars* avec Audrey Hepburn.
3. Manger des grains de raisin pelés de la main de sublimes hommes qui n'ont d'autre désir dans la vie que celui de me voir ouvrir la bouche.
4. Me faire brosser/peigner/caresser/laver les cheveux.
5. Qu'on prenne ma température.
6. Trouver une vieille robe dans les bacs d'articles à cinq livres à Portobello.
7. Piquer les vêtements de mes petits amis.
8. Rêver des week-ends passés dans les musées : Prado, Guggenheim, Whitney, MOMA.
9. Trouver une place assise dans le métro.

Sophie était étalée dans un fauteuil à côté de l'incroyable miroir Napoléon III, en train de boire du champagne comme du petit-lait, lorsque je suis arrivée dans le salon de coiffure d'Albert à Saint James. Je venais de me disputer avec Stuart.

Le salon d'Albert est des plus classe, dans le style rococo-ultra-techno. Encore appelé Chez Stefano, du nom du précédent propriétaire, c'était l'endroit de prédilection des jeunes Londoniennes pour se faire coiffer. Albert avait ajouté sa touche inimitable en offrant un service personnel beaucoup plus exclusif, ce qui coûtait deux fois plus cher, naturellement. En l'occurrence, le salon était fermé tout spécialement pour nous accueillir, Sophie et moi.

Quand je suis arrivée, sur le coup des quatre heures, j'étais lessivée et absolument pas d'humeur à faire quoi que ce soit d'autre que de m'écrouler et discuter de la pluie et du beau temps.

J'attendais ce rendez-vous avec impatience parce que j'étais pressée de mettre Albert face à cette maudite liste, mais la colère m'avait quittée. Quelque part, la perte d'Emmanuel ne me semblait plus si grave – sauf peut-être pour mon ego.

Sophie avait déjà l'œil un peu vitreux. J'ai remarqué que la bouteille de Moët était vide, ce qui m'a légèrement découragée. Quand on arrive à un rendez-vous avec l'envie de boire, il n'y a rien de pire que de trouver les gens déjà torchés.

Le dernier employé d'Albert, Simon, s'appliquait à faire un soin aux mains de Sophie : il lui enveloppait les mains d'un moule de paraffine, comme si c'était le visage de Néfertiti. J'étais presque surprise qu'il ne soit pas à genoux pour faire ça. Enfin, il faut dire que les mains de Sophie sont assez divines. Pour commencer, elle n'est pas du genre à se ronger les ongles, elle.

Simon est un grand Noir d'environ dix-huit ans, même s'il en paraît vingt-cinq. Il mesure au moins un mètre quatre-vingt-quinze, il a de magnifiques biceps et le sourire le plus sensuel que j'aie vu sur un être humain totalement habillé. Sophie s'était promis de coucher avec lui, bien qu'Albert l'ait déclaré zone interdite. Entendez par là : « Il est pour moi, pas touche ou je vous tue. » Mais nous n'étions pas convaincues : nous ne trouvions pas que Simon faisait homo.

Il m'a fait un clin d'œil lorsque j'ai laissé tomber mon vieux sac Prada sur le chariot.

J'avais enfin eu une bonne discussion avec Stuart, au cours de laquelle je lui avais fait part de ma volonté d'organiser moi-même des expositions, et de beaucoup d'autres choses, d'ailleurs. Et cela n'avait abouti à rien, évidemment. J'aurais bien voulu que Simon me moule les mains dans la paraffine, à moi aussi.

— Tiens donc, voilà ma cliente préférée! s'écria Albert en faisant demi-tour dans son fauteuil pour se retrouver face à moi.

Un verre dans une main, une cigarette dans l'autre, Albert était la personnification du mélange louche et sexy par excellence. C'était un grand dégingandé: chez lui, tout était long et mince, de ses jambes à son nez. Il me rappelait un dessin de Beardsley.

— Quand tu es là, Saskia, je me sens enfin entier.

Il dit cela à toutes ses clientes. Je le sais parce que je l'ai déjà entendu, mais ça produit toujours l'effet recherché. Je sentais mon humeur s'éclaircir.

Nous nous sommes envoyé des baisers dans l'air, sous l'œil de Simon, qui m'a adressé un sourire polisson dans le miroir.

Je lui ai souri bêtement en retour.

Il était mignon, mais Stuart m'avait pompée; il m'avait dit qu'il était d'accord pour que je participe davantage au travail de la galerie, mais que ce n'était pas le moment. Lorsque je lui ai demandé quand est-ce que ce serait le moment, il avait marmotté je ne sais quoi entre ses dents et je n'avais rien compris. J'avais envie de lui dire qu'il n'était pas poli de marmonner comme ça au cours d'une discussion importante avec une employée, mais ça l'aurait foutu mal. Et puis, malgré le message grossier qu'il m'avait laissé au sujet du vernissage de Tashco, Stuart avait été très éteint, toute la journée. À vrai dire, c'est moi qui avais été sur la défensive, pour changer.

Je n'avais jamais tellement aimé la confrontation, mais l'image troublante de Jon en train de bécoter cette brunette inconnue m'avait énervée. Je n'étais pas jalouse ni rien. Ça m'avait juste tapé sur le système de voir qu'il se passait des trucs dans la vie des autres, et que mon avenir à moi avait l'air si vide.

En gros, j'ai dit à Stuart ce que j'avais sur le cœur en ce qui concernait l'organisation des expos. J'avais même avancé que je voulais partir en vacances à New York. Mais quelque part, je me sentais encore plus mal après avoir vidé mon sac. Stuart avait l'air tellement épuisé et découragé qu'il n'avait même pas essayé de se fâcher, mais il m'a juste suppliée de lui laisser un peu de temps pour régler quelques affaires d'abord. En bonne poire, j'ai approuvé aimablement alors qu'à l'intérieur je bouillais de rage. Il fallait laisser du temps au temps, donc.

— Ma chérie, m'a ronronné Sophie dans la glace, tu as raté un Moët des plus délicieux.

Sur ce, elle a vidé les dernières gouttes de champagne sur la tablette en granit. Tout en regardant Simon, elle a reposé sa coupe puis elle s'est passé la langue sur les lèvres, comme si elle l'invitait ouvertement à lui arracher sa combinaison pour la baiser à perdre raison.

Simon n'en a rien fait, toutefois; il s'est essuyé les mains sur son jean puis il s'est approché de moi.

— Je croyais qu'on avait dit quatre heures, dis-je à Sophie sans vouloir paraître trop irritée.

Simon m'a envoyée une bise en l'air. Il sentait le champagne et la paraffine.

— Assieds-toi, mon cher ange, et abandonne tes mains fatiguées à Simon, qu'il te fasse un bon masque à la paraffine, a roucoulé Albert.

Là-dessus, il m'a poussée dans le fauteuil où il était assis jusqu'alors.

— Je vais chercher une autre bouteille, dit-il, j'en ai gardé une spéciale au fond du frigo, rien que pour toi.

— Je croyais que celle que tu m'as ouverte tout à l'heure était déjà spéciale, mon chéri, dit Sophie avec une mine boudeuse dans la glace.

Albert lui pinça la joue d'un geste affectueux.

— Allons, allons, mesdemoiselles, ne lâchez pas vos hormones femelles dans mon salon, fit Albert sur un ton apaisant. Simon est très sensible, n'est-ce pas, Simon ?

Simon a regardé notre reflet d'un air lascif dans le miroir puis nous a envoyé un baiser à chacune. Nous avons fait de même dans sa direction.

— Voilà, c'est mieux, dit Albert en nous faisant les yeux doux. Voyez-vous, Simon aime bien que vous soyez gentilles avec lui.

Sophie et moi avons souri d'un air angélique, comme deux pensionnaires de couvent, tandis qu'Albert allait chercher une autre bouteille de champagne au frigo. Il a fait soupirer le bouchon comme une vierge en poussant des grognements suggestifs, ce qui nous faisait pouffer de rire. Tout cela était chorégraphié avec la précision d'un spectacle de cabaret. J'ai commencé à me détendre.

Albert se débrouille toujours pour me donner l'impression que la vie est un verre de bulles et que la pire chose qui puisse m'arriver serait un fou rire.

— Si tu es très gentille, Sassy, dit-il en remplissant quatre coupes, je te raconterai des potins cruels qui, je te le promets, redonneront du ressort à tes fabuleuses jambes.

— Mes jambes ne se sentent pas terriblement fabuleuses, ces derniers temps, répondis-je en jetant un coup d'œil à leur teinte marbrée.

Il leva les yeux au ciel.

— Ô mon Dieu ! Serait-on en train de refaire un petit cellulite blues ? Si j'avais gagné dix livres à chaque fois que tes jambes m'ont donné envie de virer ma cuti, je serais la folle la plus riche de Saint James.

— Ils sont cruels comment, les potins ? demandai-je lorsqu'il me tendit ma coupe.

— Violents. D'une cruauté atrocement épouvantable.

Tu ferais mieux de boire pendant que je me mets en train.

— Violents à quel point, au juste ? Combien de réputations vont être brisées ? implorai-je avant de boire une longue gorgée de Moët.

— Très sauvages, ajouta Simon de sa voix de baryton tout en trinquant avec moi.

— Et c'est uniquement sur ton chef, ma chérie-chérie, révéla Albert avec un clin d'œil. Albert sait toujours faire plaisir à sa cliente préférée, n'est-il pas ?

— Quelle horreur, ce bonhomme ! souffla Sophie en posant son masque à la paraffine sur ma main. Ma pauvre Saskia.

J'ai acquiescé d'un air triste puis j'ai longuement aspiré mes bulles, et j'ai senti les tensions du jour s'évaporer de mon corps. C'était merveilleux. Simon a commencé à me masser les épaules. C'était exactement le traitement qu'il me fallait : compassion, champagne et massage. Je me suis mise à ronronner.

Albert s'est assis dans le fauteuil à côté de moi et a posé ses chaussures pointues et brillantes sur la tablette. Il me souriait avec un regard pétillant et malicieux qui promettait un plaisir exquis, mêlé à la douce immoralité de connaître un vilain secret, ce qui excitait beaucoup ma curiosité. Ah, être au courant des imprudences des autres… c'est la richesse des pauvres.

Mais qu'est-ce qu'Albert pouvait donc savoir sur Stuart, tout de même ? me suis-je demandé alors que le champagne commençait à faire effet. Stuart le rasoir, le coincé, l'inébranlable… quelles profondeurs cachées y avait-il donc à découvrir chez lui ?

— Bon alors, tu vas accoucher, oui ? le pressai-je.

Mais Albert s'est contenté de continuer à me sourire en battant des cils. Il m'a adressé un regard en coin qui semblait dire : « Oui, je vais te donner le trésor que tu désires, mais il va falloir que tu attendes, ma chère. »

— Oh, que c'est cruel ! couina Sophie au bout de quelques minutes.

Elle rejeta la tête en arrière et se mit à rire. J'ai remarqué que Simon était paralysé devant le long cou blanc de Sophie et sa crinière sombre qui touchait presque le sol.

— Ça nous tue, ce suspense, Albert, gémit-elle. Arrête tout de suite ou je te frappe avec tes ciseaux.

Simon acquiesça d'un air entendu.

— J'ai du mal à croire que Stuart puisse avoir quoi que ce soit d'intéressant, dis-je. C'est vrai, il est tellement rigide, ce type, qu'il ne peut même pas acheter un rouleau de PQ sans téléphoner à son comptable.

— Peut-être que tu ne connais pas ce cher petit Stuart aussi bien que tu le crois, avança Albert.

— Ça fait six longues années pénibles que je le connais. Je l'ai vu dans des bons moments, et dans des mauvais, fulminai-je comme un prêtre qui parle de l'histoire de sa paroisse.

— Surtout des mauvais, ajouta Sophie en fronçant joliment le nez.

Simon cessa de me masser les épaules et retourna auprès de Sophie pour lui ôter son masque à la paraffine. Il retirait la cire avec une telle douceur, un tel charme, que j'étais sûre que Sophie allait lui sauter dessus. Je n'en revenais pas qu'Albert ne fasse pas de commentaires.

— Je ne comprends pas pourquoi tu es restée avec ce salaud, vu comment il t'a traitée, fit remarquer Sophie.

— Non, ma chérie, il n'y a pas de mots pour décrire ton masochisme, renchérit Albert. Tu vas en faire un nouveau marquis de Sade, si tu ne retrouves pas le courage de lutter.

— Il n'est pas si terrible. Il a juste eu une période difficile quand Jon est parti, me suis-je entendue dire.

— Ooooohhh, qu'est-ce qu'elles sont douces ! s'exclama Sophie en caressant ses mains nues.

Simon les frotta amoureusement, de la pointe des doigts en allant jusqu'aux aisselles, alors que le masque était censé n'adoucir que les mains. Il flirtait, cela ne faisait pas le moindre doute, et Sophie a haussé un sourcil à mon intention pour m'en faire part, mais sans savoir pourquoi, j'étais un peu en rogne, et j'ai fait semblant de ne pas remarquer son regard conspirateur.

J'ai refusé une seconde coupe de champagne lorsqu'elle m'a été offerte.

— C'est vrai, je sais qu'il est un peu chiant en ce moment, mais merde, la totalité de sa galerie est partie avec Jon quand il a monté Tashco, leur ai-je rappelé non sans indignation.

Albert a rempli ma coupe en dépit de mes protestations et il a fait claquer sa langue en signe de désaccord.

— Bon, on arrête de plaindre ce pauvre Stuart, sinon je te remets en thérapie et je me fais payer. On est ici pour le plaisir, la bienveillance et l'amitié, cet après-midi. Alors bois ton verre, ma chérie. Toute l'année, je n'ai entendu que des plaintes sur Stuart, venant de toi. Je ne l'ai jamais rencontré, mais tu me dis que c'est le plus gros salaud après le dégueulasse qui a tué Versace, et je te crois sur parole dans ce domaine. Alors maintenant, tu ne vas pas m'embrouiller en me faisant un poème sur ses vertus, ma fille.

— Ce n'était pas un poème, rétorquai-je.

— C'était plutôt une ode, non ? me taquina Sophie.

Elle était pratiquement en train de faire l'amour avec Simon dans le miroir.

— Ce n'était ni une ode ni un poème, dis-je d'un air pincé sans la moindre trace de la nouvelle immoralité dans la voix. Je disais simplement que…

Mais Albert n'avait pas l'air d'avoir envie de savoir, et quant à Simon et Sophie, ils n'écoutaient plus. J'ai hoché la tête et je me suis laissée tomber dans le fauteuil en soupirant.

— Pardon. Je viens d'avoir une discussion avec lui, c'est tout. Je ne sais même pas pourquoi je le défends, tu as raison. C'est un vrai connard, approuvai-je en fin de compte. Alors, qu'est-ce que tu as à m'apprendre, Albert ?

— Raconte ! Raconte ! Raconte ! psalmodiait Sophie.

— Oui, raconte ! ordonna Simon. Parce que tu as aussi notre petite nouvelle à leur annoncer, après.

Ensuite, il a lâché Sophie puis il est revenu auprès de moi pour continuer à me bichonner. Il a mis une noisette de crème hydratante dans le creux de la main avant de s'atteler à la tâche.

— Abrège les souffrances de notre chère amie. Déballe !

— Ooohhh, ne le trouvez-vous pas charmant quand il est viril et menaçant comme ça ? demanda Albert en chatouillant les abdominaux découverts de Simon.

Sophie et moi étions tout à fait d'accord.

— Bon, venons-en aux faits. Eh bien, une certaine dame blonde aux cheveux mi-longs dont je tairai le nom parce que je suis la discrétion faite homme, enfin bref, cette dame est mariée au propriétaire de Wallinger's, à Cork Street...

— Allez, laisse tomber les détails, c'est chiant, on veut juste les ragots, insista Sophie.

Je voyais bien qu'elle était un peu vexée d'avoir perdu l'attention de Simon au profit de mes mains, qui jouissaient pleinement de ses divines techniques de massage.

— Bon, alors dans les années 1980, Jon Tashco et Stuart tenaient la galerie Bonny's à Cork Street. Apparemment, leur soutien financier, un certain banquier suisse très riche dont j'emporterai le nom dans ma tombe, était un escroc.

Simon me fit les gros yeux dans la glace. Maintenant, on aurait dit que c'était moi qu'il draguait, ce n'est pas que j'étais particulièrement réceptive, mais c'était juste sa manière d'être. Son comportement exigeait une certaine dose de jeu sexuel. Ça faisait partie de sa personnalité, c'est tout. En tout cas, il était agréable de savoir qu'il y avait encore des hommes qui avaient envie de draguer des femmes qui frisaient la trentaine. J'ai fermé les yeux et j'ai laissé les paroles d'Albert et les mains de Simon me débarrasser de mes tensions.

— Alors apparemment, Stuart et Jon se servaient du commerce de l'art pour faire un peu de blanchiment d'argent.

Simon a terminé de me masser une main et il est passé de l'autre côté pour en faire autant avec l'autre. Albert a de nouveau versé du champagne dans les quatre coupes et j'ai avalé la mienne goulûment. Quelques bulles me montèrent par le nez et me firent tousser.

— Qui c'est, la petite cochonne gourmande ? dit Simon en me faisant un clin d'œil dans la glace.

Je répondis par un sourire gêné.

— Apparemment, ils étaient impliqués dans certaines combines pas claires, entre autres.

— C'est absurde ! ai-je répliqué.

J'ai fait un bond, furieuse. Simon m'a assise dans le fauteuil.

— Continue ! demanda Sophie.

— Apparemment, on peut nettoyer de l'argent sale dans les eaux fraîches de l'art. Des escrocs achetaient une peinture à Stuart et Jon, puis ils la vendaient aux enchères. Stuart et Jon – en échange d'une commission, bien sûr – faisaient monter très haut les enchères, pour le compte du businessman véreux. Et l'argent sale était blanchi.

— C'est de la merde, ça, dis-je.

Simon émit un « ttt-ttt » en me tapotant la main.

Sophie me regardait avec l'air de dire : « T'as un problème ? » Albert me jeta un de ses regards réprobateurs.

— Des mensonges méchants, peut-être, mais je ne déballe pas de merde dans mon salon, lança-t-il.

Il avait les mains sur les hanches, et je savais que si je poussais le bouchon plus loin, je risquais de finir par sortir de chez lui avec la coiffure de Sinead O'Connor à ses débuts. Il est écrit quelque part dans le règlement de la nouvelle immoralité qu'une fille raisonnable ne doit jamais se fâcher avec l'homme qui manipule le peigne et les ciseaux.

— Attendez, ce n'est pas tout, le meilleur reste à venir, alors taisez-vous. Apparemment, une enquête a été ouverte sur le banquier suisse parce qu'il était soupçonné de fraude, et il s'est désintéressé du marché de l'art, laissant en plan Stuart et Jon, les pauvres.

— Pauvres chéris, soupira Sophie en essayant de croiser le regard de Simon.

J'avais l'impression qu'elle avait bel et bien l'intention de le voler sous l'œil vigilant d'Albert et, en temps normal, j'aurais attendu la chute avec impatience, mais toutes ces sottises sur les enchères frauduleuses de Stuart et Jon me mettaient mal à l'aise.

— Encore qu'il y ait du vrai dans tout ça, je suis sûre que Stuart et Jon n'ont rien à voir là-dedans. Et puis de toute façon, je suis sûre que ce n'est pas vrai, j'en aurais entendu parler. Ça fait quand même six ans que je travaille pour Stuart.

— Du dévouement aveugle, ça s'appelle, ma chérie, et ça ne fait pas bon ménage avec ta nouvelle immoralité, ajouta Albert.

Dieu merci, Simon était en train de m'étaler la paraffine chaude sur les mains, sinon j'aurais peut-être été tentée de donner une claque immorale à Albert.

Au lieu de cela, je lui ai décoché un regard noir.

— Reconnais quand même que tu pousses la loyauté un peu loin, Sass, dit Sophie. C'est vrai, qu'est-ce que Stuart a déjà fait pour toi ? Après toutes ces années aux beaux-arts, ta carrière se résume à épousseter des peintures de merde dans une galerie démodée. On vient de faire une double page sur les galeries de la Cool Britannia pour le prochain numéro, et A Space n'est pas mentionné. Sois réaliste, chérie, c'est un has been, et il te retient parce que tu le veux bien.

— Oh ! Comme si le magazine *Class* y connaissait quelque chose ! De grâce ! Vos lecteurs croient que l'art contemporain a commencé et fini avec Monet.

Sophie leva les yeux au ciel.

— Laisse tomber, Sass. Ton chef se fout de toi comme de sa première chemise. Pourquoi ne veux-tu pas regarder les choses en face et faire quelque chose pour toi, histoire de changer ? Rappelle-toi que tu es une adepte de la nouvelle immoralité. Il est peut-être temps que tu te mettes enfin en avant.

— Et c'est toi qui me conseillerais, je suppose, crachai-je entre mes dents.

Albert me donna un coup avec son peigne en métal.

— Aïe !

— Disputez-vous ailleurs, les filles. De toute manière, je n'ai pas terminé. Je ne vous ai pas encore raconté le plus juteux. C'était juste les préliminaires, ça.

— Il arrive que les préliminaires soient meilleurs que la suite, susurra Sophie à l'intention de Simon mais il était trop pris à s'occuper de mes mains pour remarquer.

— Toujours est-il que Jon et Stuart ont apparemment laissé les complots douteux de Bonny's derrière eux quand ils ont monté A Space.

— Tu vois, je te le disais bien, qu'ils ne trempaient pas là-dedans, pavoisai-je.

— Apparemment, ma chérie. Ouvre bien grandes tes petites oreilles. C'est seulement en apparence qu'ils ont laissé tout ça derrière eux, jusqu'à ce que Stuart, ma chère, avec son implacable sens pratique, ait mis sur pied un moyen de profiter de nos parlementaires et de leurs magouilles.

— Pardon ?

— De leurs magouilles, chérie. Tu sais bien, il y a des ministres véreux qui acceptent de soumettre tel ou tel problème au Parlement à la session du mardi après-midi, pour arranger une grosse entreprise, et en échange, l'entreprise offre cinquante mille livres au ministre.

— Quoi ? m'égosillai-je. Mais c'est de la calomnie, ça !

— La calomnie, c'est quand ce n'est pas vrai, expliqua Simon de sa profonde et apaisante voix de baryton.

Sophie lui envoya un baiser d'approbation.

— Exactement, Sass, et quand c'est vrai c'est une allégation, dit-elle.

— De la diffamation, pour être plus précis, annonça Simon.

— Ouh là là, quel petit pédant ! dit Sophie en pinçant les fesses de Simon.

Je n'en croyais pas mes yeux, qu'elle ait fait une chose pareille, et j'ai cherché Albert du regard, mais il se contentait de sourire, en bon patriarche qu'il était.

— Simon est devenu copain comme cochon avec une avocate, belle à mourir, avec des jambes jusque sous les bras, expliqua Albert. Comment s'appelle-t-elle, déjà ?

— Evelyn Hornton, nous dit Simon. Cette fille est un véritable rêve ambulant, précisa-t-il.

Il ferma les yeux et frissonna de plaisir, comme pour faire apparaître son image.

— Il est un peu impressionné par la belle emperruquée du tribunal, notre Simon, annonça Albert en envoyant de l'eau à Simon avec son peigne.

— Quoi ? Elle est sympa, comme femme, non ? répondit Simon.

Je ne sais pas qui était cette Evelyn, mais en tout cas il avait l'air prêt à partir à la guerre pour elle. Il y a des femmes qui ont tous les hommes et il y en a qui, comme moi, n'en ont aucun.

— Enfin bref. Je peux finir, avec mes sales rumeurs ? demanda Albert, les mains sur les hanches.

J'avais les mains mouillées, et je ne pouvais plus tenir ma coupe. Albert, en homme aux multiples talents, porta ma coupe à ses lèvres en reprenant son histoire.

— Vous voyez, le problème, c'est que ces politiciens n'ont pas le droit de se faire payer pour soumettre certaines questions au Parlement, mais rien ne dit qu'ils n'ont pas le droit d'investir dans l'art. Alors voilà ce qui se passe : ils achètent les œuvres d'illustres inconnus à des marchands comme Stuart Dumass, et trois mois plus tard, les œuvres en question apparaissent dans une vente aux enchères et elles partent à dix fois le prix de leur valeur. Stuart a une part du gâteau, le lobbyiste voit sa question posée au Parlement, et le politicien reçoit son petit bakchich. Tout le monde est content.

— Tu n'as aucune preuve ! dis-je avec brusquerie.

— Mais chérie, je n'ai pas besoin de preuves. Ce sont des ragots, pas des accusations.

— Remarque, si Stuart fait l'objet d'une enquête, il va devoir s'expliquer sérieusement, dit Sophie.

— Et n'oubliez pas que c'est ici que vous avez appris la nouvelle, les filles ! nous rappela Albert avant de remplir de nouveau nos coupes.

— Allez, ne t'en fais pas, ma belle, il ne va peut-être rien se passer, dit-il devant ma mine lugubre.

Subitement, je n'avais plus envie de boire ni de me faire masser les mains ni de me faire couper les cheveux.

Je repensais au cahier de rendez-vous, à la vente aux enchères où Stuart s'était précipité alors qu'elle n'était pas inscrite dans l'agenda. Je me suis souvenue des messages que Stuart avait laissés sur mon répondeur la veille, menaçant de me virer si je parlais de l'achat de Piers Dexter. Et puis, je me suis rappelée qu'Emmanuel m'avait dit de faire attention avec Stuart, tout comme Jon. Est-ce que tout le monde était au courant de quelque chose que j'ignorais ? Était-il possible que je travaille pour un conspirateur ?

— Que se passerait-il si tout cela était vrai et qu'il était coupable ? ai-je demandé après avoir repassé tous ces événements dans ma tête.

— Quoi ? a lancé Albert d'un air perdu.

— Si Stuart est reconnu coupable, ai-je répété, la bouche sèche, qu'est-ce qui m'arriverait, à moi ? Je serais impliquée ?

Ils m'ont regardée tous les trois comme si j'étais folle. Au bout d'un moment, Albert a enfin eut l'air de comprendre de quoi je parlais.

— Eh, on est passé à autre chose, Saskia ! m'a-t-il signalé. Je disais juste à Sophie que Simon va venir vivre avec moi. On s'est enfin décidés à franchir le grand pas. Tu n'écoutais pas ou quoi ?

Je les ai regardés les uns après les autres. Simon était en train de m'enlever mes masques à la paraffine. Sophie avait l'air sérieusement en pétard.

J'ai bondi du fauteuil pour partir.

Liste 11

Rêves et cauchemars récurrents

1. Je cours pour échapper à ma sœur et juste au moment où je vais passer la frontière, j'atterris la tête la première dans la poitrine de son mari, Jeremy.
2. Damien Hirst entre dans les ordres et me laisse le contenu de son atelier.
3. Je suis coincée sous ma couette, le réveil sonne mais je n'arrive pas à ressortir. Je finis par aller au travail en roulant dans ma couette, et Stuart me vend comme œuvre d'art conceptuelle.
4. Je fais l'amour avec l'homme le plus parfait qui soit sur terre, c'est l'extase totale jusqu'à ce qu'il s'aperçoive tout à coup qu'il n'est pas avec Rebecca mais avec sa petite sœur moins jolie, et il débande sur-le-champ.
5. Je suis dans le métro, où je suis devenue la cible romantique d'un musicien ambulant qui joue des vieux tubes de Madonna sur un peigne. Ma mère l'encourage, tout en me disant de ne pas viser si haut.
6. Mon chef me tend une enveloppe et quand je l'ouvre, espérant avidement une hausse de salaire, elle explose et m'arrache les cheveux.
7. Un homme très séduisant de l'espèce de Piers Dexter se met à genoux et me demande en mariage dans une pièce bondée, juste devant ma mère et ma sœur. Je lui dis que sa proposition me flatte mais que je suis déjà mariée avec mon métier. Ma mère s'évanouit au

moment où mon père entre dans la salle pour lui demander de nouvelles chaussettes.

8. Les scientifiques découvrent un remède contre la cellulite mais, hélas, mon médecin me dit que c'est trop tard pour moi.

J'ai justifié mon départ précipité du salon en disant que j'avais oublié mon pass pour le métro à la galerie. Albert a essayé de me convaincre de rester en remplissant ma coupe de champagne ; il m'a même couru après dans la rue la bouteille à la main. Simon a proposé d'aller chercher mon pass chez A Space, mais j'ai refusé en murmurant que je ne voulais déranger personne ou je ne sais quoi.

— Je n'arrive toujours pas à croire qu'il soit homo, m'a glissé Sophie à l'oreille quand je l'ai embrassée avant de partir. Tu as vu comment il me draguait ? Il bavait, le gars, littéralement.

Contrairement à moi, Sophie ne pensait pas que les hommes pouvaient être homosexuels. Mon expérience m'avait montré que neuf hommes sur dix le sont. Les autres sont mariés ou emprisonnés pour viol/meurtre, etc. Sophie croyait à son aptitude à séduire tous les hommes, indépendamment du camp auquel ils pensaient appartenir. Elle avait un amour-propre qui défiait pour ainsi dire tous les livres publiés à la fin des années 1990 sur les filles célibataires et leur tendance à se focaliser sur leur cellulite.

Mais cet après-midi-là, en pleine heure de pointe, au milieu des piétons qui déboulaient partout dans Saint James, je ne pensais ni à la cellulite ni à l'amour-propre.

Il fallait que je sache si les potins d'Albert étaient vrais. Pour commencer, je voulais savoir si j'allais atterrir en prison avant mon trentième anniversaire.

J'entendais déjà ma mère déclarer que j'avais toujours été quelconque et que c'était mon manque d'aptitude au mariage qui avait causé ma perte. Même

Martin le bouddhiste aurait honte de moi. Sans aucun doute, il ferait rire ses copains moines en leur parlant de mon goût excessif pour le chocolat et de mon incapacité à trouver la voie du milieu.

Tout en me frayant un passage dans la foule à la sortie des bureaux, je me demandais qui pourrait bien me donner les réponses que j'attendais, et je ne voyais pas trop. Déjà, je ne pouvais pas poser de questions à Stuart. Il me raconterait des bobards si c'était vrai, et il me ficherait à la porte si ça ne l'était pas.

Il restait Jon. C'était peut-être pour cette raison qu'il avait quitté A Space. Ce n'était pas pour une question de boîtes de Petri ni de peste bubonique, en fin de compte, mais il avait peut-être simplement eu peur d'être mêlé aux crimes de Stuart. Et si ça se trouve, les artistes qui étaient partis avec lui étaient aussi au courant de quelque chose. Contre quoi Emmanuel avait-il voulu me mettre en garde ? Est-ce que tout le monde savait, sauf moi ? En courant, je me tenais la tête à deux mains.

J'ai dû abréger mes conjectures car, juste au moment où j'allais tourner dans Bond Street, j'ai foncé la tête la première dans la poitrine de Piers Dexter.

— Bonjour ! s'est-il exclamé en dégageant de son costume mon visage très gêné.

J'ai reçu un gros coup d'eau de Cologne dans le nez, c'était un parfum que je ne reconnaissais pas, mélangé à un arôme très viril que je reconnaissais fort bien. J'avais envie de lui demander de venir chez moi pour faire l'amour mais, comme d'habitude, je n'étais pas d'humeur à essuyer un refus.

— Où courez-vous comme ça ? a-t-il demandé de sa voix traînante.

Là-dessus, il jeta un coup d'œil à sa chemise, à n'en pas douter pour vérifier si j'avais fait des taches. Il y avait une trace de rouge à lèvres sur le col. Oups.

— Oh, nulle part, ai-je répondu en soufflant comme un phoque. En fait, je viens de m'apercevoir que j'ai oublié mon pass de métro à la galerie, et je voudrais le récupérer avant que Stuart ne s'en aille.

Je le regardais d'un air innocent en lui livrant le mensonge que j'avais servi un peu plus tôt à Albert et compagnie.

— Eh bien, je crois que vous arrivez trop tard. Je passais par là à tout hasard moi aussi. J'espérais mettre au point la livraison de mes peintures, mais A Space était fermé. Ils ne vous ont pas donné de clé ?

— Qui ça, ils ?

J'avais la tête qui bourdonnait de thèses de complot d'escroquerie. De mon point de vue, Dexter avait pas mal l'allure d'un suspect. Je veux dire, personne ne pouvait sérieusement aimer *Saute d'humeur en blanc*, quand même ? J'aurais bien parié que ces peintures allaient finir aux enchères, tôt ou tard...

— Stuart. Votre chef, quoi, a-t-il dit aussitôt. Il ne vous a pas confié un double des clés ?

— Vous avez dit « ils » au pluriel, lui ai-je rappelé avec mon air de petite détective.

C'est incroyable de voir, même au XXIe siècle, à quel point les thèses du complot peuvent perturber une fille normalement équilibrée. Bon, d'accord, « équilibrée » est peut-être un peu exagéré. Mais sérieusement, dès qu'il se produit quelque chose d'étrange, mon édifice rationnel, déjà faible, s'effondre.

— Ah ? J'ai dit ça ? a-t-il demandé.

C'était l'image de la candeur même. Je n'y ai pas cru une minute, évidemment.

— Oui. Vous connaissez Stuart depuis longtemps ? a questionné le petit inspecteur qui sommeillait en moi avec un regard pénétrant et averti.

— Je lui ai parlé au téléphone le jour où je vous ai rencontrée. Dites-moi, il y a quelque chose qui ne va pas ?

L'intensité de mon regard et la perspicacité de mes questions avaient l'air de le laisser un peu perplexe.

— Pas du tout, ai-je répondu d'un air pincé.

Je le regardais droit dans les yeux, qui étaient effectivement très bleus. Ils étaient de la couleur des peintures d'Yves Klein, d'un spectaculaire bleu Yves Klein. Tout à coup, j'ai eu l'impression d'être Holly Golightly dans *Diamants sur canapé*. Et puis je me suis souvenue que trente pour cent des psychopathes avaient les yeux bleus.

Les yeux de Dexter me rappelaient la mer Rouge, et l'espace d'une minute j'avais presque envie de faire un petit plongeon. J'ai regardé ailleurs, de crainte d'être hypnotisée. C'était des yeux de rêve, pour ceux qui aiment les grands yeux bleus bordés de longs cils bruns. J'ai redressé les épaules pour lui montrer que je n'étais pas de ces filles qui se noient dans le regard d'un comploteur de son espèce.

— Je vais tellement bien que j'en suis presque dangereuse, l'ai-je mis en garde.

Il a ri.

— C'est pour ça que vous portez un poncho en plastique ? a-t-il demandé en désignant mon buste.

Aïe !

J'ai baissé la tête et j'ai vu une cape argentée avec une bordure blanche que Simon m'avait attachée autour du cou un moment avant que je ne sorte précipitamment du salon. Sur le devant, il était brodé « Je suis un mec couillu dans un monde couillu ! ». C'était un des ex-petits amis d'Albert qui l'avait fait. Très embarrassant.

— Ah ? Ça ? ai-je dit en désignant le poncho à mon tour. Eh bien, je… Eh bien, vous voyez… il y avait… ai-je bafouillé en recherchant intérieurement quelques explications plausibles.

Après plusieurs autres « hum », « euh », « eh bien » et « vous voyez », j'ai fini par avouer qu'il n'y avait pas d'explication. Là encore, il ne servait peut-être à rien d'expliquer quoi que ce soit : Piers Dexter ne cherchait pas tant une excuse valable qu'un bon fou rire à mes dépens. À vrai dire, il pleurait de rire devant le comique de la situation.

— Excusez-moi, Saskia, je ne devrais pas rire comme ça, a-t-il hurlé de manière quelque peu futile.

— Mais je vous en prie, ai-je raillé.

J'ai croisé les bras sur la poitrine en faisant mine d'être plus impatiente que gênée.

Plusieurs passants, au son de ses éclats de rire, se sont arrêtés pour voir ce qu'il y avait de si drôle et, au bout de quelques secondes, une foule a commencé à se former pour pouffer de rire devant la petite attraction gratuite que j'offrais. Un petit con a même lu tout haut le slogan « Je suis un couillu » pour ceux qui étaient myopes.

Plus humiliée que dans mes rêves les plus fous, j'ai commencé à faire mes adieux mais Dexter, le salaud, m'a retenue. C'était pire que le cauchemar où le médecin me disait que le traitement contre la cellulite arrivait trop tard pour moi ; encore pire que le cauchemar où je n'arrivais pas à sortir de ma couette et où j'allais au travail en me déplaçant dedans.

— Attendez ! me dit-il.

Sur ce, il m'entraîna sous une porte cochère, à l'abri de la foule énervée. Il y avait des gens qui commençaient à ronchonner parce qu'ils voulaient un peu plus qu'un simple poncho en plastique, comme distraction.

— Laissez-moi au moins vous offrir le taxi pour rentrer chez vous, proposa-t-il.

— Non, je vous assure, ça ira, répondis-je avec un sourire figé. Ça va plus vite en métro.

— Mais vous avez laissé votre carte au travail, me rappela-t-il.

— Je crois que mon budget me permet encore de me payer un ticket.

Je me suis éloignée de lui.

— Arrêtez, insistait-il. Je sais à quoi ressemblent les queues aux guichets, à cette heure-ci.

— Ah bon ? ne pus-je m'empêcher de dire. Je ne vous imaginais pas homme à connaître les transports en commun.

J'ai fait une petite moue satisfaite, comme pour dire que les transports en commun étaient au-dessus des capacités de Piers Dexter.

— Pourquoi ? Pensez-vous que c'est au-dessus de mes capacités ? riposta-t-il d'un air supérieur.

Ce qui me donna l'impression d'être une garce, en plus de la risée de tous.

— Non, ce n'est pas ça, ai-je menti.

Je m'apercevais de nouveau à quel point il était bel homme. Il avait ce teint hâlé de skieur dont je me moquais tout le temps, par le passé.

— Je pensais simplement que vous pouviez vous permettre d'éviter le métro, c'est tout, répondis-je non sans diplomatie.

— Je n'évite pas toujours les choses juste parce que je peux me le permettre, Saskia, rétorqua-t-il.

Je voyais bien que je l'avais piqué au vif. J'ai baissé la tête.

— Allez, dites-moi, où habitez-vous ? demanda-t-il en me levant le menton.

Je ne sais pas pourquoi mais, l'espace d'une seconde, j'ai cru qu'il allait m'embrasser.

Dans ma tête, j'ai senti mes dents grincer contre mes nerfs lorsque j'ai répondu :

— À Notting Hill, mais ne vous inquiétez pas pour moi.

— *Idem* ! dit-il avec un large sourire. Vous voyez, nous sommes voisins. On n'a qu'à partager un taxi, alors.

Je restais plantée là, résignée à mon destin, pendant qu'il faisait signe à un taxi. Il dit au chauffeur où il devait nous emmener, puis il m'aida à monter dans la voiture et s'installa sur un strapontin, en face de moi.

Je rougissais à chaque fois que ses chaussures sur mesure touchaient mes bottes militaires. Mais il ne semblait pas s'en rendre compte. Il discutait joyeusement, il me racontait à quel point la charmante petitesse de New York lui manquait et que, même s'il adorait Londres, il trouvait que le crachin permanent était un peu déprimant.

Il m'a parlé de sa maison à Ladbroke Square, de ses deux chats birmans qui avaient tant et si bien gratté le canapé qu'ils étaient arrivés à la mousse qu'il y avait dedans, et qu'ils étaient désormais occupés à détruire sa sculpture des frères Dinos et Jake Chapman. Il m'a dit qu'il détestait voyager en Concorde, qu'il adorait Paris et qu'il avait un château non loin de là.

Je l'écoutais, pareille à une pauvre petite orpheline, disserter sur la vie de l'autre moitié des habitants de Notting Hill. Ses chats avaient sans doute un plus grand train de vie que moi.

Ce n'est pas que je sois socialiste, ni rien – enfin, pas plus que toute personne qui n'a pas d'argent, du moins. C'est vrai, la redistribution de la richesse n'a pas l'air d'être une mauvaise idée, quand on n'a rien à redistribuer qu'un poncho en plastique et une vieille paire de chaussures détrempées.

Disons simplement que j'étais envieuse.

Je ne pense pas qu'il ait cherché à m'impressionner ni rien d'aussi triste que ça : il savait que je n'étais pas d'humeur à offrir grand-chose en matière de conversation, alors il parlait pour deux. Au moins, il a évité toutes ces interrogations qui m'auraient sérieusement tapé sur les nerfs, compte tenu des circonstances. Des questions sur ce que je faisais, qui j'étais et où j'allais dans la vie. Des questions pour lesquelles je n'avais pas de réponses. Seulement des listes.

Pendant qu'il parlait, il était à moitié penché vers moi comme s'il me révélait un secret et, alors que nous avancions au pas sur Bayswater Road, je me suis dit que j'aurais bien aimé voyager plus loin avec lui – même jusqu'à Heathrow, ou jusqu'à son château en France. Enfin, il faudrait juste que nous nous arrêtions en cours de route pour m'acheter des vêtements en remplacement du poncho « couillu », évidemment.

Je nous imaginais en train de marcher tous les deux la main dans la main sur la plage de Cannes, chaussés d'espadrilles fabuleusement chères, sans nous soucier le moins du monde que la mer les détruise ou non, parce que nous avions une centaine de paires d'espadrilles parfaitement identiques dans notre villa.

Je fus ramenée à la réalité par Piers lorsqu'il imita le cri de ses chats. Je ne pouvais pas m'empêcher de rire. À ce moment-là, j'ai compris qu'il me rendait comme lui. Il s'assurait une place dans mon affection avec son amabilité et sa touchante autodérision.

Je me détendais, oubliant de me méfier de ce qu'il avait peut-être quelque chose à voir dans les rumeurs d'Albert. Soit il avait les goûts les plus atroces de la ville, soit il avait acheté l'exposition de Jeff Hewit pour la vendre aux enchères. J'étais en train de fondre pour un escroc, ou pour un homme riche sans goût. Dans les deux cas, ce n'était guère réjouissant.

Malgré tout, je le draguais outrageusement au moment où il m'a demandé dans quelle rue j'habitais. J'ai décrit de quel côté de Pembridge Villas il fallait passer comme si je lui indiquais le chemin jusqu'à ma chambre. Je m'étais plus ou moins dit que j'aimerais bien coucher avec lui. Il suffisait qu'il me donne le signal.

Je fus donc un peu déçue quand le taxi s'arrêta devant chez moi et que Piers ne leva pas le petit doigt pour m'inviter à prendre un verre, dîner ou partager sa couche.

— Bon. Vous passerez peut-être demain pour régler la livraison, ai-je suggéré, pleine d'espoir.

Il est remonté dans le taxi puis il a fermé la porte.

— Oui, oui, a-t-il dit en ouvrant la vitre de séparation pour donner son adresse au chauffeur.

Je restais lamentablement plantée là, espérant qu'il allait changer d'avis et m'imposer sa compagnie un peu plus longtemps. Lorsque le taxi est parti, j'ai attendu que Piers se retourne en agitant la main. Mais il ne l'a pas fait, et ça m'a fait l'effet d'une tragédie. Il faudrait que j'ajoute à ma liste de choses à ne pas refaire : « Ne jamais attendre sur le trottoir qu'un homme se retourne en agitant la main pour dire au revoir ».

C'est seulement quand je suis arrivée dans l'entrée de notre immeuble que je me suis rendu compte que je portais toujours le poncho argenté. J'imagine que je devais me réjouir que Piers Dexter ne se soit pas amusé à mes dépens en me disant « Au revoir, Couillu », ou quelque chose d'humiliant dans ce goût-là.

Comme Alice n'était pas rentrée, j'ai écouté mes messages sur le répondeur. Il y en avait un de ma mère, qui me demandait de rappeler Rebecca au plus vite.

« Tu ne l'appelles jamais et elle croit que c'est parce que tu as peur de déranger. Tu sais qu'elle ne veut pas que tu te sentes inférieure simplement parce que tu n'as pas de chance avec les hommes. Tu es sa chair et son sang, après tout. Elle dit que si tu veux, tu peux aller dîner chez eux samedi. Elle invite un collègue de Jeremy aussi. Ce serait bien, n'est-ce pas, ma chérie ? »

Tu peux toujours rêver, Rebecca, me suis-je dit en rembobinant le répondeur pour réécouter les messages que Stuart avait laissés la veille, au sujet de l'importance de la discrétion pour un homme comme Dexter. Alors que la voix irritée de Stuart résonnait dans l'appartement, je me suis mise à dresser une liste de tout ce que je détestais chez Piers Dexter, à commencer par son nom. En réalité, je m'en voulais de craquer pour un homme qui ne craquait pas pour moi.

Quand Alice est rentrée, je lui ai fait part des rumeurs dont Albert nous avait parlé. Elle était d'accord avec moi pour dire que son histoire n'était certainement pas fondée et que je ferais mieux d'oublier tout ça. Mais je ne pouvais m'empêcher de la torturer avec ça. Je l'ai harcelée pendant qu'elle se faisait un shampooing, qu'elle se mettait du démêlant et qu'elle se séchait les cheveux. Après plusieurs lavages, elle avait enfin réussi à faire partir le rouge.

Finalement, Jim n'avait effectivement vu que du feu à sa nouvelle couleur de cheveux et Alice avait décidé de le plaquer. Comment se faisait-il que toutes mes amies aient une telle détermination en matière d'hommes, et que moi je sois aussi molle ? C'est ce que j'ai demandé à Alice, mais elle s'est contentée de tourner le sèche-cheveux en direction de ma figure.

— Je n'en reviens pas que tu croies des ragots que tu as entendus dans le salon d'Albert, s'écria-t-elle par-dessus le vacarme du sèche-cheveux. Je veux dire, il passe son temps à casser du sucre sur le dos des gens, c'est pour ça qu'il est marrant. Tu n'es pas censée le prendre au sérieux. Je suis sûre qu'il serait malade de voir que tu as cru ce qu'il a pu dire. Toutes ses histoires, il les tient de ses clients cinglés, tu le sais bien.

— Ouais, ouais, ai-je convenu.

— Si tu veux, je peux en toucher un mot à Jon, a-t-elle proposé. Je suis sûre qu'il aurait une explication parfaitement logique.

— Non ! Ne fais pas ça ! ai-je jappé, un peu plus vite que je ne le voulais.

Liste 12

Les choses qui prouvent la maturité et la détermination croissante d'une fille

1. Inviter un garçon à monter prendre un café, boire ledit café et renvoyer le gars chez lui.
2. Ouvrir un plan épargne-retraite.
3. Avouer à un type qu'on a un faible pour lui.
4. Se réveiller sans avoir besoin de réveil.
5. Investir un mois de salaire dans une œuvre d'art originale.
6. Agir, ne pas réagir, face aux pressions.
7. Ne pas simuler d'orgasmes et, si c'est le cas, l'avouer juste après.
8. Faire régulièrement des dons à l'œuvre caritative qu'on préfère. (Ce qui ne veut pas dire coucher avec des artistes indigents.)
9. Ne pas inscrire sur ma liste noire le nom d'une personne juste parce qu'elle m'agace.
10. Acheter des vêtements à la bonne taille.

La journée du lendemain à la galerie fut épouvantable au possible. Stuart a été grincheux toute la matinée et m'a assigné toutes sortes de tâches pénibles : faire la poussière, balayer, classer des dossiers. Très dégradant.

J'ai très sérieusement songé à lui donner ma démission – mais pas assez sérieusement pour passer à l'action, bien entendu. Au lieu de cela, je me suis soulagée de mes frustrations en remettant à jour ma liste noire, où j'ai inscrit le nom « Stuart Dumass » à plusieurs reprises.

Loin de m'envoyer en pause déjeuner comme l'autre jour, ce que j'espérais vaguement (car je n'avais toujours pas trouvé la tenue qui allait pousser Emmanuel à se bouffer les intestins de regret), Stuart a disparu vers deux heures de l'après-midi, me laissant la responsabilité de la galerie.

Il avait son expression « Il est possible que je me sauve pour aller rejoindre la secte Moon » lorsqu'il m'a annoncé qu'il devait encore se rendre à une vente aux enchères. J'ai dû me mordre la langue pour m'empêcher de lui faire part de mes soupçons.

À peine avait-il tourné les talons que je feuilletais son agenda comme une femme qui fait les poches de son mari. Évidemment, juste après une note concernant l'achat d'une bouteille de désinfectant pour les éviers de la galerie et une autre relative à un appel téléphonique à un marchand de New York, il y avait un vide flagrant. Bref, les mots « vente aux enchères » brillaient par leur absence.

Le fait que les insinuations d'Albert pouvaient être vraies m'a frappée en plein cœur. Et ce, d'autant plus qu'Alice m'avait convaincue que ces rumeurs étaient sans fondement. Quelque chose s'est brisé en moi. On aurait dit que le désenchantement qui s'infiltrait goutte à goutte dans ma vie s'était soudain transformé en déluge.

La coupe était pleine, voilà tout, et pour en informer mon destin j'ai émis un long sanglot sonore de désespoir, un peu comme dans les séries télévisées, quand une femme apprend que son mari s'est fait assassiner, ou comme les gens qui revivent leur naissance et qui comprennent qu'ils ont été sortis au forceps.

Le bruit qui s'échappait de moi était franchement terrible, mais très satisfaisant. Je n'avais jamais vraiment constaté ma profondeur et, revigorée, j'ai retenté le coup. C'était le genre de hurlement effroyable que les filles qui n'ont pas eu de chance dans leurs amours, leur physique, leurs cuisses, leur carrière et à peu près tout le reste, essaient de pousser quand elles s'aperçoivent qu'elles sont à deux doigts du processus de vieillissement. Je n'allais pas tarder à souffrir de toutes les choses listées ci-dessus, en plus des rides. C'était trop pour que je puisse rester silencieuse.

J'étais juste en train de terminer mon dernier hurlement quand je me suis rendu compte que Piers Dexter avait réussi à s'approcher à pas de loup et qu'il se trouvait devant moi, aussi pâle que la fameuse *Saute d'humeur en blanc*.

— Vous allez bien ? me demanda-t-il alors que son ombre recouvrait l'agenda.

— Bien ? répétai-je en levant lentement les yeux vers lui.

Curieusement, ma crise m'avait quelque peu laissée à court de mots. Mais le pauvre Piers paraissait très inquiet et il m'a semblé nécessaire de lui expliquer qu'il ne devait pas se préoccuper pour la scène dont il venait d'être témoin.

J'ai ravalé ma salive. Ça allait être plus dur à justifier que le poncho en plastique.

Tout d'abord, faisant une croix sur les explications plausibles, j'ai procédé pendant un moment à mon imitation du poisson – ce qui n'a pas eu l'air de rassurer du tout Piers Dexter. En fait, il paraissait encore plus inquiet.

Il a tendu la main vers moi et me l'a posée sur l'épaule. C'était très apaisant, et j'ai fermé mes yeux comme dans un rêve. Je ne voulais pas qu'il arrête.

— Oui, vous allez bien ? Ce hurlement que vous venez de pousser… On aurait dit un cri de douleur. Un sacré bruit. J'ai cru qu'on vous assassinait, et c'est aussi ce qu'a dû croire une bonne partie de Bond Street, d'ailleurs. Que s'est-il passé ?

J'ai porté les mains à mon cou.

— Qu'on m'assassinait ?

Il avait le front plissé d'inquiétude. Il avait vraiment l'air de se faire du souci, le pauvre, et je surmontai finalement mon état de honte extrême face au besoin d'apaiser l'esprit de Piers. Cela faisait des années que mon horoscope me faisait faux bond, et ça m'avait rendue très douée pour les changements d'humeur.

— Non, non, non, me suis-je esclaffée en levant les yeux au ciel devant son incompréhension. Le bruit que vous m'avez entendue faire ? C'est de ça que vous voulez parler ? Vous croyiez que j'avais mal ?

Il a acquiescé.

— Non, non, non. C'était juste un hurlement de plaisir de l'affirmation du moi. J'ai pris des cours à Glastonbury, l'année dernière, voyez-vous. Très thérapeutique, à vrai dire, quand on a du temps et du coffre. Je vous les recommande vivement.

Ô mon Dieu ! Qu'est-ce que je racontais, comme conneries ?

— Des cours de quoi ? a-t-il dit comme s'il n'en croyait pas un traître mot.

— De « cris de plaisir de l'affirmation du moi », ai-je répété histoire de m'enfoncer un peu plus.

Il n'avait pas l'air convaincu.

— Disons un cri de joie spontané, si vous préférez. Un peu comme en poussent les fans de Chelsea quand un joueur de l'équipe marque un but. Vous devriez les voir dans les gradins, en train de hurler comme des malades. Un hurlement collectif de communion avec Chelsea. Un cri du moi profond au moment où il prend vie. Vous connaissez le topo, on relâche tout, on établit un lien avec le divin.

Piers Dexter a hoché la tête et répondu qu'il ne connaissait aucun de ces concepts.

— Vous avez déjà entendu des gars s'époumoner dans les matchs de base-ball ? lui ai-je demandé, espérant mettre le concept à sa portée.

Il a admis qu'il connaissait ce genre de gars, mais il a dit qu'il ne voyait pas le rapport avec le bruit qu'il venait de m'entendre faire.

Un petit effort, Piers, avais-je envie de lui dire.

— Ça a bien dû vous arriver une fois ou deux, de crier, non ? ai-je demandé.

— Pas de cette manière, non.

— Vous devriez essayer. C'est merveilleux. Meilleur que l'ecsta. Et après on se sent en paix avec son *chi*.

Il a secoué la tête.

— *Chi ?*

— La force vitale.

Il a continué à hocher la tête d'un air perplexe. Il n'allait pas lâcher le morceau comme ça. J'ai fini par me dire que ça ne servait à rien, qu'il fallait que je recommence ma prestation. J'ai mis la tête en arrière et j'ai laissé sortir un incroyable hurlement, quoique avec un moindre degré de pathos, cette fois.

J'ai fait suivre mon hurlement d'une série de cris de joie et de coups de poing en l'air. J'avais la gorge un peu douloureuse et irritée, à la fin.

— Pure exubérance, vous voyez.

Je lui ai dit ça en sautillant, pour lui montrer quels sentiments fougueux un tel cri d'affirmation du moi pouvait susciter chez une fille.

— Sérieusement ? a-t-il demandé.

— Sérieusement, ai-je confirmé.

J'ai répété l'opération une fois de plus, en jouant un peu moins des poings, toutefois. Seigneur, dans quel état j'étais. Il fallait à tout prix que j'écrive ça dans la liste des comportements à éviter après trente ans.

— Donc, tout va bien ?

Il paraissait toujours plutôt sceptique, mais au moins il faisait un sourire agréable, maintenant – même s'il me soupçonnait d'avoir pété un fusible.

— Vous avez tout compris ! lui ai-je garanti. J'ai même du mal à croire à quel point tout va bien. Et vous, vous allez bien ?

J'ai ponctué ma question d'un franc pincement au bras.

Il a regardé son bras comme si j'avais pu y laisser une tache poisseuse, puis il a soufflé un peu et a paru se détendre. Le souvenir de la veille et du poncho devait lui revenir à l'esprit, parce qu'un large sourire a fendu son visage et, une seconde plus tard, il s'est mis à rire.

— Je vais bien, a-t-il gloussé. Mince, Saskia, vous êtes folle. Alors, qu'est-ce qui vous a amenée à faire ça ?

— À faire quoi ?

— À pousser votre cri d'affirmation du moi ? Qu'est-ce qui a provoqué ce besoin de hurler comme ça ? Ça a dû être quelque chose d'assez incroyable.

— Euh…

J'étais faite. Avec tout ce stress, ma cervelle ne savait plus où se mettre.

— Oui, vous avez raison, c'est incroyable, ai-je avoué en cherchant une excuse dans ma boîte à outils mentale. Euh… ma sœur m'a invitée à dîner samedi soir. C'est pour ça.

Était-il possible que j'aie dit ça ? Putain de merde, fallait-il que je sois désespérée.

Il paraissait perplexe.

— Vous devez être très proches, alors ? a-t-il questionné avec l'air de penser que c'était fort peu probable.

— Comme les doigts de la main, ai-je menti.

J'ai levé la main en croisant les doigts, pour bien lui montrer la force de notre relation.

— Nous sommes pour ainsi dire des âmes sœurs, ai-je déclaré. Personne ne pourrait espérer avoir une meilleure sœur que la mienne.

— Eh bien c'est fantastique, a-t-il répondu d'un air toujours troublé.

— Ça l'est, ai-je consenti, me laissant entraîner par mon mensonge.

Mais j'ai quelque peu gâché l'effet lorsque, non contente d'en rester là, j'ai raconté qu'elle avait également invité un ami de son mari pour que je fasse sa connaissance.

Il avait l'air tout à fait horrifié, cette fois.

— Un… rendez-vous arrangé ? a-t-il bafouillé.

On aurait dit que je venais d'avouer que j'étais une fervente collectionneuse de dés à coudre.

— Un vrai rendez-vous arrangé ? Ça se fait toujours ?

— Hum… oui, j'imagine. Ce n'est pas que cet aspect-là m'intéresse beaucoup, évidemment. Un rendez-vous arrangé ? Non, tout de même pas, ai-je rétorqué d'un air méprisant. J'aime beaucoup aller chez ma sœur, et son mari a besoin de quelqu'un à qui parler quand je suis là-bas, pour qu'il ne se sente pas trop seul. Ma sœur et moi, on a tendance à exclure les autres quand on est ensemble, tellement on est proches, voyez-vous. Elle a demandé à Jeremy d'inviter un copain pour ne pas qu'il s'ennuie trop.

Il a haussé un sourcil.

— C'est très touchant, a-t-il dit. Moi, j'essaie d'éviter ma sœur autant que possible. Elle vit dans l'Indiana. Elle est mariée avec un riche céréalier qui passe sa journée dans son tracteur. Il est à peu près aussi large qu'une maison et elle suit le même chemin.

Sur ce, il a gonflé les joues pour me dresser un tableau de la chose.

— Ma sœur est… très jolie, ai-je bafouillé.

J'ai dit ça dans l'espoir de me sortir de cette absurde conversation. Comment allais-je donner envie à cet homme de faire l'amour avec moi, maintenant ? C'était épouvantable.

— Il se trouve qu'elle est mariée à un banquier, ai-je ajouté en me disant que ma mère n'aurait pas fait de meilleur marketing pour Rebecca.

— Eh bien, c'est dommage, parce que j'allais vous demander de vous joindre à moi pour dîner samedi soir.

— Dîner ? Moi ? Oh... ai-je soupiré comme si quelqu'un venait de me piquer avec une aiguille.

— J'aurais dû vous le demander plus tôt, j'imagine. Une autre fois, peut-être, alors ?

— Que diriez-vous de ce soir ? ai-je suggéré avant de me rendre compte de ce que je faisais.

C'est vrai, aucune fille de moins de trente ans qui se respecte ne devrait accepter un rendez-vous à si court terme, et encore moins en proposer un elle-même. C'était une tragédie.

Quel que soit le degré de tristesse et de désespoir de sa vie sentimentale, une fille ne doit jamais apparaître disponible au point de laisser entendre qu'elle n'a rien d'autre à faire un vendredi soir. Ça revient à avouer qu'elle n'a pas d'amis et qu'elle n'est pas digne d'être aimée – bref, que c'est une collectionneuse de dés à coudre. Maintenant, il allait croire que ma vie était vide et dépourvue de tout événcment. Il se disait sans doute que je ferais une bonne copine pour sa sœur dans l'Indiana.

— Vous voulez dire que vous n'avez rien de prévu ?

Au moins, il a eu l'air surpris. À moins qu'il ne fût mortifié à l'idée d'avoir invité une personne aussi triste que moi.

— Enfin... j'ai d'autres plans, vous savez, ai-je repris. Ce n'est pas que je n'ai rien de prévu – mon Dieu, non. Je mentirais si je disais ça. J'ai des invitations jusqu'aux oreilles. Des vernissages, des soirées, des clubs... Mes amis n'arrêtent pas de m'appeler depuis ce matin pour me supplier de les accompagner.

Piers Dexter m'a regardée bizarrement. J'ai eu comme l'impression que les souvenirs du poncho en plastique et du rouge à lèvres tartiné rivalisaient pour attirer de nouveau son attention. Ses yeux semblaient annoncer l'arrivée imminente d'un fou rire. À moins que ce ne soit des larmes sur le point de jaillir ? Il était peut-être à deux doigts de pleurer de compassion devant l'état pitoyable dans lequel je me trouvais.

Juste au moment où j'allais grimper dans le tiroir du bas du classeur, il a dit quelque chose.

— Sept heures, ça ira ? a-t-il demandé.

— Sept heures ?

— Je passe vous chercher chez vous, c'est d'accord ?

J'ai refermé le tiroir du classeur, j'ai levé la tête vers lui avec un sourire charmeur.

— Ah, d'accord, oui, parfait. Appartement numéro six, c'est au cinquième palier et ne faites pas attention à l'odeur, les gens du dessous ont un bébé, ai-je enchaîné. Et prenez garde à votre costume en passant à côté de la poussette dans l'entrée, c'est un peu serré. Et si la Polonaise avec un foulard rouge sort de chez elle, passez vite à côté d'elle sans vous arrêter, sinon elle vous fera entrer pour vous tirer les cartes.

— Ça semble pittoresque, là où vous habitez, a-t-il dit.

J'imagine que c'était une manière polie de dire que ça avait tout l'air d'un vulgaire immeuble.

— Ça l'est. Je veux dire, c'est intéressant. Ce ne sont pas des logements sociaux ni rien, personne ne vit des allocations, ai-je poursuivi comme un moulin à paroles. Le couple qui a un bébé gère une société de relations publiques, et la Polonaise, eh bien... si, il se peut qu'elle vive de prestations sociales mais de toute façon, elle habite là depuis toujours et le couple d'homos qui vit en dessous de chez nous, ils sont écrivains tous les deux. Il y en a un qui est assez connu, au sens local du terme.

Piers riait de nouveau et je me suis sentie piquer un fard.

— C'est vous que je viens chercher, a-t-il expliqué.

Je suis passée en mode strictement professionnel, comme si les dix minutes qui venaient de s'écouler n'avaient pas existé.

— Très bien. On se revoit à sept heures, alors. Je vais dire à mes amis que je ne vais pas pouvoir me joindre à eux. Ils vont être déçus, évidemment.

Le téléphone a sonné au moment où Piers quittait la galerie et j'ai bondi dessus, espérant que c'était Stuart qui m'appelait de la supérette pour acheter du papier WC et si je voulais bien le noter dans son agenda. Mais non.

— Stuart Dumass, s'il vous plaît.

Mon interlocuteur avait une voix sèche et râpeuse avec un fort accent, cockney peut-être, voire étranger – c'était difficile à dire. Je lui ai signalé que Stuart était sorti et lui ai demandé si je pouvais prendre un message.

— Dites-lui que le travail est fait et que je le vois ce soir.

— Je vais le noter, ai-je dit. C'est de la part de qui ?

— Pas besoin de nom, il comprendra. Soyez gentille, dites-lui de venir ce soir. Même endroit que d'habitude. Dites-lui que j'ai ce qu'il veut. Il devrait trouver cela très intéressant.

Après avoir raccroché, je me suis dit qu'il fallait à tout prix que je sorte de là. Ce scénario était un peu trop glauque pour moi. Sans prendre la peine d'emporter mon sac à main, j'ai pris mes jambes à mon cou et j'ai foncé à la station de métro dans un état d'affolement total. J'ai même acheté un brin de bruyère à une Irlandaise qui m'a dit que ça pouvait chasser les malédictions. C'était ça : j'étais maudite. Mais en regardant les fleurs mauves fanées, je doutais qu'une armée entière d'Irlandais puisse faire quelque chose pour moi.

Tandis que le métro cahotait et que je m'accrochais à la poignée en regardant le Londres souterrain, j'essayais de me rappeler si j'avais verrouillé la porte de la galerie et si j'avais allumé l'alarme anticambriolage. Je me suis dit que c'était le genre de choses qu'on faisait automatiquement et j'ai chassé cela de mon esprit. Je me faisais toujours du souci pour des trucs comme ça. Au moins une fois par mois, je devais m'absenter d'urgence du travail pour rentrer à la maison, certaine d'avoir laissé le gaz allumé, tout ça pour découvrir en arrivant que nous n'avions pas le gaz. Sans mes listes, j'oublierais tout.

Un musicien de rue qui était venu chanter une vieille chanson d'Oasis a été effrayé par ma façon de loucher sur mon brin de bruyère en murmurant des propos sur les théories du complot. Il a fini par se décourager, s'emmêler les crayons dans les paroles et il s'est sauvé dans un autre wagon sans nous faire passer son chapeau.

Quand je suis descendue, à Old Street, j'ai traversé la circulation au pas de charge au niveau de Great Eastern Street puis de Charlotte Road. Une personne que je connaissais m'a appelée mais je ne me suis pas arrêtée. J'ai continué ma course jusqu'à ce que je franchisse les portes de verre de la galerie Tashco. Jon était debout dans l'entrée et je suis tombée dans ses bras.

— C'est Stuart ! me suis-je écriée à bout de souffle. C'est Stuart, il... il... il... a des ennuis. Albert dit qu'il magouille. Oh, qu'est-ce que je vais faire, Jon, qu'est-ce que je vais faire ?

Il m'a serrée dans ses bras et m'a embrassée sur la tête. Je l'ai entendu demander à Alice d'aller me chercher un whisky au Cantaloupe.

— C'est vrai ? ai-je demandé.

Je me suis écartée de sa poitrine chaleureuse et désormais légèrement humide, puis je l'ai regardé dans les yeux.

— Jon, dis-moi, c'est pas vrai, hein ?

Il a remis ma tête contre son torse et il a continué à m'embrasser les cheveux. Il murmurait des paroles comme « allons, allons », « ne pleure pas » et « je suis là », et j'aurais voulu que ça dure toujours. Même si j'étais démunie et pour ainsi dire hystérique, sous les baisers de Jon je ne m'étais jamais sentie aussi bien de ma vie.

— Je ne voulais vraiment pas que tu découvres le pot aux roses, Saskia. Ô mon Dieu, il faut que tu me croies, je ne voulais pas que tu saches, a-t-il dit une fois, deux fois.

C'était très apaisant.

Je me suis blottie un peu plus dans sa chemise jusqu'à ce que je sente ses tétons. Tout à coup, Stuart est devenu le cadet de mes soucis. J'ai levé la tête et, comme dans les feuilletons à l'eau de rose, j'ai dit :

— Oh, Jon !

Et c'est à ce moment-là qu'il m'a embrassée.

Liste 13

Les rites essentiels avant de se coucher

1. Lire *The Shock of the New* de Robert Hughes, ma bible de l'art.
2. Écouter mon horloge interne : j'imagine que je ne me sentirai pas complètement femme tant que je ne l'aurai pas entendue.
3. Suivre une astuce de beauté inutile comme on en lit dans les magazines, pour venir à bout des cheveux fourchus/de la cellulite/des boutons.
4. Me brosser les cheveux cent fois en essayant de ne pas faire attention à tous ceux que la brosse arrache.
5. Me mettre des boules Quies (afin de ne pas entendre la vie amoureuse d'Alice).
6. Me mettre un masque sur les yeux (afin de ne pas voir que je n'ai pas de vie amoureuse).
7. Avaler des somnifères – les jours où je pense sans arrêt aux raisons pour lesquelles personne ne veut coucher avec moi.
8. Résister à la tentation de manger du pain grillé au lit.
9. Me distraire en révisant ma liste de rêves.
10. Manger du pain grillé au lit.

Alice est revenue avec le whisky juste au moment où nous nous séparions, de crainte de terminer comme ces chiens qu'on voit s'accoupler sur les trottoirs. Collés l'un à l'autre, attendant qu'un bon Samaritain vienne leur jeter un seau d'eau froide.

Mais elle n'était pas dupe. À mon avis, elle savait qu'il y avait eu autre chose que quelques petites tapes réconfortantes dans le dos, pendant son absence.

Elle m'a tendu mon whisky et je l'ai descendu d'un seul trait.

— Elle s'inquiète à cause d'un stupide ragot que son coiffeur lui a raconté, expliqua-t-elle à Jon.

— J'en sais un peu plus, maintenant, ajoutai-je.

Je voulais éviter qu'on ne me taxe de névrosée. Je n'avais pas envie que Jon croie que j'étais de ces femmes qui perdent leur sang-froid pour un rien. À Horsham, ma ville natale, il y avait une femme qui appelait les urgences dès que le type du gaz passait relever le compteur.

— J'ai eu un coup de fil d'un gars qui voulait parler à Stuart et qui a refusé de laisser son nom.

— C'était sans doute un représentant en assurances, dit-elle. Ils font tout l'annuaire.

— Non, ce n'était pas ça !

— Qu'en pensez-vous, Jon ? demanda Alice.

Jon ne faisait pas de commentaires.

— Tu ne comprends pas, insistai-je. Il était très fuyant. Je ne sais pas comment expliquer ça, mais c'était sa façon de parler. Il était menaçant, en fait. Il a dit qu'il avait quelque chose que Stuart trouverait très intéressant.

Alice a levé les mains avec l'air de dire : « Alors, qu'est-ce que je te disais ? »

— Eh ben tu vois ! C'est sûr, c'est un représentant en assurances ! Je parie qu'il a une assurance à capital différé d'enfer qu'il veut vendre à Stuart, suggéra-t-elle de manière professionnelle.

Dieu merci, Jon mit un frein à la théorie d'Alice, qui avait l'air de le surprendre autant que moi.

— Alice, tu penses que tu peux t'occuper de la galerie, là ? Je crois que je vais aller faire un petit tour avec Saskia un moment. Je ne sais pas ce qui s'est passé, mais en tout cas, elle est secouée.

En disant cela, il me frottait le dos, et j'étais à deux doigts de m'évanouir à son contact. Comment avais-je pu ignorer aussi longtemps mes sentiments pour Jon ? me suis-je demandé tandis qu'Alice acceptait de rester à la galerie. Elle m'a serrée dans ses bras avant que je ne sorte.

— Franchement, Sass, je suis sûre que ce n'est rien du tout. Albert t'a raconté des bobards. Ne fais pas trop attention à lui, d'accord ?

— Bien sûr, ai-je acquiescé.

Mais je ne pensais plus à Stuart ni à Albert ni à personne d'autre qu'à Jon, qui me conduisait vers sa voiture – une BMW blanche très classe. Je ne me suis pas attardée non plus sur le fait que la dernière fois que Jon m'avait emmenée dans une voiture, c'était une vieille Citroën avec un trou dans le plancher qui laissait voir la route.

Nous sommes descendus à Saint John Street, dans le quartier de Clerkenwell, pour finir dans un de ces restaurants tendance où l'on vous sert des abats et où l'on vante la qualité de la viande, et si vous avez le malheur de mentionner l'ESB, on vous regarde avec l'air de dire que vous êtes trop nul pour continuer à vivre.

Jon a commandé un énorme plat d'os à moelle, mais je n'avais pas envie de manger. J'étais un peu déboussolée après le baiser, et mon estomac semblait aussi plein que ma tête paraissait vide. Quelque part, c'était un choc de voir se réaliser une chose qui avait un jour figuré sur ma liste de souhaits. Et puis l'image de Jon en train d'embrasser une fille l'autre soir au Cantaloupe a commencé à me serpenter dans le cerveau.

Il fallait que je me ressaisisse, sans accorder trop d'importance à ce baiser. J'ai sondé mon moi profond et j'ai refréné mes désirs. La sceptique qui dormait en moi m'a dit que c'était tout bonnement une aberration d'avoir embrassé Jon, un accident saugrenu qui ne voulait rien dire. Comme si Jon et moi pouvions envisager l'avenir en commun. Comme si.

J'ai essayé de calmer ma libido à coups d'arguments logiques : Jon avait voulu se montrer amical et il s'était laissé aller sur le moment. Il faut dire que j'étais quasiment en train de lui lécher les tétons quand je sanglotais contre sa poitrine. Les tétons sont censés être la troisième zone érogène la plus puissante chez un homme. Finalement, je l'avais pour ainsi dire excité, en réfléchissant bien.

Jon s'était sûrement dit que le baiser fougueux était le meilleur moyen de me calmer. Bien plus efficace qu'une petite tape dans le dos, et pas aussi éprouvant aux yeux des clients qu'une bonne gifle.

Jon et moi étions amis – comment pouvais-je croire autre chose ? C'était sûrement la trentaine qui me faisait ça. Parfois, les amis se laissent aller, c'est naturel, surtout à l'âge de la nouvelle immoralité. Et ça ne voulait rien dire. Jon était très bel homme, et puis voilà. Il aurait fallu être gravement bête pour ne pas le trouver séduisant, mais lui et moi avions déjà tenté la voie romantique, et nous en avions conclu que ce n'était pas pour nous.

« Un baiser est un baiser est un baiser… » me suis-je dit avec une certaine poésie. Il fallait que je m'arme de courage pour affronter l'inévitable : ça ne voulait rien dire de plus.

Lors de notre trajet en voiture, Jon m'avait pris la main, mais c'était plutôt fraternel/amical. Rien dans son comportement ne laissait entendre qu'il planifiait un deuxième assaut sur mes lèvres.

J'avais beau me dire tout cela, mon cœur battait la chamade. Grandis un peu et agis en adulte, Saskia Williams, me suis-je reprise en le regardant empiler la moelle sur sa fourchette avec la pointe du couteau. « Ne le laisse pas te glisser entre les doigts, celui-là » a répliqué la voix de ma mère.

— Ça va, Saskia ? On dirait que tu parles toute seule.

Je fus ramenée à la réalité.

— Quoi ?

— Tu parlais de tes doigts.

— Ah. Je sondais mon moi profond. Je fais ça, de temps en temps.

Jon a acquiescé d'un air sceptique.

— Alors dis-moi, Saskia : qu'est-ce qu'il t'a raconté, Albert ?

Il avait dit ça d'un air détaché, au moment où le serveur venait reprendre son assiette. Il n'avait pas encore parlé de la cause de ma détresse ; nous nous étions plus ou moins limités à des sujets d'ordre général. Jon m'a demandé si je faisais toujours mes listes, à quoi j'ai répondu que j'étais justement en train de remettre à jour ma liste noire quand le type bizarre avait téléphoné.

Jon a ri et secoué la tête.

— Je me souviens de cette liste noire. J'allais jeter un coup d'œil dessus à chaque fois que je croyais que tu m'en voulais, a-t-il confié.

— Seigneur ! Je ne te mettrais jamais dessus ! ai-je braillé.

Nous avons ri et Jon a serré ma main dans la sienne avec une telle douceur, une telle tendresse, que je savais que tout allait s'arranger. J'ai même espéré qu'il me demanderait d'aller travailler avec lui, mais ma loyauté à l'égard d'Alice m'a obligée à chasser cette sale idée de ma tête.

Sa main est remontée jusqu'à mon oreille et j'ai viré à l'écarlate.

— Je suis sûre qu'Alice a raison, ai-je dit d'une voix que je voulais posée. À tous les coups, c'est moi qui n'ai rien compris au film. Ça ne serait pas la première fois. Albert n'arrête pas de m'embrouiller. La semaine dernière, il a orchestré la destruction totale de ma liaison avec Emmanuel.

Jon s'est mis à rire si fort que la cendre de sa cigarette est tombée toute seule sur la table.

— Ça, ce n'est pas une grosse perte ; Emmanuel était le pire de tous les crétins avec qui tu es sortie. J'applaudis cet Albert, si c'est l'effet qu'il a sur ta vie.

J'ai rougi un peu plus, assez contente que Jon ait une opinion sur les types que je fréquentais. Naturellement, c'était juste une opinion fraternelle, et je n'allais pas trop lui prêter attention.

— Emmanuel, c'était effectivement une aberration, ai-je admis. Mais j'ai bientôt trente ans, Jon. Dans moins de trois semaines, même. Alors ce n'est pas le moment de perdre des petits amis. Demande à ma mère. C'est de plus en plus difficile d'en trouver après le grand méchant trois-zéro.

Il a rigolé. Il avait toujours sa cigarette dans la bouche, et j'ai pensé qu'il était impossible qu'un homme soit plus excitant que lui. Tout ce qu'il faisait était tellement cool. Maintenant, il me semblait extraordinaire que je n'aie rien fait pour l'attirer plus tôt. Toutes ces années perdues à vouloir ignorer ce que j'éprouvais pour lui, c'était un véritable trou noir. Mais au moment où j'allais tomber béatement amoureuse de lui, l'image de Jon au Cantaloupe en train d'embrasser la fille a de nouveau traversé la pelouse de mon cerveau comme un streaker traverse celle d'un stade.

— Je ne pense vraiment pas que tu aies besoin de t'inquiéter pour trouver des fiancés, Saskia. Crois-moi, je suis sur le point de franchir le grand méchant quatre-zéro, et je peux te dire que tu n'as pas de souci à te faire.

Là-dessus, il m'a pris la main, l'a retournée et a fait glisser son doigt sur ma paume d'un air qui en disait long tout en me regardant droit dans les yeux.

C'était l'expérience la plus érotique que j'aie jamais connue à la table d'un restaurant, y compris la fois où j'avais fait l'amour sous une table du Pharmacy douze mois plus tôt.

— Alors qu'est-ce qu'il t'a dit, Albert, exactement ? insista-t-il sans me lâcher des yeux.

— Qui ça ? dis-je, hypnotisée par ses fines pattes-d'oie.

Je me demandais si je devais prendre l'initiative de l'attirer sous la table sur-le-champ, mais il y avait un serveur qui nous regardait et qui, à mon avis, nourrissait les mêmes fantasmes que moi à l'égard de Jon.

— Albert, répéta-t-il. Qu'est-ce qu'il t'a dit sur Stuart ? Tu ne m'as pas donné de détails.

— Ah.

J'étais assez déçue d'en revenir à Stuart. Bon, c'est vrai que tout à l'heure j'étais complètement hystérique à ce sujet, mais là, entre les abats et le vin, tout émoustillée et excitée par Jon, Stuart et ses magouilles étaient bien les dernières choses auxquelles j'avais envie de penser. J'étais beaucoup plus d'humeur à recevoir des baisers passionnés.

Malgré tout, Jon essayait de m'aider, me suis-je dit. Il se montrait attentionné, compatissant et merveilleusement sensible. Alors je lui ai raconté l'histoire depuis le début, sans oublier les enchères auxquelles Stuart se rendait souvent. Jon a sagement opiné du chef lorsque j'ai parlé de l'importance du fait que ces rendez-vous ne soient pas notés dans l'agenda. Il était si merveilleux et magnifique que j'avais toutes les peines du monde à ne pas l'embrasser.

Jon a acquiescé pendant toute l'histoire ; il m'a demandé un détail supplémentaire ici et là, mais dans l'ensemble il m'a laissée parler. Je ne me rappelais pas avoir vu quelqu'un d'aussi intéressé par ce que j'avais à dire. Hormis Piers, mais lui, c'était parce qu'il croyait que j'étais bizarre.

Vers la fin, je trouvais qu'il avait l'air un peu ennuyé quand j'ai évoqué l'idée d'aller à la police. Mais c'était tout naturel. Je veux dire, Jon ressentait sans doute une certaine loyauté pour Stuart, après toutes ces années passées ensemble. Cela montrait juste à quel point il était gentil, et de toute manière, il a eu l'air d'aller beaucoup mieux quand je lui ai expliqué que je n'imaginais pas un instant qu'on croie que lui, Jon, puisse être impliqué dans cette affaire.

— N'oublie pas qu'Albert tient ça de la femme d'un propriétaire de galerie. Sûrement juste une connasse qui veut semer la zizanie. Et même si le banquier suisse qui vous a financés pendant toutes ces années était impliqué, je suis sûre que vous n'en saviez rien et que, encore que vous l'ayez su, vous n'aviez rien à voir dans cette histoire. C'est pour ça que vous avez quitté Cork Street et que vous avez monté A Space. Non ?

Jon a acquiescé.

— Maintenant, je comprends pourquoi tu as quitté A Space. Même si à l'époque, je dois dire, j'ai pensé que tu étais un vrai salaud.

Il s'est penché au-dessus de la table et il m'a embrassée sur le nez. Au moment où il se redressait, le serveur est arrivé avec la carte des desserts mais, toute ragaillardie par le baiser de Jon, j'ai fait la fine bouche devant le pudding et les autres desserts qui m'étaient proposés et j'ai opté pour un double expresso.

— Il n'a rien dit d'autre ? demanda Jon après que le garçon eut pris notre commande. À aucun moment il n'a dit que je pouvais être impliqué là-dedans ?

Il me serrait la main si fort que j'ai commencé à avoir peur que mes ongles – enfin, ce qu'il en restait – ne tombent.

Le pauvre amour, il devait être furieux qu'on lui jette des accusations aussi absurdes alors qu'il avait fait tout ce qu'il pouvait pour s'éloigner des arnaques de Stuart. Mais d'un autre côté, j'avais vraiment mal à la main.

Je l'ai rassuré en lui disant qu'il n'avait rien à craindre.

— C'est clair, la rumeur parlait de Stuart. Albert n'a rien dit sur toi directement. Il a dit que c'était Stuart qui organisait une espèce de racket, ce qui m'a l'air tout à fait improbable étant donné que Stuart déteste la politique, tu ne crois pas ? Il n'a même pas voté pour le nouveau parti travailliste quand Blair a annoncé toutes les jolies choses qu'ils allaient faire pour les arts.

— Alors, il n'a pas mentionné mon nom une seule fois en rapport avec l'escroquerie ? interrogea Jon comme s'il n'avait pas écouté un traître mot de mon histoire.

— Seulement dans le sens où tu gérais la galerie de Cork Street avec lui, mais je suis sûre que tu n'étais pas impliqué dans ce qui pouvait se passer sous la table.

J'ai poussé un petit gloussement pour lui montrer à quel point cette idée me semblait inconcevable.

— Que c'est ridicule ! ai-je dit.

Il n'avait pas l'air de trouver ça tellement marrant, lui. Il m'a lâché la main et s'est passé les doigts dans les cheveux. Il avait de longs doigts fuselés dont les moindres mouvements rappelaient les gestes stylisés des danseurs thaï.

— Tu comprends, il ne faut pas que ces saloperies viennent ternir l'image de Tashco. Pas maintenant. Promets-moi que tu ne vas pas parler de ça avec Stuart.

J'ai ri.

— Tu plaisantes ? Je ne peux même pas parler de ma pause déjeuner avec Stuart. Depuis que tu es parti, j'ose à peine lui adresser la parole. Alors je n'ai sûrement pas envie de discuter de ça avec lui. Je vois déjà sa tête, si je lui demandais s'il est mêlé à une affaire de blanchiment d'argent… Tu parles !

J'ai levé les yeux au ciel.

— Promets-le-moi, insista-t-il en serrant de nouveau ma main jusqu'à la douleur.

— Promis juré, dis-je avant de dégager un peu ma main. Seulement, dis-moi ce qui se passe.

— Je ne veux pas que tu sois mêlée à ça, Saskia, dit-il d'un ton ferme. C'est pour ça que je voulais que tu viennes travailler à Tashco avec moi. Oh, merde, comme j'aurais voulu que tu ne restes pas chez A Space et que tu te retrouves là-dedans !

J'ai baissé la tête et respiré la vapeur de l'expresso qu'on venait de m'apporter. Ma liste intitulée « Regrets » était en train de s'allonger sérieusement. Pourquoi avais-je le chic pour toujours faire ce qu'il ne fallait pas ? Bien sûr, j'aurais dû aller travailler pour Jon, au lieu de rester avec le sergent major de l'art londonien.

Si j'étais allée travailler chez Tashco, ce serait moi la fille qui se teint les cheveux en rouge sur un coup de tête, et qui plaque les hommes sans une seconde d'hésitation. À la place, j'errais du côté de Saint James avec un poncho en plastique sur le dos et je faisais des avances tragiques de vieille fille à Piers Dexter.

J'ai hoché la tête.

— Moi aussi, je regrette de ne pas t'avoir suivi à Tashco, Jon. Tu sais que j'en avais envie plus que tout. Mais je ne pouvais pas laisser Stuart, pas à ce moment-là, du moins. Maintenant que je sais ce qui s'est passé, je me sens supermal.

— Oh ! Ma chère petite Saskia ! dit-il en me caressant la joue.

— Jon, tu sais que je ferai ce que tu veux.

Il se pencha vers moi et me fit un long baiser langoureux et pas du tout fraternel, comme si nous avions toute la vie devant nous pour explorer le corps l'un de l'autre.

Liste 14

Ce que je ne veux pas faire à quarante ans

1. Collectionner les éponges à récurer.
2. Écouter mon horloge interne.
3. Travailler comme assistante.
4. Continuer à remettre à plus tard mon plan épargne-retraite.
5. Dire « je comprends » quand un homme m'explique pourquoi il ne peut plus sortir avec moi.
6. Louer ma chambre libre à des filles qui ont plus de chance que moi avec les hommes.
7. Accepter ce que ma mère pense de moi.
8. Boire la bière au goulot.
9. Avoir quelque chose à voir avec des expos du même tonneau que « Expériences en blanc ».
10. Rater mon rendez-vous avec le destin.

Je n'ai pas insisté pour partager l'addition, me disant que ce n'était pas dans l'esprit de la nouvelle immoralité de se prendre la tête pour des choses comme ça. Jon a payé avec sa carte, et j'ai remarqué que c'était une Carte platine – très impressionnant, je dois dire, quoique légèrement étonnant. Il a marmonné qu'une de ses tantes était morte et qu'elle lui avait laissé des tonnes d'argent.

— Il y a des gens qui ont toutes les tantes du monde.

Mais j'ai gâché mon trait d'esprit en enchaînant sur

ma tante à moi, qui vivait dans une maison de retraite du Kent et qui collectionnait les tampons à récurer. Elle avait un faible pour les bleus, mais je soupçonnais qu'elle les léguerait à Rebecca.

Malheureusement, nous n'avons pas terminé sous la table et Jon m'a raccompagnée chez moi sitôt après le café (et l'histoire de ma tante). Plus tristement encore, il n'a pas demandé à monter, ce qui était assez décevant, compte tenu de la nature de ses baisers. Comme je l'ai déjà dit, il était impératif que je fasse beaucoup de galipettes avant mes trente ans, étant donné que je n'entrevoyais guère de place pour la chose après.

J'ai fait une petite allusion lorsque nous sommes passés devant le restaurant Pharmacy, avec toutes ses boîtes de médicaments dans la vitrine, et j'ai dit, pour rire, que ça avait tout l'air d'être le genre d'endroit où l'on pouvait acheter des préservatifs. Mais Jon s'est contenté de faire un sourire grimaçant et ironique comme en font les hommes qui frisent la quarantaine pour éviter d'attraper trop de rides autour de la bouche.

Puis il est devenu tout sérieux lorsqu'il a arrêté la voiture. Il a pris mon visage entre ses mains, et j'ai eu l'impression de me retrouver chez le dentiste à attendre un plombage. Il m'a rappelé ma promesse de ne rien dire à personne au sujet du blanchiment d'argent, surtout à Stuart. Je me sentais un peu bête, avec les joues serrées comme ça, mais j'ai hardiment papillonné des paupières dans l'espoir de conclure l'affaire sexuelle. Je n'ai obtenu qu'un bécot sur le front. Tout à fait exaspérant.

— Dors bien.

Il a chuchoté ça sans émotion pendant que je m'extirpais de la voiture d'une façon que j'espérais engageante, lui laissant voir une large étendue de jambe par la fente de ma jupe droite argentée. Je l'avais piquée à Rebecca des années plus tôt, à l'époque où les hommes s'affolaient encore lorsque je leur montrais de larges étendues de jambe. Mais là, ça n'a pas marché.

À l'intérieur, Alice était vautrée sur le parquet en érable du salon. Elle cirait sa collection de chaussures, qui jonchaient le sol de l'appartement d'un bout à l'autre.

— Alors ? a-t-elle dit avec impatience dès que je suis entrée.

Elle a dû remarquer que j'avais du rouge à lèvres autour de la bouche. C'est toujours mortellement révélateur.

— Alors quoi ? ai-je répondu, les yeux tout écarquillés et merveilleusement innocents.

— Pour commencer, vous en êtes où, tous les deux ? Qu'est-ce qui s'est passé ? Vous êtes ensemble ? Alors ? Accouche, quoi, accouche !

— Bon, alors il m'a embrassée dans la galerie et après il m'a emmenée dans un restaurant à Clerkenwell et il m'a encore embrassée.

J'étais surexcitée, je parlais d'une voix aiguë et je sautais de joie de manière incroyablement enfantine.

— Je le savais ! s'écria-t-elle.

Se joignant à l'atmosphère de gaieté qu'inspirait la nouvelle, elle a jeté son chiffon à chaussures dans les airs ; j'imagine qu'elle était enchantée par ses pouvoirs clairvoyants.

— J'en étais sûre ! Je te l'avais bien dit, que tu lui plaisais ! Il a le béguin, Sass, je le savais ! Ça devait arriver. C'est vraiment génial !

— Génial, hein ?

— Alors, vous avez couché ensemble ?

— Nous étions au restaurant, lui répondis-je d'un air guindé.

— Et alors, vous ne pouviez pas, je ne sais pas, moi, plonger sous la table ou foncer aux toilettes ? Elle est passée où, la nouvelle immoralité ? demanda-t-elle d'un air légèrement surpris.

— Il fallait qu'on parle sérieusement, expliquai-je.

Mais je recommençais à me décourager devant mon échec à inciter Jon à aller jusqu'au bout.

— Ah ouais ? admit-elle en se remettant plus ou moins à cirer une paire de chaussures de pute vernies rouges avec des boucles en forme de cœur sur le côté.

Tout à coup, je me suis sentie complètement nulle et j'ai repris mon discours « Jon m'aime seulement comme une sœur ».

Au bout d'un moment, Alice a levé la tête vers moi puis elle a souri.

— En tout cas, je suis drôlement contente pour vous deux ; vous êtes faits l'un pour l'autre.

J'essayais encore de trouver une place dans notre grand canapé chromé, qui était terriblement peu confortable. C'était un artiste avec qui je sortais à la fac qui me l'avait offert en cadeau de rupture après que je l'avais surpris en train de bécoter ma répétitrice. Maintenant, il était très réputé pour ces canapés-là, sinon il y a belle lurette que je m'en serais débarrassée.

— Tu n'as pas l'air folle de joie, dit-elle.

— C'est à cause du canapé, mentis-je.

— Oui, acquiesça-t-elle. Je sais bien, c'est pour ça que je m'assois toujours par terre – c'est meilleur pour la colonne vertébrale, apparemment.

— N'importe quoi serait meilleur pour la colonne vertébrale que ce truc monstrueux, répliquai-je.

Pourquoi Jon n'avait-il pas voulu monter pour continuer à m'embrasser ?

— En tout cas, moi je trouve ça super. Je suis vraiment, vraiment contente pour vous deux. On arrose ça ? Tu aurais dû l'inviter.

— Non, je crois que je vais rester à l'eau, répondis-je sans tenir compte de la dernière partie de la question.

— Bonne idée, pense à tes pores. Maintenant que tu vas faire plein de trucs très personnels à quelques millimètres de ton partenaire, il faut que tu fasses attention à ces choses-là.

Je me suis mise à triturer la paire de chaussures de pute rouges et à en examiner les talons extraordinairement hauts.

— Alice, tu ne penses pas qu'il m'aime seulement comme une sœur ? Je veux dire, on se connaît depuis... disons... toujours.

— Mais non, évidemment non. En plus, il t'a embrassée, non ?

— Oui, mais tu ne crois pas... enfin ce que je veux dire, c'est qu'il a pu m'embrasser... fraternellement ?

Elle m'a lancé son chiffon à chaussures.

— Tu es vraiment cinglée, toi. Mais où est-ce que tu vas chercher des trucs pareils ? Un baiser fraternel ? Saskia !

Je me suis aussitôt sentie mieux, et j'ai approuvé l'idée d'Alice : il fallait arroser ça.

Elle a fait un bond et m'a donné l'autre chaussure à cirer.

— J'ai de la vodka au frigo. Quand est-ce que tu le revois ?

— Euh... eh bien, c'est le problème, lui dis-je.

Les doutes revenaient en force. J'étais tout à fait consciente du fait que notre avenir n'avait pas été évoqué dans les détails dont une fille au bord de la trentaine a besoin. Il fallait que j'insuffle un peu de muscle événementiel à mon futur, qui souffrait depuis quelque temps d'un relâchement assez alarmant.

— Je ne sais pas, ai-je dit en haussant les épaules. Il a fallu qu'on parle de beaucoup d'autres choses, tu vois.

— Bah ! soupira Alice.

Elle donna des coups de pied dans sa horde de chaussures pour se frayer un passage jusqu'à la cuisine.

— Je suis sûre que tu le reverras bientôt. Le vernissage chez Saatchi, c'est la semaine prochaine. Vous pouvez y aller ensemble.

— Ouais, consentis-je, et la semaine d'après, c'est mon anniversaire.

— Attends, s'écria-t-elle depuis la cuisine. Je ne t'ai pas dit ma grande nouvelle. Enfin, ça te concerne plus que moi, à vrai dire.

— Quoi ? Tu n'as pas décidé de rester avec Jim, quand même ? ai-je demandé.

— Certainement pas. Je sors avec Matt, maintenant.

— Ah, dis-je en repensant à ses lymphocytes T. Au moins, tu as les sorties papier de ses caractéristiques génétiques.

— Je n'ai pas dit que nous allions nous reproduire. Mais ce n'est pas ça, la nouvelle. En fait, ça n'a rien à voir avec moi. Plutôt avec Piers, l'Américain qui t'a acheté l'expo.

— Merde ! m'écriai-je en me souvenant tout à coup de lui. J'avais rendez-vous avec lui ce soir ! J'ai complètement oublié !

— Saskia, la fille qui sort de l'ombre ! Tu vois, tu as tous les hommes qui se jettent à tes pieds, maintenant ! Et dire que l'autre jour, tu croyais que tu n'aurais plus jamais de petit ami.

— Oh putain, putain, putain !

— Exactement ce que je me disais. Il est passé vers sept heures. Avec des fleurs, la totale. Et c'est officiel : il est encore mieux en vrai. Si tu dois vraiment tomber amoureuse de Jon, je vais peut-être craquer pour Piers. J'ai mis les fleurs dans ta chambre, et elles n'ont rien des fleurs qu'on achète chez Texaco pour se donner bonne conscience. Il avait l'air complètement retourné, que tu l'aies oublié.

— Qu'est-ce que tu lui as dit ? ai-je gémi.

— Que tu avais une réunion de travail.

— Merde, merde, merde, merde, merde.

Elle a hoché la tête puis elle a souri.

— C'est ce qu'il a dit aussi. Tu pourrais peut-être arrêter d'écrire des listes et commencer un agenda, maintenant que tu es fortement demandée.

Liste 15

Mes plus gros atouts

1. Aptitude à reconnaître à qui appartient tel ou tel crâne chauve dans les expos bondées.
2. Savoir à quels vernissages on sert le meilleur alcool.
3. Connaissance encyclopédique de la scène artistique contemporaine de Londres, y compris l'adresse et le signe zodiacal de tous ses plus grands acteurs.
4. Confiance dans la capacité de mes cheveux à supporter davantage de colorants.
5. Connaissance encyclopédique des meilleurs endroits où acheter des vêtements anciens.
6. Sept paires de bas quinze deniers (quand ils ne sont pas rangés en boule dans mon tiroir).
7. Mon Wonderbra.
8. Mes jambes – bien qu'elles soient un peu en forme de poire en haut (cf. liste intitulée « Mes défauts »).
9. Mon sens de l'humour. Si tu ris, le monde rit avec toi – à moins que ça ne soit *de* toi ?
10. Un style particulier (cf. liste intitulée « Mes défauts »).
11. Un bon œil pour l'art et un corps pour… bah, à peu près tout.
12. Mon ventre – assez plat, surtout quand j'évite de manger de la pizza au moins une semaine.
13. Mes amis.
14. Mon aptitude à retomber sur mes pieds.

15. Une capacité à paraître beaucoup plus cinglée que je ne le suis réellement.

Je n'ai pas vu Jon du week-end. Je n'ai pas vu Piers non plus, d'ailleurs, ce qui ne m'a guère surprise après le lapin que je lui avais posé. Il ne voulait sans doute plus entendre parler de moi. Être passée de la plaquée à la plaqueuse dans la même soirée, c'était un sacré choc.

Malgré tout, ça ne faisait pas de mal au bon vieil amour-propre, de se retrouver subitement en position d'envoyer promener un homme comme Piers. Ouah !

Naturellement, je me suis débrouillée pour refuser le rendez-vous arrangé chez Rebecca. Il fallait tout de même que je sois disponible pour Jon, au cas où il aurait eu envie de m'emmener quelque part pour me faire l'amour passionnément, bien sûr.

Alice a eu l'air très sceptique devant cette justification.

J'ai dit à Rebecca que je comptais les calories qu'il y avait dans mon placard de cuisine. L'excuse lui a paru satisfaisante, étant donné qu'elle considère le comptage de calories comme une des plus grandes vertus sur cette terre.

« Bonne idée, a-t-elle convenu. Pour être tout à fait franche, Saskia, je ne crois pas que Simon, l'ami de Jeremy, soit quelqu'un pour toi. J'ai l'impression qu'il cherche une fille qui ait des atouts bien à elle, tu vois. »

Ce n'était pas ce que tout le monde cherchait, ça ?

Quand j'ai raccroché, j'ai commencé à faire une liste de mes atouts, mais après avoir copieusement mâchouillé mon crayon, je me suis plus ou moins lassée. Quand une fille en arrive à compter parmi ses atouts sa faculté de savoir à quels vernissages on sert le meilleur alcool, et ses bas quinze deniers, il est temps de laisser tomber.

J'ai essayé de joindre Sophie tout le week-end pour partager avec elle mes vues sur Jon, mais son répondeur transférait les appels sur son portable, et son portable était éteint. Albert aidait Simon à emménager chez lui, à Bayswater.

Alice était partie à l'atelier de Matt le samedi matin, et je ne m'attendais pas à la revoir du week-end. Il essayait de la persuader de faire analyser son ADN, ce qui voulait dire qu'elle devait lui donner des échantillons de ses fluides corporels. Il était particulièrement favorable aux prélèvements sanguins. Qu'est-ce que les filles ne feraient pas par amour !

J'ai traîné mes guêtres du côté de Portobello Road le samedi et je me suis acheté une robe ancienne en dentelle qui, au toucher, donnait l'impression qu'elle allait se dissoudre dès que j'allais l'avoir sur le dos, mais qui irait à merveille avec mes chaussures orange en toile. C'est ce que la fille du magasin m'a dit, en tout cas.

Mon plan de vengeance à l'encontre d'Emmanuel était relégué au second rang, derrière mon plan de séduction à l'égard de Jon, mais avec une robe pareille, j'allais faire d'une pierre deux coups.

J'ai passé l'après-midi au café Lisboa à grignoter des petits biscuits secs portugais. Je portais des lunettes de soleil, le jean d'Emmanuel et un de ses tee-shirts auquel j'avais fait un nœud sur le devant pour qu'on voie mon piercing au nombril. C'est à ce moment-là que j'ai commencé à faire une liste de tout ce que j'aimais chez Jon. Les moindres détails prenaient une importance significative, maintenant que je les voyais comme un prélude à notre baiser.

Notre histoire couvait, pensais-je en mordillant ma lèvre inférieure d'un air songeur. J'ai toujours été une romantique, encore que, si on me donnait à choisir entre le mariage et une passion de quinze jours, je prendrais la passion sans hésiter. Non que je n'aie pas envie que l'amour dure toujours, mais je ne veux pas perdre l'intensité des premiers moments d'intimité partagée.

Et c'était ce qui me faisait bizarre, dans le fait que je sois avec Jon au bout de toutes ces années. Nous nous connaissions si bien ; tout me semblait déjà très familier. J'ai tout de même fait ma liste et je l'ai comparée avec celle que j'avais faite sur tout ce que je détestais chez Emmanuel.

Alice a téléphoné le samedi soir et j'ai failli me casser la jambe à cause du canapé chromé en courant décrocher. Évidemment, j'espérais que ce serait Jon. Elle appelait pour savoir s'il avait donné de ses nouvelles, et je me suis sentie complètement rejetée et mal aimée lorsque j'ai dû admettre qu'il n'avait pas téléphoné. Je me suis empressée d'ajouter que j'étais sortie toute la journée et qu'il m'avait sans doute appelée non stop.

— Le répondeur n'était pas allumé ?

Sa question était assez logique, mais j'ai fait l'impasse sur ce détail, ronchonnant que c'était pénible d'attendre les bips, que Jon était un homme du moment, et qu'il appelait sans doute de son portable à travers un très long tunnel.

Alice m'a interrompue pour me dire qu'elle devait me laisser. Elle avait l'air un peu mal à l'aise, à vrai dire, et j'ai imaginé Matt en train de lui siphonner ses matières sanguines pour ses besoins artistiques d'ADN.

J'ai passé la soirée du samedi à me faire les ongles, à soigner mes cheveux et à regarder un film sur les jeunes années des Beatles à Hambourg, à l'époque où Stu Sutcliffe était tombé amoureux d'Astrid. Quand ce fut terminé, j'ai déterré ma liste des coiffures que j'avais envie d'essayer et j'ai ajouté « crinière blonde », ayant décidé que c'était juste ce qu'il me fallait après mes trente ans pour que je me sente jeune, moderne et désirable.

Ça n'avait pas l'air si compliqué, et avant la tombée de la nuit, j'ai fait une tentative de coupe sur moi-même, avec un saladier en inox sur la tête pour couper droit. Quand j'ai soulevé le saladier, il était manifeste que mon objectif n'avait pas du tout été atteint, surtout à l'arrière. J'avais tout d'une touriste allemande antipathique à la recherche du haut lieu touristique de Carnaby Street.

Maintenant, il allait falloir que j'invente une histoire pour expliquer ce qui s'était passé. Je pourrais raconter que je m'étais endormie avec un chewing-gum, ce qui m'était effectivement arrivé une fois et, mon excuse étant prête, j'ai commencé à me sentir mieux, jusqu'à ce que je réalise qu'Albert ne croirait pas une seconde à cette histoire. Quand il verrait ce que j'avais fait de mes cheveux, il tomberait raide. Ou il me tomberait dessus.

Je me suis endormie en rédigeant une liste très complète des gens qui avaient mis Saskia Williams sur leur liste noire.

Le dimanche, j'ai passé la matinée à retourner tous les miroirs de l'appartement pour ne pas me voir. Comme celui de la salle de bains était collé au mur, je l'ai tartiné de savon. Après, je me suis enveloppé la tête dans un vieux foulard couvert de sites touristiques parisiens, et je suis allée acheter les journaux du dimanche. Jake était installé à une terrasse de café.

— Eh, Saskia, t'as encore essayé de te couper les cheveux toute seule ? m'a-t-il envoyé quand je suis passée majestueusement à côté de lui avec mon panier à roulettes écossais (il fallait bien que je les ramène dans quelque chose, tous ces journaux).

Je m'en suis tenue strictement à ma liste des aliments à éviter et je me suis nourrie de fruits et d'eau jusqu'à midi, avant de craquer et de m'empiffrer de corn flakes et de vieux pain rassis avec de la confiture.

Comme je me sentais un peu mieux dans l'après-midi, j'ai ajouté « Coucher avec Jon » à la liste des choses à faire avant mes trente ans.

Liste 16

CE QU'UNE FILLE NE DOIT JAMAIS FAIRE DANS LES PREMIERS TEMPS D'UNE LIAISON

1. Rester à la maison un samedi soir faute de mieux.
2. Dire « je t'aime » la première.
3. Lui faire la cuisine, le ménage ou laver ses chaussettes.
4. Se couper les cheveux ou changer d'apparence de quelque manière que ce soit.
5. Se montrer en chemise de nuit.
6. Le croire quand il dit que ladite chemise de nuit est « mignonne ».
7. Le présenter à sa mère.
8. Lui dire que ça fait un bail qu'on n'a pas fait l'amour.
9. Se tourner vers lui quand on a besoin d'aide.

Je suis arrivée un peu en retard au travail le lundi matin parce que, le dimanche soir, je me suis endormie avec un masque au concombre sur la figure. J'ai mis un temps fou à le décoller à mon réveil.

J'espérais qu'un teint lumineux détournerait l'attention de mon absurde coiffure. Mais sur le mode d'emploi du masque, il était indiqué qu'il fallait le garder cinq minutes. J'avais dépassé le temps de pause de neuf heures. Mauvaises nouvelles.

Après avoir enfin réussi à l'enlever à la force du poignet, j'avais le visage tellement rouge que j'avais peur de stopper les voitures sur le chemin du travail. J'ai mis mes lunettes de soleil Jackie O. dans l'espoir de diminuer mon rayonnement, et j'ai opté pour la superbe longue robe noire que j'avais achetée à Portobello à un type qui prétendait être un curé en retraite.

Il m'avait dit qu'il la portait sous ses vêtements sacerdotaux pour les enterrements, ce qui me semblait un peu douteux du point de vue de l'hygiène. Toujours est-il qu'elle était longue et moulante, avec une magnifique petite ligne de boutons jusqu'au sol. Un col à la Nehru, bien sûr. Je faisais très jeune moine. Franciscain, surtout, avec cette coiffure – encore que, je m'étais coiffé les cheveux en brosse pour essayer de faire croire à un look intentionnel.

En descendant à la station de métro, Jake m'a lancé quelques insultes sur Raspoutine, absolument pas propices à regagner la moindre confiance en soi, mais j'ai fait en sorte de l'ignorer. Aujourd'hui, je ne vais laisser personne me marcher sur les pieds, ai-je décidé. D'ailleurs, sur le trajet, j'étais d'une telle humeur que je me disais toutes sortes de choses positives destinées à booster mon amour-propre, ce qui fut payant, puisqu'un mec en costume à l'air nerveux m'a offert son siège – prenant mes murmures pour les divagations d'une folle errante habitée par la joie de poignarder des hommes comme lui au niveau de l'entrejambe.

Quand je suis ressortie du métro à Bond Street, ma positivité a sombré un peu. Le soleil, qui avait brillé tout le week-end, avait quitté la ville et on se serait cru en plein hiver. Avec mes lunettes Jakie O., je ne voyais rien du tout ou presque.

En arrivant chez A Space, je suis passée du rouge betterave au violet, puis au blanc. J'ai même essayé de faire la respiration du petit chien, mais j'avais assez de mal comme ça à remettre mes poumons en marche. J'ai bruyamment avalé une grosse bouffée d'air, et j'ai attendu de tomber dans les pommes.

La porte de la galerie était ouverte et l'exposition « Expériences en blanc » avait disparu dans son intégralité. Je me suis mise à trembler comme une feuille en me rappelant que j'avais quitté la galerie comme une bombe le vendredi, après le coup de téléphone, et je me suis rendu compte que je n'avais pas fermé à clé.

À mesure que j'avançais dans la galerie, je m'apercevais que c'était pire que tout ce que mon imagination hyperdébordante aurait pu produire.

Le bureau de verre au milieu de la salle était coupé en deux, comme si un champion de kung fu était passé dans le coin en jouant des mains. J'ai appelé Stuart et, tandis que mon écho rebondissait sur les murs vides, une petite voix obsédante me répétait sans cesse que j'étais dans la merde.

Il faut bien le dire, je n'avais pas franchement songé à la sécurité quand j'étais sortie en trombe après l'appel mystérieux du vendredi après-midi, et depuis cela je n'avais pas songé à grand-chose du tout – à part à ma libido, bien entendu. Mais Stuart avait dû repasser à la galerie après ses transactions louches, non ? La galerie n'était sans doute pas restée ouverte tout le week-end, si ? Nous étions certainement assurés, non ?

Un examen plus minutieux de la galerie a coupé court à ma liste de probabilités : la réserve avait également été mise à sac, et tout ce qui était de valeur avait disparu. Il y avait des dossiers qui traînaient partout. À vrai dire, le seul endroit encore intact, c'était la kitchenette. Je ne sais pas qui avait bien pu faire le coup, mais c'était une personne suffisamment intelligente pour laisser le chardonnay à d'autres.

Pendant que je passais la kitchenette en revue, j'ai entendu des pas dans la galerie et, même si je me doutais que c'était Stuart qui revenait m'infliger un meurtre rituel, ça me remontait le moral. Le fait d'être seule commençait à me filer les pétoches.

— Qui est là ? me suis-je écriée.

Je priais un Dieu en qui je ne croyais pas pour que ce ne soit pas le champion de kung fu qui revenait à l'attaque. Je n'aurais pas pu très bien me défendre, avec cette espèce de vêtement sacerdotal étriqué.

Mais ce n'était pas Stuart.

— Il y a quelqu'un ? répondirent deux voix masculines qui m'étaient inconnues.

Ils sont entrés au moment où je sortais la bouteille de chardonnay pour m'en servir comme arme.

Ils se sont présentés comme étant deux policiers en civil et m'ont collé leurs badges sous le nez. Il y en avait un assez âgé et un jeune, une sorte de tandem jeune flic/vieux flic. En me voyant la bouteille à la main, le plus jeune des deux a souri.

— Arrestation ! a-t-il dit.

— Quoi ? me suis-je égosillée.

Complètement parano, manifestement.

— Arrestation, a annoncé machinalement mon interlocuteur.

Il a montré la bouteille du doigt.

— Vous voulez dire ça ? ai-je répliqué avec une rapidité involontaire. Vous voulez boire un verre ?

Le plus âgé a haussé un sourcil.

— Je plaisantais, ai-je dit en riant avant de remettre la bouteille au frigo.

— Mais ne vous gênez pas pour nous, a continué le plus jeune. On ne vous jugera pas, hein.

Non, ai-je pensé, vous en laisserez le soin aux jurés.

Ils m'ont demandé où était Stuart, et m'ont paru satisfaits quand je leur ai dit que je ne savais pas à quelle heure il arriverait. J'ai commencé à souffler, imaginant qu'ils allaient partir et s'occuper à poser quelques sabots à des véhicules mal garés. Manque de bol.

— Elle est un peu abîmée, la table, là-bas, fit remarquer le plus jeune.

Il désignait ce qu'il restait du bureau triangulaire en verre. L'autre a approuvé. Il y avait toutes sortes de papiers au milieu des débris et, submergée d'horreur, j'ai vu qu'il s'agissait de mes gribouillis, ces maudites listes que je faisais pour me distraire, pendant les pénibles heures d'inactivité que m'infligeait Stuart.

— Vous voulez dire les bris de verre ? C'est artistique. Un déconstructionniste russe très respecté, ai-je lâché sans réfléchir. Nous avons eu beaucoup de chance de l'avoir.

— De l'avoir ? a répété le plus âgé des policiers comme si le terme avait quelque chose de suspect.

— Bien sûr, il est très demandé, ai-je expliqué avec ma plus belle voix hautaine de marchande de Bond Street.

— Ah ouais, je comprends pourquoi, a répondu le plus jeune d'un ton moqueur.

Il s'est accroupi et s'est mis à feuilleter mes papiers qui traînaient par terre.

— Oui, l'homme du moment, plus ou moins, ai-je menti.

— Ah bon ? a fait l'autre policier.

Il a de nouveau haussé les sourcils, avec l'air de ne pas en croire un traître mot. C'est ce que je déteste, chez les policiers : ils se méfient tout le temps.

— Et comment il s'appelle, ce fameux déconstructionniste russe ? a-t-il demandé.

— Pardon ?

J'étais distraite par l'intérêt avec lequel le plus jeune étudiait une des pages qu'il avait ramassées.

— Son nom ?

— Ah oui… Boris… Boris Bernstainavich. Oui, c'est ça.

Il a acquiescé comme s'il recherchait ce nom parmi ses fichiers de criminels.

— Vous exposez beaucoup de choses de ce genre ?

— Vous êtes sûrs que je ne peux rien vous servir à boire ?

J'ai dit ça au moment où le plus jeune des policiers se relevait, examinant une de mes listes de façon très intense, comme s'il devait l'apprendre par cœur pour un test écrit. J'essayais de voir quelle liste ça pouvait bien être. C'est vrai, ça pouvait être n'importe quoi, je n'arrêtais pas de noter des trucs.

Il était sans doute tombé sur la liste des aliments dont je voulais me nourrir exclusivement, et il croyait qu'il s'agissait d'une liste de substances illicites. Le germe de blé, ça paraît peut-être suspect, aux yeux d'un type qui porte un costume Marks & Spencer au travail. J'ai jeté un coup d'œil à la feuille, pour essayer de déchiffrer un mot clé, mais mes lunettes étaient un peu crasseuses après mon voyage en métro.

En regardant bien, je me suis dit que ça ressemblait à la liste des hommes avec qui je prévoyais de coucher avant la trentaine – il vérifiait sûrement s'il était dessus. Ils ont un énorme ego, ces jeunes policiers.

— Nous avons du chardonnay.

J'ai ajouté ça sans la moindre raison, à part peut-être pour leur montrer à quel point j'étais bizarre et pour leur donner envie de partir. J'avais vu cette technique dans la série policière *The Bill*. Les criminels embrouillent la police avec leur comportement aberrant, ce qui fait que les flics finissent par perdre la boule et il y a un policier qui dit à un autre : « Allons voir au commissariat si personne n'est mort en garde à vue pendant notre absence, hein, chef ? »

Le policier le plus âgé m'a signalé qu'il n'était que dix heures et demie du matin, et à sa façon de me regarder en disant cela, j'ai bien compris qu'il me prenait pour une alcoolique déjantée. Il devait penser que mes lunettes noires cachaient les yeux injectés de sang d'une dipsomane et je dois dire que mon visage rouge aggravait autant mon cas que la soutane.

— Qu'est-ce que c'est, ça ? a demandé le jeune policier en me tendant enfin la page qu'il avait examinée.

J'ai eu la nausée en voyant ce qui y était inscrit.

LISTE DE TOUS LES GENS QUE JE VOUDRAIS VOIR MORTS, voilà ce qui était noté en majuscules.

En tête de la liste, il y avait Stuart Dumass, bien évidemment. En regardant la feuille écornée, j'avais l'impression que son nom me sautait aux yeux dans tous les coins.

C'était très mauvais pour moi, ça.

J'ai poussé un petit rire nerveux puis, voyant qu'ils ne comprenaient pas la plaisanterie, j'en ai rajouté un peu : je me suis penchée en avant et j'ai lancé un bon rire gras. Si tu ris, le monde rit avec toi, etc.

— Oh ! Ma liste noire ! pouffais-je en me tenant les côtes pour faire plus d'effet. Ça fait partie de la nouvelle immoralité, voyez-vous ; je veux dire, ça n'a rien de sérieux, évidemment ; j'ai mis tout le monde dessus. Ce n'est pas du tout exclusif, comme liste.

— Ah bon ? a dit le policier le plus âgé avant de me prendre la liste des mains pour la lire. Et cette nouvelle immoralité, qu'est-ce que c'est, au juste ? Une secte ou quoi ?

Je me suis remise à rire mais j'ai assez vite arrêté parce que les garçons en costume Marks & Spencer n'avaient pas franchement l'air d'humeur à rigoler à cette heure de la matinée. Pas pendant leur service, du moins.

— Eh bien, disons que c'est plutôt une philosophie, si vous voulez, une sorte d'attitude de « libre envie » vis-à-vis de l'éthique.

Sur ce, j'ai haussé les épaules en leur faisant mon plus beau sourire.

Les policiers ont échangé un regard qui semblait vouloir dire qu'une attitude de « libre envie » vis-à-vis de l'éthique n'était pas très saine.

Je leur ai assuré que ça l'était, et j'ai sorti des mots tels que « sophistiqué », « postmoraliste » et pas mal de conneries, n'ayons pas peur de le dire, jusqu'à ce qu'ils aient l'air d'en avoir marre de moi et qu'ils en reviennent à Stuart.

Ils m'ont demandé où il était parti et à quelle heure, à quel moment je pensais qu'il serait de retour, si toutefois je pensais qu'il serait de retour. J'ai trouvé que la dernière question était un peu culottée.

Je leur ai dit qu'il s'était absenté pour acheter du papier WC et qu'il marquerait l'achat dans la liste des événements survenus à la galerie à la minute même où il rentrerait.

— Très bien, a dit le policier le plus âgé. Et ça risque d'être quand ?

Je lui ai demandé si le risque était si grand que ça, mais je voyais bien que mon histoire d'attitude de « libre envie » vis-à-vis de l'éthique ne les avait pas caressés dans le sens du poil, alors je leur ai promis que je signalerais leur passage à Stuart et je leur ai souhaité une bonne journée.

Dieu que j'étais soulagée de les voir partir ! Je m'attendais plus ou moins à ce que l'aîné des deux me demande de ne pas quitter la ville. Naturellement, j'ai aussitôt téléphoné à Jon, qui m'a dit de le retrouver chez lui.

J'ai fermé à clé, avec grand soin cette fois, et j'ai foncé vers le métro.

Liste 17

CE QUE JE NE DOIS PAS FAIRE DEVANT L'HOMME QUE J'AIME

1. Lui piquer la dernière bouchée de son plat au restaurant.
2. Bourrer mon soutien-gorge avec ma culotte grise pour que mes seins aient l'air plus gros.
3. Les tâches ménagères (je ne veux pas que ça lui donne des idées).
4. Regarder d'autres hommes en lui donnant des coups de coude et en lui faisant des clins d'œil.
5. Dormir la bouche ouverte.
6. Faire les magasins (Quoi ? Moi, fourrager dans les bacs à cinq livres à Portobello ? Même moi, ça me ferait fuir).
7. Lui montrer mes listes (il va sans dire).
8. Parler après l'amour.

À peine avait-il ouvert la porte de son loft qu'il m'embrassait dans le cou avec une certaine gloutonnerie. Puis il a continué avec ma poitrine, défaisant les milliers de boutons qui descendaient le long de ma robe, avant d'ôter délicatement mon soutien-gorge (assez vilain d'ailleurs).

Le temps qu'il arrive à mon bas-ventre, j'avais beaucoup de mal à m'empêcher de crier des choses tout à fait nulles du style « N'arrête pas ! N'arrête pas ! » ou « Vas-y, mec » comme une star porno de série B. Je pensais de moins en moins à la police, au verre cassé et à l'effraction, et de plus en plus à « Va-t-il devoir arrêter de faire ces merveilleuses choses à mon corps pour aller chercher un préservatif ? ». La réponse est arrivée presque aussitôt.

— Il faut que j'aille chercher un préservatif.

À ce moment-là, j'étais étalée sur le mur de son hall d'entrée. Je n'avais vraiment pas envie de bouger. Vraiment pas. Il m'embrassait contre un spectaculaire mur de granit, froid, dur et tout à fait divin. Quand il m'a décollée du mur, j'ai eu l'impression de prendre feu.

Il m'a emmenée dans sa chambre et, pendant qu'il allait chercher un préservatif dans un tiroir, je me suis dit qu'il faudrait que j'ajoute le mur de l'appartement de Jon à ma liste des meilleurs endroits où faire l'amour.

Comme amant, Jon était plutôt du genre armée pillarde que chirurgien habile. J'ai connu les deux et je préfère les pillards. Emmanuel était de l'espèce des chirurgiens, il faisait venir mon orgasme comme s'il m'accouchait. Il lui arrivait même de dire : « Allez, baby, tu vas y arriver », à la manière d'un gynécologue qui demande à une mère exténuée de respirer jusqu'aux étapes finales du travail.

Malgré tout, pendant que l'armée pillarde de Jon envahissait mon corps, je ne pouvais pas empêcher certaines pensées désagréables de surgir dans ma conscience. Très déconcertant. Ce qui me taraudait le plus, c'était ce que Stuart était devenu. Je l'imaginais sans cesse sous perfusion, quelque part. Ma mère me dit tout le temps qu'un jour je vais me faire mal à cause de mon imagination. Et c'est ce qui s'est passé, juste au moment où Jon a découvert mon point G.

La deuxième fois que nous avons fait l'amour, je me suis mise à penser de plus en plus à la fille que j'avais vue avec Jon au Cantaloupe, et j'ai perdu le fil. Pour ne pas décevoir Jon, je lui ai tout de même dit que j'avais joui.

Il y avait quelque chose qui clochait, et tous les orgasmes du monde (simulés ou non) n'y feraient rien. Je suppose qu'à la fin de la journée, il me fallait plus que du sexe pour me faire oublier mes soucis.

J'ai fini par jouir quand même. Nous avons recommencé cinq fois en tout, et je ne suis pas une actrice-née. À chaque fois, Jon se faisait un peu plus agressif ; nous avons fait l'amour dans toutes les positions, dans tous les coins du loft. Nous avons fini dans son lit, complètement épuisés.

Puis les inquiétudes et les questions persistantes ont repris le dessus. Cela ne faisait aucun doute (et je ne m'en plains pas) : nous avions quelques affaires à régler. Par exemple, où était passé Stuart ?

Mais j'ai eu l'impression, à voir comment Jon était étalé sur moi, que ce n'était pas le moment de poser des questions. J'ai remarqué qu'en général, dans une liaison, une bonne partie de la conversation se faisait avant l'amour. Si vous avez quelque chose à dire à un homme, faites-le du temps qu'il est encore fou de votre corps parce que, une fois que l'acte sexuel est terminé, il ne veut plus rien entendre.

Je ne sais pas pourquoi c'est comme ça, mais c'est comme ça. Après l'amour, les femmes sont beaucoup plus causantes que les hommes. Les hommes n'ont pas envie de dire des choses plus compliquées que « Ouah ! » ou « C'était génial, hein ? ». Je crois qu'ils sont détendus, et qu'ils aiment savourer leur détente en silence.

Les hommes veulent se reposer après avoir fait l'amour, pendant que l'autre fait du café ou propose des cigarettes. Je le sais, parce que j'ai connu plus d'une querelle postcoïtale pour savoir qui devait être « l'autre ». Je ne vois pas pourquoi il faudrait que ce soit moi.

Jon a ouvert les yeux pendant que je pensais à tout ça, et il a suggéré qu'on pourrait boire un café. J'ai répondu que je voulais le mien avec du lait et neuf sucres, et il s'est levé aussitôt pour le préparer, ce qui m'a au moins soulagée de ce petit souci.

C'est moi qui me suis reposée, et j'ai admiré la vue. Il était trois heures de l'après-midi et j'avais l'impression d'être une femme différente de la fille qui avait frappé frénétiquement à la porte de Jon quelques heures plus tôt. C'est incroyable ce que le sexe peut faire pour la tension – les biochimistes feraient bien de travailler là-dessus. Créer une petite pilule qui imite les effets du bonheur postsexuel.

Si j'avais pu régler les dernières préoccupations concernant la sécurité de Stuart, la probabilité de mon arrestation pour meurtre et l'identité de la personne que Jon avait embrassée l'autre soir au Cantaloupe, j'aurais été complètement détendue. J'ai fouillé dans mon sac pour chercher un stylo et un bloc-notes, puis j'ai commencé à faire la liste des inquiétudes qui m'empêchaient d'accéder à la véritable sérénité.

Le loft de Jon, qui se trouvait au-dessus de sa galerie, offrait une vue sur les toits et les immeubles de l'est londonien. Je me demandais pourquoi je n'avais jamais été invitée auparavant. En fait, je ne connaissais personne qui y ait été invité. Pour un joyeux fêtard grégaire de son espèce, il avait une vie très privée. Et c'est ce qui le rendait si follement attirant.

Il avait acheté le loft quelques années plus tôt et il avait dépensé pas loin d'une fortune pour le rénover. Je le savais, parce que je l'avais vu piquer une ou deux crises d'angoisse chez A Space, sur la fin, pour des problèmes d'argent. Maintenant, je comprenais pourquoi. Il y avait tout un pan de mur en verre, qui donnait l'impression que Londres était en trompe-l'œil.

Jon est revenu avec deux cafés, que nous avons bus en regardant la ville. Il était derrière moi et il me mordillait l'oreille de temps à autre. En dépit des événements de la matinée, je ne pouvais m'empêcher de me sentir heureuse et sereine dans mon corps, c'était déjà ça.

On dit qu'une femme d'une trentaine d'années est plus branchée sur le plan sexuel que ses congénères plus jeunes, et qu'elle a davantage de chances de connaître des orgasmes multiples et de découvrir des points G, ce qui est cruel étant donné qu'elle a beaucoup moins de chances de faire l'amour.

Jon était passé de mes oreilles à ma nuque et je me remettais à avoir envie de lui. Mais les sentiments que je commençais à éprouver pour lui étaient des millions de fois plus profonds que le sexe. Il était même possible que ce soit de l'amour. Je l'avais peut-être toujours aimé. Je me posais toutes ces questions pendant qu'il me donnait des frissons partout, et j'aurais aimé pouvoir appuyer sur un bouton pour éteindre mon cerveau.

Il fallait que je sache si les mêmes pensées traversaient l'esprit de Jon. Pourquoi avions-nous tant différé ce merveilleux événement ? Pourquoi avions-nous attendu ?

C'était tout bonnement plus fort que moi, et pourtant, à mesure que les mots me sortaient maladroitement de la bouche, je savais que j'avais mal jugé la situation – comme d'habitude. Je me suis retournée, je l'ai regardé et je me suis demandé s'il n'était pas trop tard pour changer de sujet ou peut-être même pour raconter une blague.

Jon a baissé ses beaux yeux sombres sur moi et, juste au moment où j'allais lui raconter celle du Français qui entre dans un bar avec un chien et un éléphant, il m'a prise dans ses bras et m'a serrée contre lui.

— Ce n'est pas déjà bien d'en être là maintenant ? a-t-il murmuré.

Et si j'avais été honnête, j'aurais répondu : « Franchement, non. »

Mais j'avais presque trente ans : mon amère expérience m'avait appris qu'il n'était pas toujours dans mon intérêt de dire ce que je pensais. Heureusement, le téléphone a sonné dans la pièce voisine, coupant court à ma gêne. Jon m'a embrassée sur le sommet du crâne avant d'aller décrocher. Il m'a dit qu'il en avait pour une minute mais il y est resté une éternité.

Une fois seule, j'ai fait ce que fait n'importe quelle fille dans l'appartement d'un nouvel amant : je me suis mise à fouiller. Oui… c'est naturel, et ça figurait parmi la liste des choses qu'une fille doit faire pendant un rendez-vous. Ouvrir le tiroir à chaussettes – très révélateur.

Dans le cas présent, la garde-robe de Jon en disait beaucoup plus long que ce à quoi je m'attendais. Ouah ! Jon rangeait ses vêtements d'une manière carrément fasciste : pour être ordonné, c'était ordonné. Tout était aligné et organisé, il n'y avait pas une manche qui dépassait. J'imaginais ses pantalons se mettre en forme au pas de l'oie.

Toutes les chemises étaient impeccablement pendues les unes à côté des autres – pas de mélange dans ce placard. Il faisait sans doute des contrôles de frontière pour empêcher des vestes extravagantes de se mêler à ses chemises et de semer la pagaille. Les seuls mots qui me vinrent à l'esprit sur le moment furent « putain de merde ! »

J'essayais de comparer sa propension pour l'ordre avec sa manière passionnée et débridée de faire l'amour, et ça me donnait le vertige. Je trouvais cet homme très troublant. Il n'y avait ni photos ni décorations qui auraient pu trahir sa personnalité, aucun signe révélateur du véritable Jon, pas même un indice du Jon que je connaissais depuis des années – enfin, que je croyais connaître.

C'était clinique, voilà ; froid et impersonnel. Mais très cool et branché, évidemment. Comme tous ces lofts qu'on voyait dans les journaux du dimanche et qui nous faisaient bien rigoler, Alice et moi : « C'est ça, ouais, ils vont peut-être nous faire gober qu'il y a des gens qui vivent vraiment comme ça ! Une vie sans corn flakes sur la table, sans vêtements en vrac sur le canapé ? T'as qu'à croire ! »

Mais j'en avais là une preuve vivante. Jon en mourrait certainement, si je laissais traîner mes vêtements puants sur son canapé pour la nuit. Il m'enverrait sans doute le commandant en chef de son placard.

Je me suis dit que la décoration et le désordre faisaient ringard. Une mauvaise organisation, ça vous cloue sur place. J'ai dû lire ça dans l'*Hebdo de la business-woman* ou un magazine dans ce goût-là. À vrai dire, l'idée que Jon me cloue sur place me plaisait assez.

Jon est revenu dans la chambre et il a commencé à s'habiller.

— Il faut que j'y aille, a-t-il dit d'une voix neutre.

Là-dessus, il a rangé le bazar que mes yeux avaient semé dans son placard. J'ai sottement prétexté que j'avais cherché ma chemise préférée dans ses affaires, mais il n'a pas relevé et il a refermé le placard.

— Ça va aller, si je te dépose à la galerie ? a-t-il demandé. Ou est-ce que tu préfères rester en bas avec Alice ?

— Non, il faut que j'aille braver la tempête, enfin, si Stuart est revenu, ai-je soupiré.

Je n'avais pas la moindre envie de faire ce que je disais.

— Ne t'inquiète pas pour Stuart. Il est assez grand pour se débrouiller tout seul. Mais n'oublie pas ce que je t'ai dit. N'en parle à personne, hein ?

Je commençais à en avoir un peu marre qu'il me répète ça mais j'ai acquiescé aimablement, en lui adressant un de mes regards adorables et craquants. Il a lacé ses chaussures.

— Je vais bientôt devoir partir, a-t-il dit pendant que je fourrageais dans les draps à la recherche de mes sous-vêtements.

— C'est encore plus important que tu te taises, maintenant qu'il a la police après lui. S'il est recherché, tu as intérêt à rester en dehors de tout ça.

— Mais ils n'ont sans doute pas l'intention de l'arrêter, si ? ai-je demandé en découvrant mon collant roulé en boule avec mon soutien-gorge et mon slip. Comment sais-tu qu'ils veulent l'arrêter ? Il se peut simplement qu'ils patrouillent dans le quartier pour vérifier les verrous.

Jon a poussé un grognement.

— Non, sérieusement, ai-je insisté. Peut-être que quelqu'un a appelé les flics pour signaler le vol ? Ils ne m'ont pas dit qu'ils voulaient l'arrêter. Enfin, je ne crois pas. Non, j'en suis sûre. Ils étaient très sympa, en fait – ils m'ont même posé des questions sur le déconstructionniste russe qu'on expose.

— Quel déconstructionniste russe ? Je croyais que vous exposiez cet imbécile de Hewit ?

J'ai décidé de ne pas en dire plus sur la saga de Boris, mais il était hors de question que je casse du sucre sur le dos de Hewit alors que j'avais réussi à vendre toute l'expo.

— Dis donc, j'ai vendu toute l'expo, hein.

— Pardon, je n'aurais pas dû dire ça. Mais ça se comprend, non ? Après tout ce qu'Albert t'a dit... Ils doivent le rechercher. Allez, Saskia, Stuart est mouillé jusqu'au cou.

Je me débattais avec les agrafes de mon soutien-gorge.

— C'est ça qui me semble bizarre, justement. Stuart est tellement honnête. Je n'arrive pas à l'imaginer au centre d'une escroquerie à grande échelle.

— Peut-être que tu ne connais pas Stuart aussi bien que tu le penses, a-t-il dit sur un ton légèrement irrité.

Il avait peut-être raison ; je connaissais sans doute mal Stuart. Mais cela ne m'empêchait pas de m'inquiéter pour lui. Je me demandais où il avait bien pu passer et s'il allait bien. C'est une manie chez moi, ai-je expliqué à Jon en essayant de lui faire part de mes inquiétudes.

— Je ne peux pas m'empêcher de me demander où il est. Ça m'inquiète.

— Crois-moi, je suis sûr qu'il s'est planqué. Et tu ferais bien d'en faire autant.

Jon m'a déposée devant A Space sans me dire, une fois de plus, quand nous allions nous revoir. C'est seulement après l'avoir regardé s'éloigner que je me suis rendu compte que je n'avais pas la clé et que je ne pourrais pas entrer. Mais quand j'ai appuyé sur la poignée, la porte s'est ouverte, et pourtant j'étais certaine d'avoir fermé à clé avant de partir. J'ai appelé, mais personne n'a répondu.

Liste 18

Ce que je devrais régler avec l'aide d'un professionnel

1. L'impression que les hommes qui ne veulent pas coucher avec moi veulent systématiquement me couper en morceaux.
2. L'impression que les transports en commun sont un cauchemar de survie. Parfois, je ne peux pas m'asseoir dans une rame de métro sans me demander quel goût pourraient avoir les autres passagers si je devais les manger en cas d'urgence ou Dieu sait quoi.
3. La crainte que, si je ne jouis pas en faisant l'amour avec un homme, il ne se sente insulté et ne me jette comme une capote usagée.
4. Ma garde-robe.
5. La crainte des femmes qui ont des accessoires assortis ; les chaussures et le sac, par exemple.
6. Mon obsession pour les listes.
7. Le fait que je bourre mes soutiens-gorge avec des culottes. Je n'en suis pas sûre, mais c'est peut-être un comportement de malade mentale ; je veux dire, je n'ai jamais vu Ally McBeal le faire.

— Stuart m'a livré ce matin. Il m'a eu par surprise, a expliqué Piers. Les tableaux sont à mon bureau là – ce qui est un peu étrange, étant donné que la dernière fois que je lui ai parlé il m'a dit qu'il tenait à les exposer jusqu'à la fin du mois. Drôle de type, votre patron.

J'ai poussé un soupir bruyant. Alors Stuart était vivant.

— Mais vous avez les toiles, donc tout va bien ? ai-je demandé pour confirmation.

— Oui, elles sont là, dans l'entrée de mon immeuble, a-t-il répété. Je vais... euh... les exposer avec le reste de la collection, bien sûr, a-t-il ajouté d'une voix nerveuse. Pourquoi ça n'irait pas ?

— Je voulais juste m'assurer que tout était en ordre. Ça fait partie du service de A Space, ai-je roucoulé.

Il n'a pas répondu, et je me suis dit qu'il avait peut-être cru que j'avais aboyé. Mais je m'en fichais : au moins, ce n'était pas un cambrioleur qui avait mis la main sur ma grosse vente ; au moins, Stuart était en vie.

Je ne crois pas que j'aurais supporté qu'il soit arrivé quelque chose à ces tableaux. Je veux dire, la commission de cette vente équivalait pratiquement à mes revenus annuels, ce qui a l'air très bas et mesquin, je sais, mais puisque j'étais sur le point d'entrer dans l'âge adulte, il fallait que je fasse l'inventaire de mes possessions.

En fait, à part mes bas quinze deniers et une connaissance époustouflante du métro londonien, cette commission était ma seule véritable possession. Mon pécule, oui, c'était cela. Mince, j'allais enfin pouvoir démarrer un plan épargne-retraite, avec ça. C'est ma mère qui allait être contente. Enfin, si je ne dépensais pas tout en un week-end d'excès orgiaques à New York. Ce qui, en y réfléchissant bien, me paraissait être une bien meilleure façon de dépenser mon argent.

— Sinon, vous allez bien ? a demandé Piers.

Il devait m'imaginer en train de compter ma collection de dés à coudre sur le bureau.

— Ouais, ai-je répondu. Épatamment bien.

Il n'avait pas l'air convaincu, mais je lui ai dit que j'avais un client et que je devais le laisser.

Épatamment bien ? J'ai promené cette absurde expression dans ma tête après avoir raccroché, et je me suis dit que c'était vrai : tout était au poil. Piers avait ses tableaux, Stuart était en vie et j'étais amoureuse de Jon. Alors j'allais peut-être me faire souffler dans les bronches pour avoir laissé la galerie ouverte tout le week-end, mais au moins j'étais tranquille en ce qui concernait les accusations de meurtre. Ouf.

Stuart allait sans doute exiger que je m'arrache bras et jambes pour compenser la perte de son bureau, mais je pouvais supporter tout cela, maintenant que j'avais trouvé le véritable amour. Stuart avait judicieusement vu la nécessité de débarrasser la galerie de ses « Expériences en blanc » avant que mon sang ne vienne asperger les murs. Stuart était pratique, même en plein crime passionnel.

La seule ombre au tableau de ma vie, c'était le ton de Piers, que j'avais trouvé très étrange. Il n'avait même pas parlé de notre rendez-vous (manqué, en l'occurrence) et en y repensant bien, il m'avait semblé un tantinet méfiant. Après tout, il ne pouvait pas attendre notre rendez-vous avec une telle impatience sans s'inquiéter de savoir où j'avais disparu. Enfin, je m'en moquais un peu. Maintenant que j'étais avec Jon… Bien sûr que je m'en fichais.

Après le coup de téléphone et un peu de coinçage de bulle, je suis allée nettoyer la galerie du mieux que je pouvais. J'ai commencé par balayer les bris de verre qui jonchaient une bonne partie de la salle d'exposition. L'assurance rembourserait sans doute le bureau, mais je voyais mal Stuart laisser la responsabilité d'organiser des expositions à une fille qui s'était sauvée de la galerie un vendredi après-midi sans prendre la peine de fermer la porte à clé, et je ne parle pas du débranchement de l'alarme.

Surtout maintenant qu'il avait la police à ses trousses.

— Je ne t'avais pas entendue, a dit Stuart en surgissant subitement de l'escalier de la réserve.

J'ai eu beaucoup de mal à rester droite.

— Je ne savais pas non plus que tu étais là, ai-je murmuré d'une voix un peu étranglée. Je voulais juste... euh... ramasser le verre, comme tu vois.

— Laisse, dit-il gentiment. Les femmes de ménage viennent ce soir. J'aurais dû t'appeler pour que tu ne te déranges pas, mais j'avais la tête ailleurs.

Il était à une bonne distance. Nous nous parlions comme si nous étions chacun du côté d'un gouffre et, à mesure que sa voix retentissait autour de moi, je me sentais étrangement calmée.

— Ça va ? demanda-t-il.

— Oui, répondis-je humblement. Désolée, pour la table.

— Oui.

Il était toujours à l'autre bout de la galerie, et nos paroles rebondissaient sur les murs.

— Tu es assuré ?

— Oui. Merci.

J'avais l'impression que nous étions des étrangers dans une salle de classe en train d'apprendre les rudiments de la conversation anglaise.

— Bon, c'est déjà ça.

— Oui.

Fallait-il que je lui demande s'il avait prévu la date de mon homicide afin que je puisse programmer ma soirée ? Il était autour de cinq heures et demie, et je faisais les bruits habituels pour un lundi soir qui signifiaient mon envie de retrouver ma vie.

Stuart a dû le remarquer.

— Tu peux y aller, si tu veux.

— Merci, ai-je dit.

Je suis allée récupérer mon sac dans un coin de la galerie. Il me regardait sans bouger de son poste, ce qui me rendait complètement parano.

— Saskia ! a-t-il dit au moment où je mettais la main sur la poignée de la porte.

J'ai fait volte-face. Il avait l'air minuscule, debout dans ce vaste espace vide. J'avais l'impression de regarder par le mauvais bout d'un télescope. Il paraissait incertain et inquiet. Pas du tout méchant.

— Oui ?

— J'allais juste te dire que j'avais fait livrer les tableaux à Dexter. Au cas où tu te ferais du souci.

— Merci.

J'ai attendu un peu, car je me demandais s'il avait encore quelque chose à me dire ou non. Et c'est seulement lorsque je me suis retournée pour ouvrir la porte qu'il a ajouté :

— Mais comme je sais que tu comptais te payer des vacances avec ta commission, je vais virer l'argent directement sur ton compte.

— Oui.

— Enfin, si tu es d'accord.

— C'est super.

J'ai répondu ça d'un air bête, alors que j'aurais pu dire beaucoup d'autres choses à la place. Mais pas maintenant, pas là, avec cette distance de vingt mètres qui nous séparait. Pas quand il y avait tant d'autres sujets pressants dont nous évitions de discuter. Jon, par exemple, les ventes aux enchères, le blanchiment d'argent…

Je ne lui avais même pas parlé de la visite de la police.

— Au fait, Saskia. J'adore ta nouvelle coupe.

J'ai porté la main à ma coiffure plutôt étrange et j'ai souri.

— Merci.

— Tu es bien, comme ça. L'ensemble, les lunettes. Ça te va vraiment bien. Mais je ferais mieux de te laisser partir, tu dois avoir des choses à faire. Je ne vais pas rouvrir la galerie avant la prochaine exposition.

Laisse-moi le temps de nettoyer tout ça, tu vois ce que je veux dire ?

J'ai acquiescé.

— On monte la prochaine expo le lendemain de la soirée chez Saatchi. Je t'y verrai peut-être ?

J'ai encore approuvé. Je ne pouvais pas parler. Tout ce que j'avais à l'esprit, c'est que Jon n'avait pas remarqué que j'avais une nouvelle coupe de cheveux.

Liste 19

CE QUE JE DÉTESTE LE PLUS
CHEZ MON CHEF, VERSION ABRÉGÉE,
NATURELLEMENT

1. Le fait que ce soit un maniaque de l'organisation.
2. Le fait qu'il me regarde avec l'air de penser que je ne comprends vraiment rien.
3. Le fait qu'il joue à l'agression passive en me donnant un après-midi de congé ou des pauses déjeuner pour que je me sente inutile.
4. Le fait qu'il se soit complètement effondré quand Jon est parti – et qu'il m'ait laissé ramasser les morceaux.
5. Le fait qu'il n'ait pas cherché à affronter Jon ni à se venger.
6. Le fait qu'il ne fume pas, ne boive pas et ne perde jamais son sang-froid.
7. Le fait qu'il ne me fasse pas confiance – très pénible.

— Tu devrais faire une liste, suggéra calmement Albert en ignorant royalement mon regard choqué.

Mais c'était Albert tout craché, ça, alors je ne sais même pas pourquoi j'étais étonnée.

Simon me passait de l'après-shampooing et me massait le cuir chevelu. Ma coiffure n'était pas trop mal, maintenant que les racines étaient refaites, et

Albert s'était montré d'une gentillesse remarquable à l'égard de ma tentative de coupe.

Je leur disais que j'avais du mal à croire que Stuart soit vraiment malfaisant. Surtout depuis qu'il avait déposé l'argent sur mon compte, la semaine précédente, et qu'il avait même suggéré que je prépare une proposition d'exposition. Quand je leur ai dit qu'il était même allé jusqu'à me recommander d'aller voir le prix des vols pour New York, Simon et Albert ont échangé des regards entendus.

Il ne restait plus qu'une semaine avant mon anniversaire et, malgré un passage peu reluisant dû à mon fiasco avec Emmanuel, j'étais loin d'être aussi désespérée que je l'avais été. En fait, la liste intitulée « Ce que je meurs d'envie de faire/connaître avant la trentaine » commençait à ne plus paraître irréalisable. Enfin, ce n'est pas pour autant que j'avais l'intention de me remettre à écouter Albert, en matière de listes. Je lui ai garanti que les poules auraient des dents, le jour où je referais une liste sur ses bons conseils.

Je lui ai même dit que j'étais prête à écrire ma promesse en lettres de sang s'il le voulait.

— Non, écoute. Sincèrement, c'est une bonne idée, vois-tu. Tu marques toutes les qualités de Stuart d'un côté de la feuille, et tous ses défauts de l'autre côté. Après, on regarde tout ça, et on verra bien si c'est le profil d'un criminel.

— Pas question, ai-je répliqué précisément sur le ton « quand les poules auront des dents ». En plus, je ne vois pas quelles qualités je pourrais bien lui trouver, ai-je menti. Je ne crois pas que ce soit un criminel, c'est tout. En fin de compte, ces gars de la police ne sont pas revenus.

Personne n'a relevé ma remarque puisqu'une autre cliente est entrée dans le salon. Elle devait faire au moins deux mètres, avec ses talons et son casque de boucles blanches sur la tête. C'était le genre de fille qui vous faisait tout de suite réaliser à quel point les Wonderbra étaient inutiles.

— Bonjour !

Elle avait un de ces accents transatlantiques et transclichés qui vous interdisent de cataloguer quelqu'un. Très agaçant.

Albert a gémi comme s'il était à deux doigts de jouir dans son pantalon.

— Evelyn, darling ! Ma cliente préférée ! Tu es chaque jour un peu plus ravissante.

Il avait fini par se retrouver avec une cigarette dans chaque main, et il les agitait toutes les deux comme un gamin énervé qui tient des pétards un soir de feu d'artifice.

Evelyn avait l'air de trouver ça marrant. Et moi je restais là, avec mon air pincé, bien entendu.

Ça lui arrivait tout le temps, avec les cigarettes : il oubliait qu'il en avait une en cours, alors il en allumait une autre. C'est pour cette raison qu'il avait toujours un verre de champagne à portée de main. Ça lui permettait d'avoir au moins une main prise par autre chose qu'une cigarette.

— Je vais te chercher du champagne, a-t-il entonné. J'ai une…

Mais elle ne l'a pas laissé finir sa phrase. Elle l'a fait à sa place :

— … bouteille de Moët rien que pour toi. Albert, tu es parfait, mais je vais quand même refuser. J'ai des conclusions à déposer cet après-midi au tribunal, et la salope de juge que je dois voir risque de me passer un savon si je sens l'alcool.

Elle faisait la bise à Simon en disant cela, et j'ai remarqué qu'il s'attardait un peu lorsqu'il l'embrassait sur la joue. Elle s'est assise à côté de moi et s'est présentée.

— Je sais qui vous êtes, a-t-elle pouffé. Albert parle sans cesse de vous. Saskia, c'est bien ça ? Saskia, réputée pour ses listes au parfum de nouvelle immoralité ?

— Eh bien, je ne serais pas aussi réputée pour mes listes, si Albert arrêtait de m'en faire écrire.

J'ai tiré la langue à Albert dans le miroir. Il a levé les yeux au ciel dans une mimique théâtrale.

— Elle croit que la liste que je lui ai fait écrire pour savoir ce qu'elle veut dans une relation amoureuse a incité son dernier petit ami à la laisser tomber.

— C'était sûrement un type sans intérêt, de toute façon, je me trompe ? a-t-elle demandé.

J'ai haussé les épaules.

Elle a fait un clin d'œil à Albert avant de passer coquettement la main dans ses boucles.

— Il ne faut jamais rien écrire, m'a-t-elle susurré d'un ton conspirateur. Et surtout, il ne faut jamais signer un papier qui vous est donné par un homme.

Albert s'est mis les mains sur les hanches.

— J'ai bien entendu, miss Hornton, et je crois que je vais vous cramer les racines pour oser tenir des propos aussi déloyaux à l'égard de mon noble sexe.

Simon a fait un clin d'œil à cette miss Hornton et, à ma grande tristesse, je me suis aperçue qu'au cours des cinq minutes qui venaient de s'écouler il avait abandonné mon cuir chevelu pour masser tendrement les épaules d'Evelyn.

Elle s'est tournée vers moi avec un sourire. À vrai dire, il était difficile de ne pas l'aimer, même si elle faisait du 36 et qu'elle était magnifique.

— Albert et Simon m'ont beaucoup parlé de votre nouvelle immoralité, et je dois dire que ça m'intrigue. J'ai moi-même un gros problème avec la moralité.

Albert a ricané.

— Tu as un problème pour trouver la signification du mot, darling.

Evelyn lui a décoché un regard noir avant de cligner de l'œil.

— D'après mon psy, c'est un problème du catholicisme, mais je me demande si ce n'est pas un problème féminin : quoi que je fasse, ma moralité finit toujours par me jeter dans les bras des hommes qu'il ne faut pas.

— Vous avez de la chance, ai-je dit. Il n'y a rien qui me jette dans les bras des hommes, ce sont les hommes qui me jettent hors de leurs bras.

— Emmanuel n'était qu'un vulgaire cochon de Gaulois, a rectifié Albert en me passant un peigne dans les cheveux.

Je ne voulais pas lui dire la vérité, que je me fichais d'Emmanuel comme de ma première chemise. En fait, je pensais à Jon. Il ne m'avait pas appelé une seule fois, le salaud, depuis que nous avions couché ensemble, et Alice ne m'aidait guère. Elle m'avait dit qu'il n'était presque pas venu à la galerie depuis le jour où je l'avais retrouvé chez lui. Mais j'avais l'impression qu'elle me cachait quelque chose. Elle savait quelque chose, et elle ne voulait pas me le dire.

— Dès qu'un salaud s'en va, il y en a toujours un autre pour prendre sa place, a soupiré Evelyn comme si elle avait fait une thèse là-dessus. Et de toute manière, il vous a peut-être plaquée juste parce qu'il savait que vous alliez le faire, a-t-elle ajouté.

Je me sentais beaucoup mieux.

— Oui, je crois que c'est ça, ai-je consenti. Il savait que j'allais le laisser tomber alors il a pris les devants.

Cette fille me semblait vraiment très sympathique. Elle avait tout de la bonne copine, finalement.

— Et maintenant son chef est impliqué dans un scandale parlementaire et un trafic de blanchiment d'argent, a expliqué Albert.

— Si c'est un scandale, c'est seulement parce que tu n'arrêtes pas d'en parler à tout le monde, ai-je répliqué.

Albert a levé les mains au ciel, agitant une cigarette dans chaque.

— Il faut bien que je divertisse mes clientes, non ? Vous ne pensez tout de même pas qu'elles viennent uniquement pour mes ciseaux ?

Evelyn et Simon ont pouffé de rire.

— D'ailleurs, à ce propos, cette petite demoiselle s'est coupé les cheveux elle-même la semaine dernière. Elle a essayé de remplacer mon coup de main par un saladier, tu te rends compte ?

— J'aime bien, a fait remarquer Evelyn.

— Le problème n'est pas là, a renchéri Albert d'un air guindé. Ce sont *mes* cheveux et je n'aime pas que mes clientes y touchent.

Evelyn s'est mise à rire.

— Ne vous en faites pas, Saskia, je me suis coupé les cheveux toute seule plus d'une fois. Et le résultat était souvent désastreux, ma foi. Je dois dire que vous vous êtes plutôt bien débrouillée. Vous devriez peut-être vous mettre à la coiffure.

— Assez, miss Hornton, ou je vous tape avec mon peigne !

Evelyn a ri.

— Vous travaillez dans une galerie d'art, n'est-ce pas ? m'a-t-elle demandé. Vous savez, l'art m'a toujours semblé extrêmement intimidant. Je trouve que vous êtes très courageuse.

Mais je ne l'étais pas. Pas le moins du monde.

Liste 20

Comment savoir qu'on est sur le point de se faire larguer

1. Il ne téléphone pas.
2. Il ne rappelle pas quand on téléphone pour savoir pourquoi il n'a pas appelé.
3. Il se pointe sans crier gare pour faire l'amour.
4. Pire : il ne se pointe pas sans crier gare pour faire l'amour.
5. Il ne vient pas à un rendez-vous prévu.
6. Pire : il vient, mais avec une autre femme.
7. Il se trouve que l'autre femme est votre meilleure amie.
8. Il dit que c'est purement platonique, mais il ne rappelle plus.
9. Pire : elle en fait autant.

— Ô mon Dieu ! T'as vu ? m'a dit Alice en me donnant un bon coup de coude dans les côtes.

— Aïe ! Arrête de faire ça !

— Eh ben regarde ! Il y a Jerry Hall en train de parler avec Elton John.

J'ai émis les cris d'étonnement et d'enchantement appropriés, puis j'ai dit à Alice que j'étais d'accord avec elle : c'était bien de voir les stars s'amuser.

Alice adorait faire l'inventaire du gratin, pendant que je faisais semblant de ne pas m'y intéresser ; mais Alice n'avait pas de telles prétentions. Elle devenait volontiers gaga. J'étais avec elle le jour où elle avait avancé en rollers auprès du peintre David Hockney pour lui demander si elle pouvait caresser ses chiens. Très embarrassant.

Nous étions enfin au vernissage tant attendu à la galerie Saatchi, où une collection d'artistes américains nouvellement acquis étaient exposés à grands coups de fanfare et de relations sociales.

Il y avait des tonnes de célébrités et de gens qui avaient l'air de célébrités. Il y avait même des célébrités qui s'efforçaient de faire comme si elles n'étaient pas célèbres du tout; ils se baladaient comme s'ils se fichaient complètement d'être reconnus. C'est ça, ouais.

Enfin, c'est dire à quel point c'était sérieusement branché.

David Bowie, l'air fringant, tout de noir vêtu, discutait avec Charles Saatchi en costume rayé. Mick Jagger parlait avec une artiste américaine dont les œuvres étaient exposées – je ne sais plus comment elle s'appelle, mais Emmanuel disait tout le temps qu'elle était canon et qu'elle était en première position sur la liste des femmes avec qui il aurait voulu coucher. Je ne suis même pas sûre que je figurais sur cette liste.

Damien Hirst bavardait avec le marchand d'art Jay Joplin, mais je lui ai à peine souri lorsqu'il m'a fait un petit signe: j'étais trop occupée à me dévisser le cou pour retrouver Jon, évidemment. Le bruit d'un millier de personnes en train de siroter leur vin, d'engloutir des canapés et de se lécher les bottes était pour ainsi dire assourdissant, mais je connaissais bien ces soirées et j'avais pris la précaution de mettre des boules Quies.

Il était très gênant d'avoir ces boules roses qui ressortaient de mes oreilles, mais j'avais prévu de les retirer dès que j'aurais repéré Jon.

Alice m'a redonné un coup de coude juste au moment où je me mettais en position pour me glisser quelques olives dans la bouche. J'avais beaucoup de mal à bouger, du fait qu'à chaque fois que je respirais, l'antique dentelle de ma robe se déchirait un peu plus.

C'est un style de vie en soi, de porter des vêtements anciens. C'est un peu comme une vieille tante qui n'accepte pas que vous ayez votre vie à vous. Cette robe pensait que j'aurais dû me contenter de passer mon temps à la plier avec des boules de naphtaline.

Cette robe considérait mon envie de la porter comme le comble de l'impertinence. À tel point que j'avais dû faire l'impasse sur le dîner pour ne pas courir le risque de craquer une couture. Et maintenant, même au-dessus du brouhaha de la foule artistique, même avec mes boules Quies, j'entendais mon ventre grouiller et réclamer son repas.

Le vernissage battait déjà son plein, et c'était ainsi que ça nous plaisait normalement mais là, j'avais un autre programme (à part essayer de garder cette robe sur le dos), qui consistait à remarquer les autres et à me faire remarquer. Pour cela, on a besoin d'une certaine surface autour de soi.

Or, il n'y avait pas de place ; même les œuvres exposées se battaient pour faire valoir leurs droits. Les gens étaient de plus en plus agacés de voir la place que prenaient les œuvres.

— Quel manque de considération de la part de Charles ! s'est écrié une femme dont les cheveux s'étaient pris dans un appareil de goutte-à-goutte. C'est un véritable manque de considération de la part de Charles, de laisser traîner tout ce bazar artistique.

L'art a toujours été quelque chose de risqué.

Nous étions les uns sur les autres. C'était le parcours du combattant pour porter un verre à sa bouche sans crever l'œil de qui que ce soit. Quand j'ai aperçu les personnes qu'Alice me montrait, je venais enfin de me fourrer les olives dans la bouche. J'ai reconnu les chevelures caractéristiques de Piers Dexter et de Stuart et j'ai avalé tout rond mes trois olives. Je m'étais plus ou moins imaginé que Stuart se serait trouvé en garde à vue.

Je me suis mise sur la pointe de mes chaussures antiques pour mieux voir. C'était effectivement Stuart et Piers. Tous deux avaient l'air très sérieux, et Alice a formulé mes pires craintes en paroles en se demandant tout haut si Piers était impliqué dans les magouilles de Stuart.

— Tout ce que je peux dire, a-t-elle déclaré en me frottant le dos (ce qui a décimé encore une bonne partie de ma robe), c'est que je suis bien contente de bosser pour Jon, et pas ce connard de Stuart Dumass. Ma pauvre ! Tiens, à propos, il est où, Jon ? Je croyais qu'il serait passé te chercher, en fait.

— Oh, non, je lui ai dit que je viendrais par mes propres moyens, ai-je menti.

J'ai coupé court à d'autres questions en montrant mon ex du doigt :

— Tiens, il y a Emmanuel, là-bas.

Il était en train d'attraper une coupe de champagne sur le plateau d'une serveuse.

Même si j'avais rêvé de le voir se mettre à genoux rien qu'en me voyant, je n'avais étrangement plus envie de parader dans ma robe – enfin, ce qu'il en restait.

— Quel culot, tout de même ! Se pointer ici après m'avoir plaquée !

— Je croyais que vous aviez rompu d'un commun accord ? a relevé Alice.

— Oui. Mais ça ne veut pas dire qu'il a le droit de venir ici, surtout quand il sait qu'il y a des chances pour que je sois invitée.

— Il est critique d'art, Sass.

— Tu es de quel côté, toi ? ai-je demandé avec une certaine virulence.

Le mélange de faim et d'absence de Jon s'accordait à faire de moi une véritable mégère.

Sans prêter attention à ce que je disais, Alice m'a prise par la main.

— Allons jeter un coup d'œil à l'expo.

Elle m'a fermement attrapé le bras afin d'éviter toute autre parole. Je l'ai suivie dans le passage qu'elle se frayait parmi l'intelligentsia.

C'était à peu près au moment où nous atteignions le pack de six bouteilles de sang congelé que j'ai enfin aperçu Jon. Il avait l'air très cool, comme d'habitude. Ses cheveux étaient coiffés en arrière et son bronzage était tout à fait à son avantage sur fond de murs blancs. Il portait la cravate Ozwald Boateng que je lui avais offerte. Le seul problème, c'est qu'il portait également une brune à grandes jambes.

Mais tandis que je me paralysais devant l'horreur de ma fâcheuse situation, j'ai compris que le pire était à venir. J'avais mis la main devant la bouche, ce qui m'a empêchée de hurler quand la brune à grandes jambes s'est retournée et que je l'ai reconnue.

J'ai regardé Alice. Elle m'a regardée en murmurant :

— Je suis vraiment désolée, Saskia.

J'ai tout de suite su qu'Alice n'était absolument pas surprise de l'identité de la femme en rouge. Elle le savait depuis le début.

Elle se mordait la lèvre inférieure pendant que je me demandais qui j'avais le plus envie de frapper. Jon ? Alice ? La brune à grandes jambes ?

C'est Jon qui m'a vue le premier. Et, sentant qu'il pensait à quelqu'un d'autre qu'à elle, la brune à grandes jambes a cherché à voir ce qu'il regardait. J'ai échangé avec elle un regard direct et mortel. Si les yeux pouvaient tuer, elle se serait retrouvée raide morte sur le coup.

Autour de moi, les gens avalaient du champagne, s'empiffraient de canapés et parlaient bruyamment et brillamment de ce qui faisait sensation. Avec mes boules Quies, devant ma meilleure amie et mon amoureux, la seule sensation que j'éprouvais s'appelait de la trahison. C'était le plus vieux sentiment du monde, mais cette nuit-là, Jon et Sophie lui donnaient une interprétation toute neuve.

Liste 21

Comment réagir avec les hommes qui vous laissent tomber (initiatives de la nouvelle immoralité)

1. Rappelez-vous qu'un comportement puéril peut aider. Véridique. Ramassez tous les vêtements qu'il a laissés chez vous ainsi que tous les sous-vêtements ; faites tremper le tout dans de l'eau de Javel, laissez sécher et repassez, en faisant roussir éventuellement. Envoyez-lui les restes par la poste.

2. Gardez tout ce qui vous va bien, évidemment.

3. Assistez à des événements publics avec ses vêtements : exhibez fièrement votre nouvelle tenue.

4. Entrez dans son appartement quand il est en vacances et semez du gazon sur sa moquette, mettez le chauffage à fond. Si c'est possible, mettez en marche le système d'arrosage automatique, sinon arrosez généreusement.

5. Laissez entendre à des amies communes qu'il se peut qu'il vous ait donné l'herpès.

6. Laissez entendre à des amies communes qu'il se peut que vous lui ayez donné l'herpès.

7. Trouvez un nouveau petit ami plus riche que lui. Pas nécessairement plus beau : pour faire vraiment mal à un homme, tapez-lui dans les bourses (dans tous les sens du terme).

8. Dites-lui que vous l'avez oublié et que vous avez simulé vos orgasmes. De toute façon, c'est vrai.

9. Si tous les points ci-dessus ne parviennent pas à vous remonter le moral, pleurez jusqu'à ce que vous vous endormiez. Le temps guérit tous les maux. Ça paraît pitoyable, mais c'est vrai.

J'ai fini à Bayswater chez Albert, vers neuf heures du soir, alors qu'il ne restait presque rien de ma robe et encore moins de mon amour-propre. Je sanglotais et râlais de manière incohérente et, comme pour égaler mon humeur, il s'était mis à pleuvoir. Le chauffeur de taxi a refermé la vitre de séparation, ce qui a à peu près résumé ce que j'avais envie de faire avec cette soirée.

— J'ai été trahie, ai-je beuglé en m'effondrant contre la poitrine de Simon lorsqu'il a ouvert la porte.

J'ai mis un moment à m'apercevoir qu'ils avaient des invités, deux hommes d'un certain âge avec une voix sucrée et des vêtements de styliste. Ils passaient sans doute une agréable soirée à papoter, boire et écouter de la musique avec la plus grande courtoisie, comme des adultes civilisés – enfin, avant que je ne vienne troubler leur quiétude comme une fée de la mort.

Mais je ne voyais pas les détails, ce soir-là : ils auraient pu être en train de faire une partouze que je ne m'en serais pas rendu compte. Albert était vautré dans son fauteuil avec une tasse de thé à la main, et je me suis jetée sur lui comme un épagneul.

— Albert, j'ai été trahie ! lui ai-je reniflé dans le cou.

Il sentait le produit capillaire, l'eau de Cologne et la virilité, ce qui ajoutait encore à mon sentiment de tragédie.

Un vieux single d'Aqua passait : « *I'm a Barbie girl, in a Barbie world, it's fantastic – I'm made of plastic !* ».

Je regrettais vraiment de ne pas être en plastique, moi, ce qui m'a fait pleurer de plus belle.

Albert a levé la tête pour dire quelque chose à ses invités mais il a parlé tellement fort que je n'ai pas compris. Toujours est-il que, quelques instants plus tard, j'ai entendu la porte se refermer. Albert m'a laissée pleurer, il me tapotait le dos en disant « allez, allez » et d'autres mots comme ça. Il a continué à émettre des sons réconfortants pendant qu'il cherchait, et allumait, deux cigarettes. Une pour lui et une pour moi, mais quand j'ai essayé de fumer, j'ai aspiré si fort que la moitié du filtre m'a volé dans la gorge.

J'étais contente qu'il ne me pose pas de questions. J'aurais été incapable d'aligner une pensée cohérente, et une phrase encore moins. Quand j'imaginais Jon avec ma meilleure amie, mon souffle sortait sous forme de sanglots bruyants et congestionnés.

Simon, qui était assis en face de moi, me faisait des grimaces, mais c'était peine perdue. Je pensais seulement que j'avais été trahie par ma meilleure amie et mon amant, que j'allais avoir trente ans dans quelques jours et que ma vie était complètement nulle.

Albert a envoyé Simon me préparer une tasse de thé, puis il m'a prise par les épaules et a regardé mes yeux gonflés tout injectés de sang.

— Saskia ? a-t-il demandé de façon solennelle. Tu veux que je te donne une claque ?

Ce qui montre bien que c'était un gentleman ; la plupart des hommes que j'avais connus n'auraient même pas pris la peine de me poser la question.

J'ai subitement repris mes esprits, j'ai pensé aux vaisseaux capillaires de mes joues, et j'ai décidé que je ne voulais pas de claque. Ensuite, j'ai essayé de dire ce qui se passait.

— Sophie, ai-je gargouillé entre larmes et morve. Sophie, avec Jon.

Vous imaginez certainement à quel point je fus mortifiée lorsque, au lieu de courir chercher une arme ou de dire quelque chose de haineux sur elle, Albert s'est mis à rire.

— Pardon, ma chérie ! a-t-il lancé en hurlant de rire. Mais à en juger par ton apparence, j'ai cru, enfin… on a tous cru…

Il était plié en deux. Simon s'est approché et m'a serrée contre lui.

Son rire m'a fait réagir bien plus vite qu'une claque.

— Qu'est-ce que vous avez à rigoler comme ça ? Vous ne voyez pas que je suis dévastée ? Violée ?

— Oui, d'accord, mais pas dans le sens que nous pensions, a expliqué Albert entre deux éclats de rire. Je ris de soulagement. Nous avons cru que tu t'étais fait violer. Tu étais dans un tel état en arrivant. Oui, ta robe… D'ailleurs, elle est où, ta robe ?

— Quoi ? ai-je demandé.

J'avais l'esprit très confus et j'entendais mal.

— Ta robe ! Où est-elle ? a-t-il crié. Et qu'est-ce que c'est que ces machins roses qui te sortent des oreilles ?

J'ai ôté les boules Quies. Albert a fait la grimace, comme si je venais de me curer le nez.

— J'ai mis ça parce que c'était très bruyant, au vernissage. Et puis d'abord, qu'est-ce qu'elle a, ma robe ? ai-je insisté, un peu énervée.

C'est vrai, quoi, je cherchais du réconfort chez mon ami et confident pour qu'on me ridiculise, qu'on rie et qu'on se moque de l'état de ma robe et d'une paire de boules Quies.

— Eh bien, où est-elle, ta robe ?

C'est à ce moment-là que j'ai baissé la tête et que j'ai vu ce qu'il restait effectivement de ma robe. Dieu merci, je portais mes plus beaux sous-vêtements Agent Provocateur.

Petit à petit, thé à thé, je leur ai raconté toute la malheureuse histoire. À commencer par la première fois qu'Alice m'avait dit que Jon m'aimait bien, puis la première fois où je l'avais embrassé pour finir par ce que je ressentais maintenant que je l'avais vu avec Sophie.

— C'est à Sophie que j'en veux le plus, ai-je bavé dans le col d'Albert. Je veux dire, elle n'arrête pas de se jeter sur les hommes.

Albert a pris mon visage entre ses mains.

— Justement ! s'est-il exclamé. Il n'y a pas de quoi en faire une pendule, tu ne crois pas ? Elle drague Simon ouvertement à chaque fois qu'elle le voit. Et pourtant tu ne m'as jamais vu me faire des rides à force de lui crier dessus, n'est-ce pas ?

— C'est vrai, a renchéri Simon en versant le thé. C'est une carnivore, cette Sophie. Elle me pince les fesses quand je lui sèche les cheveux et elle me mordille l'oreille à chaque fois que je lui fais la bise, quand elle s'en va.

— Tu vois, et ça ne veut pas dire que Simon saute dans son lit. Jon est un grand garçon. Tous ceux qui ont un jour rencontré cette fille savent à quoi s'en tenir. Le plein gré, ça existe, ma petite chérie.

J'ai pris ma tasse de thé et j'en ai bu une timide gorgée. C'était chaud et sucré. Il fallait que j'admette que Simon avait raison. Sophie ne pouvait pas être tenue pour responsable de ses actes. Premièrement, je doute qu'elle ait eu connaissance de mes sentiments pour Jon. Je ne m'étais pas franchement confiée à elle sur ce sujet. J'avais été bien trop occupée à baver sur le dos de Stuart.

Nous avons parlé d'amour et d'amitié pendant des heures – c'est du moins ce qu'il m'a semblé – quand j'ai fini par piger, avec un petit coup de main d'Albert, que ce que j'éprouvais pour Jon était avant tout lié à ce que j'éprouvais à l'approche de mon trentième anniversaire. Ce que je ressentais, c'était peut-être de la panique, pas un bel amour pur.

Simon m'a fait remarquer que je connaissais Jon depuis des années ; nous aurions eu maintes fois l'occasion de sortir ensemble.

— Alors comment se fait-il qu'il n'y ait pas eu de motivation de part et d'autre ? a-t-il demandé.

Je lui ai dit que toutes les belles histoires d'amour s'inspiraient de ce scénario. La fille cherche l'amour idéal, pour découvrir qu'il était là, juste sous son nez.

Simon a hoché la tête.

— Secoue-toi. Tu n'es pas aussi cliniquement morte que tu en as l'air, Saskia. Si Jon t'avait vraiment plu, il y a belle lurette que tu t'en serais rendu compte et que tu aurais fais quelque chose.

Albert a approuvé.

— Tu as eu toutes les occasions du monde d'aller bosser avec lui quand il a quitté A Space pour monter Tashco. Alors pourquoi tu ne l'as pas fait ?

— Parce que je suis trop loyale !

— Tu es une adepte de la nouvelle immoralité, Saskia, une femme du nouveau millénaire, une femme qui sait ce qu'elle veut.

Je me suis mise à pouffer de rire.

— Il est superbon, ce thé, ai-je dit.

Ils se sont regardés en clignant de l'œil.

— C'est parce qu'il est coupé à la vodka, ont-ils avoué.

— Je vais te le dire, moi, pourquoi tu n'as jamais rien fait au sujet de tes sentiments pour Jon, a déclaré Albert en agitant sa cigarette dans ma direction. C'est parce que tu avais vingt ans et quelques, et qu'à cet âge-là, l'engagement est un gros mot.

— C'est ça, ouais. Et Simon ? Quel âge as-tu, Simon ? ai-je demandé.

— Je ne compte pas. Je suis un homme qui sait ce qu'il veut depuis le berceau.

Là-dessus, il s'est mis à bécoter Albert, alors je n'ai pas vraiment eu l'occasion de discuter.

Quand Sophie est arrivée chez Albert sur le coup de onze heures en se confondant en excuses, je lui avais complètement pardonné. De toute façon, j'avais avalé suffisamment de thé pour pardonner au monde entier. Je lui ai dit qu'elle n'avait pas à s'excuser et qu'elle n'y était pour rien. Je lui ai dit que Jon pouvait bien tripoter qui il voulait parce qu'il ne représentait rien pour moi et qu'il n'avait jamais rien représenté pour moi.

Elle m'a regardée comme si j'avais caché une arme mortelle dans ma manche.

— J'ai fait toute la ville pour te retrouver, haleta-t-elle.

— Ne trouves-tu pas que nous aurions de quoi nous sentir insultés, Simon ? demanda Albert à son amant.

— Tout à fait, répondit-il en tendant une tasse de thé à Sophie. J'aurais cru que tu aurais tout de suite pensé à venir ici.

Sophie but une gorgée de thé.

— Crois-moi, Sass, je ne savais pas que tu étais avec lui. Il me disait tout le temps qu'il ne fallait pas que je t'en parle. Je croyais que c'était parce que tu lui en voulais, après ce qu'il avait fait à Stuart. Je n'avais pas compris qu'il te plaisait. Je ne serais jamais sortie avec lui si j'avais su ça.

Nous avons tous levé les yeux au ciel.

— Pardon si on ne te croit pas, darling, la réprimanda Albert.

— Quoi ? fit-elle d'un air candide.

— Rien, répondis-je. Continue.

— C'est tout, en fait. Il m'a dit que tu avais toujours eu le béguin pour lui et que si je te disais qu'on était ensemble, tu serais anéantie. Je suis mal, maintenant. Quel salaud !

J'ai senti la colère monter tout à coup, ce qui a dû transparaître dans ma manière de demander à Sophie depuis combien de temps elle était avec Jon. Albert et Simon ont discrètement quitté la pièce pour refaire du thé.

— Plusieurs mois. Mais je crois que c'était plus sérieux pour lui que pour moi.

— Mais il ne peut pas te blairer !

Je me rappelais bien sa manière de regarder dans le vague à chaque fois que je prononçais le nom de Sophie.

Elle a ri, tout en allumant une cigarette.

— Il t'a dit ça ? Il était obsédé, c'était pitoyable. Il me téléphonait nuit et jour. Pour être tout à fait franche, il ne m'intéressait pas tant que ça. C'est vrai, c'est un con prétentieux, mais il a un corps… ! Son corps compense pas mal. Mais à la fin, même ça, ça ne suffisait plus.

J'ai pouffé de rire, en repensant à nos galipettes dans son loft. C'était curieusement agréable de dire du mal de l'homme qui m'avait laissé tomber avec la fille qui l'avait aidé à le faire. À moins que ça ne soit juste l'effet du thé.

— Ne me dis pas que tu couches avec lui par pitié ?

Sophie m'a serrée contre elle.

— Je croyais que tu allais me tuer. De toute manière, je suis bien contente qu'ils l'aient arrêté. J'ai dit à Stuart qu'il aurait dû parler depuis longtemps, et je le pensais sincèrement.

— Tu as dit quoi ? ai-je demandé, complètement perdue. Qui est-ce qui s'est fait arrêter ?

— Ah ? Tu n'es pas au courant, alors ? Après ton départ, Jon s'est fait arrêter par la police. Ça faisait des mois, apparemment, qu'ils essayaient de faire parler Stuart pour qu'il les aide à faire avancer l'enquête, mais il avait une espèce de malencontreuse loyauté envers Jon. Il n'a jamais rien dit. En fait, il le savait depuis le début, que Jon était un escroc.

— Mais non, tu te trompes. C'est sûrement Stuart qu'ils ont arrêté. Je veux dire, c'est lui que la police recherchait.

Albert et Simon sont entrés avec une théière pleine.

— Stuart s'est fait arrêter ? couina Albert. Je le savais, j'en parlais encore à lady Marshmont ce matin.

Je l'ai foudroyé du regard.

Sophie a pris une tasse des mains de Simon.

— Non, c'est le contraire, dit-elle. C'est Jon qui faisait vendre les peintures aux enchères pour couvrir un trafic de blanchiment d'argent. Comme ça, les hommes d'affaires louches qui veulent soumettre des questions au Parlement paient des ministres pour être complices. Seulement, pour couvrir la magouille, ils demandent au ministre en question d'acheter une peinture, puis de la vendre aux enchères.

— Et alors ? ai-je dit. Il n'y a pas de crime là-dedans. Un investissement astucieux n'est pas illégal, même avec un gouvernement travailliste.

— Oui, d'accord, mais tu ne sais pas tout. Surprise, surprise, la peinture se vend dix fois plus cher que le ministre ne l'a achetée, alors le ministre reçoit son petit pot-de-vin ni vu ni connu et je t'embrouille.

— Ce n'est toujours pas un crime, fis-je remarquer.

— C'en est un si on découvre la magouille du ministre et si la police décide de le poursuivre pour association de malfaiteurs. Jon peut encourir de trois à six mois de prison.

Ma gorgée de thé est passée dans le trou du dimanche et je me suis mise à tousser.

— De prison ? ai-je crachoté, un peu comme ma tante quand les infirmières de la maison de retraite essaient de lui enlever ses tampons à récurer.

— L'association de malfaiteurs, ça peut aller chercher loin, et ce n'est pas tout. Jon a trempé dans toutes sortes d'affaires véreuses. Je n'ai jamais gobé l'histoire de la mort de sa tante.

J'ai acquiescé.

— Ça ressemble à un titre d'expo, ça, vous ne trouvez pas ? « La mort de la tante » chez Jon Tashco.

— Exactement, et c'est pour ça que Stuart l'a foutu dehors. Seulement, il était trop bien pour te le dire et ternir l'image que tu avais de Jon, Monsieur le Gentil. Il savait que tu admirais Jon.

J'ai rougi.

— Alors que s'est-il passé après ? a insisté Albert.

— J'y viens. Donc, la magouille est mise au jour et une enquête est ouverte sur le ministre. Ils recherchent Stuart pour essayer de l'inculper d'association de malfaiteurs.

— Lui aussi ?

— Oui, le Parlement veut à tout prix mettre fin à cette affaire et ils veulent faire un exemple. Et pas seulement, ils veulent inculper d'association de malfaiteurs tous les gens impliqués dans la magouille.

— Je croyais qu'ils recherchaient Stuart ?

— Oui, mais une fois qu'ils ont commencé à mettre le nez là-dedans, ils se sont rendu compte que le problème venait de Jon. Stuart ne voulait pas leur raconter toute l'histoire, au début. Pour une question de loyauté mal placée, il ne leur a pas donné tous les renseignements dont ils avaient besoin. Entre-temps, Jon est entré par effraction dans A Space et il a piqué les documents qui l'incriminaient pour essayer de cacher son forfait, mais il s'est fourré encore plus dans le pétrin.

— À quel point ? a demandé Simon, complètement fasciné par l'histoire.

— Apparemment, en plus de se sucrer sur les commissions, il bidouillait ses déclarations de revenus et, pour couronner le tout, il donnait un peu dans l'escroquerie. Au fil des années, il est devenu de plus en plus confiant, de plus en plus corrompu. Sans rire, il est dans la merde.

— Dire que Stuart ne voulait pas le balancer à la police. C'est bien lui, ça, ai-je dit d'un air songeur.

— Eh bien, tu as changé de refrain, ma chérie, a fait remarquer Albert. Tu l'accusais de blanchiment d'argent il y a à peine quelques jours.

— En fait, a poursuivi Sophie, c'est grâce à Saskia que Stuart a fini par avoir les couilles de dire aux policiers ce qu'ils voulaient savoir.

— Comment ça ?

J'étais tout émoustillée à l'idée de savoir que j'avais pu être utile.

— La seule raison pour laquelle il a avoué, c'est parce qu'il est tombé sur une de tes listes.

— Quelle liste ?

Je n'y comprenais plus rien.

— La liste de ce que tu détestes le plus chez lui – la version abrégée, apparemment.

Je me suis laissée tomber sur le canapé.

— Ô mon Dieu ? Ce que je déteste le plus chez lui ?

— La version abrégée, en plus ! s'est exclamé Albert. Franchement, Sass, tes listes vont te causer de sacrés ennuis, un de ces jours ! a-t-il dit sur le ton de la réprimande.

Liste 22

MOMENTS ABSOLUMENT MERVEILLEUX À SAVOURER

1. Acheter une nouvelle tenue juste pour un soir.
2. Aller à une soirée ou à un vernissage et épater les autres par mon brillant esprit de repartie.
3. Porter des chaussures avec un talon épouvantablement haut, genre Jimmy Choo ou autre icône de la chaussure, afin que je puisse voir au-dessus de toutes les têtes.
4. Être invitée à une soirée en qualité de juré du prix Turner ou tout autre prestigieux événement artistique.
5. Voir un homme subjugué par ma beauté au point de tomber à genoux, sous les yeux de tous mes ex et de tous mes amis, surtout les plus minces et les plus attirants.

MOMENTS ABSOLUMENT GÊNANTS À OUBLIER

1. Acheter une robe pour un soir, et la voir se désintégrer, à ma plus grande honte.
2. Aller à une soirée ou à un vernissage et choquer les gens avec mes boules Quies.
3. Porter des chaussures épouvantablement vieilles et avoir un talon qui se casse.

4. Trouver mon amant à la soirée en train de bécoter ma meilleure amie.

5. Voir un homme subjugué par la beauté de ma meilleure amie au point de tomber à genoux devant sa copine, plus dodue, c'est-à-dire moi.

Alice m'a raconté le reste de l'histoire quand je suis enfin rentrée à la maison, le même soir. Piers était avec elle, installé dans le canapé comme si c'était un vieux pote qui venait regarder un match de foot à la télé.

Ils écoutaient un disque de Charlie Parker et ils ont pouffé de rire comme des ados qui se font surprendre par des parents quand je suis entrée, sur le coup de minuit. Je ne sais pas à quoi je m'attendais, mais en tout cas j'ai eu un choc en voyant ce tableau de félicité domestique.

Quand ils m'ont vue, ils se sont tous les deux mis en mode « supersoutien amical », mais comme Alice avait plus d'expérience pour ce rôle, elle fut la première à me prendre dans ses bras. Piers est resté à sa place sur le canapé. J'ai remarqué que ses chaussures étaient posées bien droites par terre non loin de lui. Il était confortablement installé, jambes allongées, un pied croisé sur l'autre. Alice l'avait mis à l'aise.

C'était stupide d'être jalouse, mais je l'étais.

— Allez, allez, c'était un beau salaud, dit-elle pour me calmer, pensant avec lucidité qu'elle allait devoir éponger des larmes jusqu'à l'heure du petit déjeuner.

Je me suis dégagée de son étreinte et j'ai fait un sourire courageux, puis je lui ai rappelé qu'elle en avait dit autant d'Emmanuel.

Piers a levé la tête vers moi, il a souri et il a dit quelque chose de banal comme : « On se demandait quand vous alliez revenir. » C'était un sourire adorable, mais j'étais trop occupée à constater qu'ils avaient passé la soirée ensemble.

Sur la table basse, il y avait deux bouteilles de champagne – du Bollinger, rien que ça. L'une d'elles était vide et l'autre en passe de le devenir. J'ai repensé au bref moment que j'ai partagé avec Piers avec mon poncho « couillu ». Cela me semblait tellement loin, à présent. Comment en étais-je arrivée à aimer Jon ? Ce drame était une aberration du trois-zéro qui prenait de gigantesques proportions : c'est la seule excuse raisonnable que j'ai trouvée sur le moment.

Piers et Alice avaient l'air de s'entendre comme larrons en foire, et je me sentais un peu exclue. L'enthousiasme que j'avais ressenti initialement, à l'idée de rentrer à la maison pour raconter les nouvelles à ma colocataire, avait un peu tourné.

C'est vrai, il était inévitable que deux personnes super comme Alice et Piers se mettent ensemble. Évidemment. Après tout, ils étaient tous les deux américains et sublimes, et n'avais-je pas posé un lapin à Piers pour notre premier rendez-vous ? C'était bien fait pour moi, tiens. Mais tout de même, j'avais du mal à ne pas ressentir le pincement du « ce qui aurait pu arriver ».

Ils m'ont dit que Jon s'était fait passer les menottes au beau milieu de la galerie et que les paparazzi avaient pris un million de photos. Les gens saluaient l'événement comme le plus cool qui soit jamais arrivé dans le monde de l'art. Alice parlait à deux cent à l'heure tandis que Piers s'étirait, tout à fait calme, comme s'il voyait des gens se faire arrêter tous les jours.

— Je veux dire, il y en a même qui ont cru que son arrestation faisait partie de l'exposition, un peu comme une œuvre artistique vivante, quoi.

— C'est incroyable ! dis-je avec beaucoup plus d'engouement que je n'en éprouvais lorsque je m'étais assise en face de Piers.

Il a soulevé la bouteille de Bollinger pour m'offrir à boire. J'ai refusé, et j'ai expliqué que j'avais bu du thé toute la soirée (tout en faisant mine de ne pas le dévisager).

Il était au moins un milliard de fois plus beau que dans mon souvenir, ce qui était déjà un milliard de fois plus que toutes les personnes qui m'avaient plu. À côté, Jon me semblait carrément vieux et miteux. Continue à te concentrer sur les « Expériences en blanc », me disais-je. Il est impossible que tu sois attirée, même un tout petit peu, par un homme qui a suffisamment apprécié cette expo pour acheter toute la collection. Si ? Ben… euh…

— Ça va faire la une, c'est sûr, annonça Alice avec un air de sainte-nitouche en regardant Piers. Je suppose que je devrais être déprimée. Ce fiasco veut quand même dire que je n'ai plus de boulot.

Elle pouffa de plus belle.

Je l'enviais. Ah… avoir de nouveau vingt-quatre ans et pouffer de rire ! Moi, je ne voyais vraiment pas, même de loin, ce qui aurait pu me faire glousser comme ça, à ce moment-là. Alice et Piers allaient tellement bien ensemble, bon sang. J'avais envie de pleurer, voilà.

Elle était plus que pompette, mais avec sa robe noire simple et sophistiquée et ses cheveux impeccablement lisses relevés en chignon, elle avait un air d'Audrey Hepburn. Salope. Moi, je ressemblais à Jane Russell après une mauvaise décoloration et une bagarre avec la tondeuse.

— Je crois que vous ne devez pas vous faire de souci pour ça, coupa Piers en remplissant son verre. Je vais avoir besoin de quelqu'un pour organiser ma collection à Londres. Je dois voir des architectes demain, pour discuter des plans de la galerie où je voudrais l'installer.

— Vous plaisantez ! me suis-je exclamée. Vous voulez ouvrir une galerie ?

— Quelque chose dans le style de la galerie Saatchi, oui. C'est vrai, il faut bien que je la mette quelque part, la collection. Pourquoi le grand public ne verrait-il pas les tableaux ?

— Pourquoi, en effet ? couina Alice en le serrant contre elle. C'est une idée géniale !

Je restais là à les regarder, malade de jalousie, jusqu'à ce que la garce qui sommeillait en moi se réveille :

— Vous allez montrer les « Expériences en blanc » au grand public ?

Je n'ai pas prononcé les mots « vous êtes cinglé », mais ils étaient suspendus à ma remarque comme le nuage de brouillard permanent au-dessus de Londres.

— Eh bien oui, entre autres, a-t-il admis d'un air légèrement embarrassé. Bien sûr, je ne vais pas exposer toute la collection en une fois.

— Mais c'est génial ! s'est écriée Alice avant que je ne lance une nouvelle série de réflexions désagréables dans la conversation.

Elle avait un air adorable et absolument cool avec sa petite robe noire Gucci. J'ai regardé ce qui restait de mes vestiges antiques. Des haillons, rien de plus, qui cachaient à peine mes sous-vêtements soi-disant sexy. On aurait dit Cendrillon après les douze coups de minuit.

Alice ronronnait carrément de plaisir.

— Je n'arrive pas à croire que vous me proposiez de m'occuper de votre collection. C'est trop génial.

Piers avait l'air d'un père qui venait d'offrir une Porsche à sa fille pour son anniversaire. Il lui tapotait affectueusement la main. Et moi j'avais l'air de ce que j'éprouvais : rongée par la jalousie.

J'ai ramené la conversation à l'arrestation de Jon et leur ai posé d'autres questions, mais Alice était surexcitée et terminait les phrases de Piers, ce que je trouvais exaspérant au possible. J'ai fini par me lever en disant que j'allais me coucher. Ils m'ont fait au revoir de la main, apparemment heureux de se débarrasser de moi.

Je les ai laissés en train de chuchoter au salon et j'ai refermé la porte de ma chambre, où je suis restée éveillée une bonne partie de la nuit, occupée à faire mentalement la liste de toutes les plus grosses erreurs que j'avais commises dans ma vie. À commencer par le lapin que j'avais posé à Piers pour rester avec Jon, il va sans dire.

Liste 23

Ce qu'une fille doit savoir
après trente ans

1. « Non » : ce n'est jamais une réponse, juste une notion.
2. La taille du sexe masculin, ça compte.
3. Ne jamais rien manger qui soit plus gros que la tête.
4. Savoir dire pardon.
5. Savoir faire des cocktails à base de champagne (tremper des morceaux de sucre dans de l'eau-de-vie, ajouter un trait de Cointreau et verser plein de champagne).
6. Fuir l'éclairage venant du plafond.
7. Tous les hommes ne sont pas des salauds – seulement certains.
8. Les listes de souhaits peuvent être exaucées.
9. Quel que soit mon âge, je ne serai plus jamais aussi jeune !

Avec Sophie, nous nous sommes réveillées sur le coup de dix heures au Claridge. Nous avions décidé de nous gâter pour la dernière nuit de notre décennie. Au lieu d'aller faire la fête et d'utiliser les hommes pour leur attrait sexuel, nous avions choisi de passer la nuit à nous faire des masques de beauté, à regarder *Diamants sur canapé*, le tout arrosé à l'eau minérale : nous devions désormais penser à notre teint.

Nous avions également rédigé la liste des hommes avec qui nous avions envie de coucher avant la quarantaine. Il n'y en avait que deux sur ma liste, dont Jean-Michel Basquiat, qui était déjà mort, mais je trouvais que c'était vraiment trop tragique d'avoir un seul nom sur ma liste. Sophie avait trouvé de quoi remplir toutes les feuilles du papier à lettres de l'hôtel avec la vie sentimentale qu'elle projetait d'avoir, naturellement.

Nous avons déballé les cadeaux de nos parents respectifs en prenant un délicieux petit déjeuner à base de muffins, de café et de cocktails au champagne confectionnés par nos soins à l'aide du contenu du mini-bar et des morceaux de sucre du plateau petit déjeuner. Sophie disait que toute fille de trente ans et plus devait maîtriser cette compétence.

— Alors, tu as l'impression d'être différente ? ai-je demandé pendant que nous nous empiffrions.

Elle a plissé le nez.

— Plus ou moins, je ne sais pas trop. C'est peut-être simplement l'effet des cocktails ; je n'en ai jamais bu le matin. Tu crois qu'on va devoir faire ça tous les jours, maintenant qu'on a trente ans ?

— Absolument, ai-je répondu avec une toute nouvelle confiance. Tu penses que nous allons être sûres de nous, matures, indifférentes à la cellulite et à d'autres choses très terre à terre ? Tu vois, comme Alice ?

— Nan... Elle est américaine, alors ça ne compte pas. Elle est née avec une cuillère en argent psychologique dans la bouche. Mais nous, les Anglaises, nous devons faire des efforts.

On nous avait apporté le petit déjeuner vers dix heures. Le garçon qui nous l'avait servi était, à son insu, le septième de la liste des hommes avec qui Sophie avait envie de coucher avant ses quarante ans. J'ai eu beaucoup de mal à l'empêcher d'entraîner le jeune homme sous les draps. Elle lui a même donné un pourboire de vingt livres sterling.

Ma mère m'avait envoyé un bouquin sur Monet et cinq cents livres, avec une note disant que je pouvais faire autre chose avec cet argent que m'en servir pour ma retraite. Sophie a reçu un chèque-cadeau de chez Cliveden de la part de son père et une paire de boucles d'oreilles Chanel de sa mère.

Je me suis demandé un instant comment allait mon père et s'il avait trouvé une nouvelle femme au Népal pour lui acheter ses chaussettes.

— Il y a sans doute des chaussettes très bien au Népal, a répondu Sophie d'un air rêveur en plongeant un muffin au chocolat dans son cocktail. Il a peut-être évolué, si ça se trouve maintenant c'est un autre homme, qui peut s'acheter ses chaussettes tout seul.

Nous nous sommes regardées et avons éclaté de rire. C'était hallucinant de voir à quel point le fait d'avoir couché avec Jon toutes les deux nous avait rapprochées. Depuis la soirée chez Albert, nous n'arrêtions pas de parler de notre aventure avec Jon, lequel finissait toujours par avoir le mauvais rôle.

— Qu'est-ce qu'il avait pour nous faire craquer comme ça ? ai-je demandé à Sophie.

— L'humour, a-t-elle répondu. Mais tu sais quoi ? Je crois que je ne l'ai jamais entendu me raconter une seule blague.

— C'était à cause des plis qu'il avait au coin de l'œil : on avait toujours l'impression qu'il allait en sortir une bonne. Si ça se trouve il va avoir les yeux tombants, maintenant, il va attraper le regard du prisonnier.

Sophie a hoché la tête avant de siroter son cocktail.

— Mais non, ils vont l'envoyer dans une prison à la campagne, tu vois, ces prisons sans grande surveillance avec une télé par cellule.

— Tu crois ?

— J'en suis sûre. Il suivra sans doute des cours sur les crimes des cols blancs ou quelque chose du genre. Je doute même qu'il se fasse avoir sous la douche, tu sais, en ramassant la savonnette ?

— Il m'a eue sous la douche, moi ! ai-je ajouté en pouffant de rire.

— Moi aussi ! Sophie s'est-elle égosillée.

— J'ai eu un orgasme bruyant et expressif.

J'ai reconstitué la scène pour Sophie qui, en bonne copine, s'est jointe à moi au moment suprême.

— Moi aussi ! a-t-elle dit, pantelante, à l'autre bout du lit.

Ça peut être très fatigant, de jouir.

— Simulé ? a-t-elle demandé.

— Évidemment ! ai-je répliqué.

Et nous avons levé notre verre à toutes les fois où nous avions feint l'orgasme. Il arrive qu'on s'amuse encore plus en simulant qu'en ne simulant pas, avons-nous décidé. C'est ce que les garçons ne comprendront jamais.

Nous avons fait une autre tournée de cocktails en continuant à nous esclaffer comme des folles.

— En fait, j'ai remarqué qu'il jouissait plus vite quand je faisais plein de bruit et que je m'agitais, ai-je dit en me rappelant ce souvenir.

— Exactement. Il lui arrivait parfois de continuer un peu, à pousser et pomper comme un malade. Je croyais qu'il allait exploser. Enfin, il avait quand même de beaux yeux.

Nous avons levé notre verre aux yeux de Jon.

— Tu crois qu'on peut s'entraîner pour avoir un regard comme ça, nous ? ai-je demandé en tirant sur mes yeux avec mes doigts.

— Oui, mais chez les filles, ça s'appelle des pattes-d'oie.

Nous avons plus ou moins décidé de faire vœu de chasteté, sans relever le nombre d'hommes avec qui nous avions envie de coucher avant la quarantaine, bien entendu. Ils ne comptaient pas, ceux-là.

Nous avons passé la journée au salon de beauté Aveda à nous faire pomponner, jusqu'à ce que, vers sept heures du soir, nous soyons absolument sublimes. Même si cet avis n'appartenait qu'à nous.

Alice avait préparé une soirée en notre honneur dans la maison de Piers, à Notting Hill. Ils avaient passé beaucoup de temps ensemble et, à deux doigts de la trentaine, j'avais essayé de prendre la chose avec maturité et tenté de les éviter au maximum. Tu vas avoir trente ans d'un jour à l'autre, ma fille, m'étais-je dit le jour où je les avais surpris tous les deux penchés sur des papiers. Ton cœur devrait se réjouir devant le spectacle de l'amour.

C'est ça, oui.

Alice a expliqué qu'ils devaient parler de beaucoup de choses en relation avec les projets de son exposition, mais je lui ai dit que c'était trente ans, que j'allais avoir, pas trois ans. Je savais reconnaître un regard amoureux, et il se lisait en gros sur le visage de Piers.

Sentiments mis à part, ma vie s'annonçait plutôt bien. Même ma carrière était sur la bonne voie. La veille, j'avais partagé un déjeuner fort agréable avec Stuart. Il était allé passer quelques jours en Cornouailles, où il commençait à monter une nouvelle galerie.

En le regardant se débattre avec ses feuilles de roquette, je ne pouvais m'empêcher de repenser à la liste « Ce que je déteste le plus chez mon chef (version abrégée) », je me demandais comment il pouvait s'asseoir à la même table que moi après toutes les horreurs que j'avais écrites.

Mon Dieu, c'était cruel de ma part. Comment avais-je pu détester le brave homme qui était assis en face de moi ? En fait, c'était facile : même maintenant qu'il avait été innocenté à bien des égards, sa rigidité me tapait vraiment sur le système. Il allait même jusqu'à découper les olives qu'il y avait dans sa salade. J'avais une envie folle de plonger dans son assiette et de lui fourrer tout ça dans le bec. Enfin, j'ai réussi à me retenir.

Mais ensuite, j'ai commencé à m'inquiéter quand il a parlé de sa nouvelle galerie. Et s'il déménageait jusqu'en Cornouailles pour me fuir ? Et si tout cela était ma faute, ou plus exactement la faute de ma liste ? J'ai pensé qu'il fallait que je dise quelque chose pour réparer mes torts.

J'ai songé un instant à mettre cela sur le compte de ma dyslexie mais, compte tenu de mon expérience avec cette excuse, je n'avais guère d'espoir. Je pouvais toujours dire que cette liste concernait un autre chef, ou accuser Sophie en disant que c'était elle qui l'avait écrite.

En remuant la poudre au chocolat dans la mousse de mon cappuccino, je savais qu'il serait inutile de lui demander des références, après tout ce que j'avais mis dans cette liste. Même la nouvelle immoralité m'imposait de dire quelque chose.

— Stuart, je voulais juste dire… hum.

— Quoi ?

— Hum… je voulais juste dire… hum.

Il m'a regardée bizarrement et, remarquant qu'il portait un pantalon en velours et une veste en tweed, je lui ai fait remarquer qu'il faisait très gentleman farmer.

— J'en ai assez de Londres, a-t-il soupiré copieusement en sucrant son café. Je suis impatient de me débarrasser de cette ville.

Ensuite, il m'a dit qu'il avait pensé déménager à St Ives quand le Tate s'était installé mais que d'autres affaires l'avaient retenu à Londres. J'ai supposé qu'il faisait référence à Jon.

J'ai hoché la tête d'un air compatissant.

— Tu sais ce que tu vas faire de A Space ? Je veux dire, tu vas fermer la galerie tout de suite, ou dans plusieurs mois ? Sous-entendu, est-ce que je dois pointer au chômage maintenant ou plus tard ?

— Mon Dieu non. Je n'ai absolument pas l'intention de fermer la galerie. J'espérais assez que tu accepterais de t'en occuper pour moi. Pour être tout à fait franc, j'espérais qu'on pourrait s'associer, enfin si tu es d'accord. Il n'y aurait pas de coûts financiers ; je te paierais comme maintenant, bien sûr, mais il y aurait une rémunération supplémentaire en compensation de la responsabilité.

Responsabilité ? Rémunération ? Comme ces mots étaient doux à mon oreille ! J'ai failli étouffer Stuart de baisers, surtout lorsqu'il m'a expliqué qu'il allait embaucher un conseiller financier pour gérer les trucs pénibles tels que les rouleaux de papier WC, ce qui me laissait les mains libres pour m'occuper des expositions et des relations avec les artistes, et pour verser le chardonnay.

J'avais le meilleur chef qui soit. J'allais peut-être rédiger une nouvelle liste, que j'intitulerais « Ce que j'adore chez mon chef ». Premièrement : il vit et travaille à l'autre bout du pays. Oui, c'était un bon début.

Dans son nouvel élan de générosité, Stuart est passé nous chercher au Claridge, Sophie, moi et nos bagages, pour nous conduire à la soirée chez Piers. Nous avions toutes les deux revêtu nos plus belles robes, à part que celle de Sophie portait une étiquette de styliste alors que la mienne était noire et très serrée du genre années 1950, *La Dolce Vita*, que j'avais dénichée dans un bac de vêtements à cinq livres à Portobello.

Sophie s'est installée à l'avant à côté de Stuart, et je jure qu'elle le draguait à tel point que c'est un miracle que nous n'ayons pas eu d'accident. Assise à l'arrière, je me demandais ce que j'allais dire à Piers quand je le verrais. Je jouerais peut-être à la grande dame et je m'évanouirais dans sa chambre, à la mode de Gertrude Whitney Vanderbilt. À moins que je n'adopte l'attitude irascible de l'artiste américaine Georgia O'Keeffe.

En montant les marches de la maison de Piers à Notting Hill, Sophie m'a prise à part pour me demander dans un chuchotement si je pensais qu'elle avait une chance avec Stuart et si ça me dérangeait qu'elle lui fasse des avances. J'avais l'impression d'être le pape et d'accorder ma bénédiction à leur union. La vie se résumait peut-être à ça, pour les vieilles filles de trente ans. Rester sur la touche de la romance, regarder les autres marquer des points.

Tout le monde a crié « Surprise ! » quand nous sommes entrées, ce qui nous a quelque peu stupéfaites, étant donné que nous savions que nous participions à notre propre soirée d'anniversaire. Ils nous sont ensuite tombés dessus comme des groupies préadolescentes sur un boys band, nous faisant crouler sous une tonne de cadeaux et de baisers. Le champagne coulait à flots, la bonne chère abondait, et moi, envieuse, je regardais Sophie et Stuart pelotonnés sur le canapé en train d'entamer leurs préliminaires. « Dégueulasse », ai-je pensé.

— Salut, m'a dit Alice.

Elle sortait de la cuisine d'un air penaud. Il faut dire que cela faisait plusieurs jours que je l'évitais, et elle avait pris l'habitude de se comporter comme si elle avait fait une bêtise ; elle rasait les murs et n'arrêtait pas de faire le ménage.

— Alors, ça fait quel effet d'avoir trente ans ? demanda-t-elle.

— Presque pareil que d'en avoir vingt-neuf, à part que maintenant je songe à placer l'argent que j'ai reçu pour mon anniversaire dans un plan épargne-retraite.

Sur ce, j'ai rempli ma main de toasts qui trônaient sur un plateau.

Elle a ri comme si c'était la blague du siècle, puis elle m'a tendu une épaisse enveloppe noire.

On aurait dit de la réglisse. Je l'ai reniflée.

— C'est quoi ? Ton préavis pour quitter l'appartement ? ai-je plaisanté.

— Comment tu as deviné ? Enfin, non, ce n'est pas ça, mais je veux dire… Oh zut, je ne voulais pas t'en parler tout de suite.

— Me parler de quoi ?

Elle allait me dire qu'elle allait vivre avec Piers, je le savais. Mince alors, pour être rapide, c'était rapide – ces jeunettes de vingt-quatre ans, elles ne perdaient pas leur temps.

— Je retourne à New York. Piers veut que je passe un peu de temps avec le gars qui s'occupe de sa collection là-bas. Le problème, c'est que je vais être partie à peu près trois mois. Je vais aller et venir, mais je peux toujours payer ma part de loyer... Tu es en colère ?

Je ne voulais pas répondre.

— Alors, qu'est-ce que c'est, ça ? ai-je dit en levant l'enveloppe.

— Ton cadeau. J'ai trouvé que le noir convenait particulièrement.

J'ai haussé un sourcil.

— La mort du passé, un nouveau commencement... allez, ouvre !

J'ai déchiré le bord de l'enveloppe avec un doigt avant d'en extraire le contenu. C'était un billet de la British Airways.

— Première classe ! s'est écriée Alice en me prenant dans ses bras. On va voyager en première classe ! Deux semaines ! C'est Piers qui a payé. Enfin, je t'ai offert quelque chose aussi, mais c'est lui qui a payé les billets. Il m'a dit que tu aimerais peut-être y aller ! On part la semaine prochaine. C'est pas génial ?

— Euh... ouais. Génial.

Elle m'a de nouveau serrée contre elle.

— J'ai demandé à Stuart, pour tes congés et tout ça. Pas de problème. Incroyable, non ? On part à New York !

Elle sautillait sur place en débitant cent mots à la seconde. J'avais la tête qui tournait ; toutes sortes de concepts conflictuels m'étourdissaient. À commencer par Piers. Où était-il ? Je ne l'avais pas vu.

— C'est vraiment super ! répétais-je en essayant d'avoir l'air enthousiaste.

Oui… j'étais contente. Alors pourquoi ne sautais-je pas de joie comme Alice ? C'est la question que m'a posée une petite voix au fond de moi. Ma mère avait raison : je visais trop haut. Même la première classe ne me suffisait pas.

Liste 24

Top-liste des gens qu'on devrait connaître à trente ans

1. Un coiffeur qui peut vous rendre sublime, et résoudre tous vos problèmes en un coup de sèche-cheveux.
2. Une personne à qui on peut confier des secrets.
3. Un homme capable d'atteindre votre point G rien qu'en prononçant votre nom.
4. Une célébrité qui peut vous inviter à toutes les fabuleuses soirées du gratin de la société.
5. Des amis que vous ne méritez pas et vous le savez très bien.
6. Un bon chef – qui habite loin, de préférence.
7. Un homme qui vous offre une vieille robe de chez Givenchy.
8. Un amant qui a du goût pour l'art.

J'ai ouvert la porte de la chambre de Piers. D'accord, j'entrais par effraction dans une propriété privée, mais en tant qu'adepte de la nouvelle immoralité, j'étais prête à mettre un peu de flou artistique au sens du terme. Après tout, il y avait une soirée dans sa maison, alors il fallait bien qu'il s'attende à une certaine curiosité de la part de ses invités.

J'étais nerveuse, parce que j'avais peur de me faire surprendre et surtout de ce que j'allais trouver. Peut-être encore une preuve de son mauvais goût façon

Saute d'humeur en blanc ? Des poupées gonflables, des rideaux de chintz, un matelas à eau ou Piers en train d'embrasser quelqu'un d'autre ? Mais fort heureusement, la chambre était dépourvue de tout cela.

Il y avait une lumière qui sortait d'un placard dont la porte était entrebâillée ; il s'agissait en fait d'un dressing discrètement dissimulé. Les rideaux de la chambre étaient ouverts sur les jardins communs, et j'ai chassé une soudaine vision de Piers en train de pique-niquer avec moi sur une couverture tandis que des enfants s'esclaffaient en courant joyeusement autour du massif d'arbustes exotiques. Je ne saurais pas forcément reconnaître un arbuste exotique si on m'en collait un sous le nez, mais vous voyez ce que je veux dire.

En regardant autour de moi, je me suis rendu compte que c'était une chambre décorée avec simplicité, un sol gris cendre, des volets en bois, un grand lit ancien à baldaquin (pas le moindre remous de matelas à eau à l'horizon). Les œuvres d'art se composaient d'un papillon de Damien Hirst au-dessus du lit, ainsi que d'une amusante sculpture Dinos et Jake dans un coin de la pièce. Ça m'a fait sourire. Ça n'allait pas vraiment avec les « Expériences en blanc ». Et, une fois de plus, je me suis demandé si Piers était impliqué dans les embrouilles de Jon.

Je me suis dirigée vers une sellette en bois sur laquelle reposait un énorme bouquet de toutes les fleurs blanches possibles et imaginables, et je me pâmais de leur délicieuse odeur, qui ressemblait au parfum que portait Piers. Tout cela regorgeait de bon goût, c'était simple sans pour autant être clinique. D'aspect onéreux. En bref, pas une décoration que j'associerais avec un homme prêt à jeter de l'argent dans une collection merdique comme celle de Hewit. Je suis entrée à pas de loup.

Je me suis convaincue que je ne fouinais pas ; il était naturel que je m'intéresse à l'homme qui était indirectement responsable du revirement de ma carrière. Mais je n'étais pas dupe, évidemment.

Mon intérêt s'est accru lorsque j'ai remarqué un énorme paquet posé contre le mur à l'autre bout de la pièce. Il était plus gros que moi et recouvert d'un calicot. J'ai décidé d'aller voir de plus près et d'y jeter un petit coup d'œil en soulevant un coin du drap. Et c'est à ce moment-là que Piers est sorti de la salle de bains attenante.

Il tenait une longue robe blanche ornée de perles devant lui et, lorsqu'il m'a vue, il a fait un bond.

— Vous m'avez pris en flagrant délit ! dit-il avant de pouffer de rire de manière plus ou moins gênée.

Il me semblait que c'était plutôt à moi de dire ça, mais vu la robe qu'il tenait contre lui, je voyais ce qu'il voulait dire.

— Je suis vraiment désolée, je ne savais pas... Je veux dire, je ne vous juge pas ni quoi que ce soit – si vous avez envie de porter des robes chez vous, ne vous gênez surtout pas, ai-je dit sur le ton de la tolérance.

— Non, Saskia. Vous ne comprenez pas.

J'ai levé la main pour l'apaiser.

— Vous n'avez pas besoin de vous justifier. C'est vrai, c'est très à la mode dans certains cercles privés, surtout chez les hommes d'un certain âge. Mon frère s'est fait moine, et il porte des robes en permanence, vous savez, à part qu'il leur donne un nom tibétain, je crois, mais ça revient au même, non ?

Je parlais vraiment pour ne rien dire.

— Saskia, de quoi voulez-vous parler ?

— La robe. Je ne veux pas que vous pensiez que je vous juge.

— La robe. Elle est pour vous. En fait, je n'ai pas eu le temps de l'emballer parce qu'elle sentait un peu le vieux. Je l'aérais. Tenez, vous voyez, c'est une vieille robe de chez Givenchy. Alice m'a dit que vous adoriez les vieux habits.

Il me l'a tendue.

Pour une fois dans ma vie, je suis restée sans voix. Un millier de perles de verre se sont mises à scintiller lorsqu'il a allumé la lumière. Il me l'a donnée et j'ai eu le souffle coupé. Je n'avais jamais eu quelque chose d'aussi magnifique dans les mains. J'étais tout ébaubie.

— Merci. Je dois dire que c'est la plus belle chose que j'aie jamais vue. Je n'arrive pas à y croire. Je peux vous embrasser ?

Il n'a pas eu le temps de répondre. La robe entre nous deux, nous sommes restés collés l'un à l'autre toute la soirée, du moins c'est l'impression que j'ai eue. Il embaumait comme dans un de mes rêves, celui où un homme absolument sublime me prend dans ses bras et me dit qu'il est amoureux de ma sœur. Seulement, Piers n'avait jamais vu Rebecca, alors c'était encore mieux.

Il s'est dégagé de l'étreinte en premier et il m'a embrassée sur le front.

— Quand je vous ai vue soulever le drap, j'ai cru que vous alliez me tuer.

Il m'a souri comme les petits enfants que je surprends parfois à la galerie en train de tripoter des peintures, et que je menace de dénoncer à la police.

— Je ne comprends pas, ai-je dit en serrant la robe contre moi au cas où il changerait d'avis.

— Vous n'avez pas vu ?

— Vu quoi ? ai-je demandé, complètement déconcertée.

— Bon. Je ferais mieux d'avouer, de toute façon. Soulevez le drap, a-t-il ordonné en me désignant le paquet.

Je me suis exécutée.

Les « Expériences en blanc » étaient là dans leur intégralité, chaque tableau était là, y compris *Saute d'humeur en blanc*, le tout attaché avec une corde. Je me suis tournée vers lui, très troublée.

— Mais pourquoi ? Je ne comprends pas. Vous voulez les mettre chez vous ?

J'ai regardé une nouvelle fois la décoration classique de la pièce et les œuvres d'art tout à fait cool qui l'agrémentaient.

— Je croyais que vous les achetiez pour votre collection.

— Je sais. Je suis vraiment désolé, mais je ne peux pas les voir en peinture, si j'ose dire. C'est au-dessus de mes forces. Je me suis mis d'accord avec Stuart, il va les reprendre ; il va les exposer à St Ives.

— Je vois, ai-je dit sans rien voir du tout. Alors pourquoi vous les avez achetées ?

— À cause de toi, imbécile.

C'était la voix d'Alice. Nous avons tous les deux fait volte-face. Elle s'est approchée de nous, avec fière allure.

— Il t'a vue, il est tombé amoureux de toi et il a acheté toute l'expo histoire de faire connaissance.

— Quoi ?

Je les regardais l'un après l'autre.

Elle souriait.

— Tu ne piges toujours rien ? L'homme a un sérieux penchant pour toi. Ne me demande pas pourquoi, j'ai essayé de l'en dissuader, mais il n'y a pas moyen, il est ébahi. Ça doit être à cause de tes bottes militaires. Bon, je ne veux pas vous déranger, mais j'ai trouvé ce bout de papier dans le passage. C'est quelqu'un qui a dû le laisser tomber.

Elle m'a tendu la feuille. J'ai aussitôt reconnu le papier à lettres du Claridge. Piers me l'a ôtée des mains et a commencé à la lire.

Pendant que je le regardais, une étincelle s'est allumée dans mon ventre, mettant le feu à tous mes organes internes. Piers a levé la tête et m'a adressé un regard impénétrable.

— L'avantage, avec les listes, c'est qu'elles donnent une idée de là où on va, ai-je expliqué. Juste une idée. Une direction. Ça ne veut pas dire… euh… qu'on doit les suivre ni rien, bien sûr. Mais c'est un peu comme une carte de l'inconscient. C'est ça, oui, une carte.

Je disais ça comme si je savais vraiment de quoi je parlais.

— Elles peuvent aussi vous causer pas mal de problèmes si elles tombent dans les mauvaises mains, a fait remarqué Piers.

— Oh non, Saskia ! Tu n'as pas recommencé à faire des listes, quand même ? a soupiré Alice.

Elle a jeté un coup d'œil par-dessus l'épaule de Piers pour voir ma liste.

— Tu sais bien qu'elles peuvent être mal interprétées, a-t-elle ajouté.

— Exactement comme l'art, a dit Piers en riant.

Je ne sais pas si j'ai répondu, ni si Alice était encore là, mais quoi qu'il fût dit, j'ai embrassé Piers longuement et fougueusement, sans lui demander la permission avant.

6689

Composition Chesteroc International Graphics
Achevé d'imprimer en France (Manchecourt)
par Maury-Eurolivres le 8 décembre 2003.
Dépôt légal décembre 2003. ISBN 2-290-32288-14
1er dépot légal dans la collection : août 2003.

Éditions J'ai lu
84, rue de Grenelle, 75007 Paris
Diffusion France et étranger : Flammarion